越努力，越幸福！

四十岁遇到最好的自己

生凌君 著

In Pursuit of Happiness

作家出版社

作者的父亲生鹏松和母亲石桂珍

2019 年作者和恩师蒋采蘋先生合影

作者与先生、女儿一起参加幼儿园毕业典礼

和猫在一起

在大理

在华沙肖邦公园

在波兰弗罗茨瓦夫

在泸沽湖

谨以此书

献给我的父亲、母亲、老师，

献给我生命里的亲人和朋友们，

献给那些为了幸福努力的人们。

目 录

第三章　　在路上

第四章　那年在波兰

第五章 大理新移民日记

第六章 三生

前　言

　　人生过半，从没想过40岁后的三年里会经历这么多，会迁徙那么远。

　　2017年，离开工作生活十几年的北京，举家搬到波兰华沙。

　　2018年，结束近一年的波兰旅居生活，回到北京。

　　2019年，从北京搬家到大理定居。

　　三年不同国家和地区的生活，让我更加珍惜现在的每一分时光。

　　在国外生活久了，尤其想念我们中国人的家长里短，乡里乡亲。

　　这种想念让我提起笔，开始记录生活。这本书记录了我在北京十几年的奋斗生活、在波兰旅居、在大理定居、在瑞典等地旅行的游记，讲述了自己作为一个北漂，努力工作，与疾病抗争，实现身心幸福的心路历程，记录了在成长过程中与家人和朋友的点点滴滴。

　　从波兰回国，回到北京，回到我出生成长的那个小县城，又去了云南，无论城市或者乡村，都让我觉得无比美好。回到这片有着广阔的疆土和形态各异的风景的土地上，心，一下子踏实下来。

　　我们最终到大理定居。

　　每一个今天的背后，都是往日里向自己发出的挑战一点点促成的，谁也不是一个生来就坚强和勇敢的人。

　　我出生在北方小城容城县（现在的雄安新区）。虽然出生在县城，我的父母亲却是喜欢读书的人，家里的书读完了，母亲就带我们去县城的图书馆借书看。那时的假期，读书是我们姊妹的主要生活，就像现在的孩子假期里去旅行一样正常。

感谢父母引领我们以读书为伴。通过阅读打开通向广袤天地的大门，出生在小地方，却能看到大世界。

儿时读过的那些书或深或浅地印在我的脑海里，指引着我前行的路，在受到挫折时仍能勇往直前。

我人生的第一次挫折是参加三次高考接连落第。当我参加了三次高考未中后，父母的很多同事都劝说他们："不要再让她考了，一个女孩，早晚要嫁人，为她花那么多钱值得吗？赶紧让她工作挣钱吧。"母亲总是毫不理会别人，对我说："你只要想考大学，妈妈一直供到你考上为止。"

母亲那时的话，一直激励着我去努力，不辜负母亲的期望。第四次参加高考终于如愿考上美术学院。

我大学毕业后做了很多工作，有服装公司店面设计、服装销售主管、广告公司文案策划销售、球场文秘、球场会员部经理、球场副总经理，直至最后自己成立球场销售策划公司和文化传媒公司。

不是每一份工作都让自己满意，但是每一份工作自己都百分百投入进去，付出了全部努力，每一次离开，自己离成熟都会更近一些，会更有忍耐力。在一份份不同的工作里最终找到了自我发展方向。

在天津做广告文案策划销售时，一人身兼数职，既要拉来广告，又要写策划文案，那家广告公司买断了天津某台的几个时间段。公司的位置很偏，不通公交车，也打不起车。我和一个东北女孩搭档，每天蹬着自行车白天谈客户，晚上回家写文案。

冬季三九天，骑自行车时间久了，手脚全部冻木掉，北方冬季的街道全是冷冰冰、灰突突的，透着一种寒冷和萧瑟。那时好像还没有保温杯。

太冷，双手冻得已经扶不住车把，双脚已经冻得没有知觉。我们就找到一家小小的咖啡店，点上一杯最便宜的咖啡，谁知喝完咖啡，身上还是冰凉，只是冻僵的手脚有些知觉而已。

两个人蹬上自行车继续出发，互相鼓励。突然看见前面有一家店冒出热气腾腾的白色烟雾，门口也热闹很多。我们飞蹬过去，原来是间羊汤羊杂碎店。煮着的羊汤冒出汩汩的热气，店里热气围绕，一帮天津老爷们儿每人一碗羊汤（后来才知道那是羊汤）正喝得热火朝天。

我们两个年轻貌美、穿着呢子大衣的女生异口同声地问老板："他们喝的是什么？给我们来两碗。"因为看见他们喝得都是满脸通红，想着喝完一定会让人很暖和。

满屋喝羊汤的声音戛然而止，齐刷刷的眼睛从捧着的碗上抬起来，看向我们两个，在平日，我们可能会不好意思，但寒冷战胜了一切。

老板也用诧异的眼神看着我们："你们确定要喝羊汤？"

我们说："是，赶紧给我们盛两碗。"

他很快盛了两碗羊汤给我们，我们成了餐厅里唯一喝羊汤的女孩子。

很快喝下去，一股暖流立刻从头暖到脚，让人觉得羊汤是世界上最美味的食物。喝完羊汤我们两个人再也没有觉得冷过，那是今生最难忘的一碗汤。

在那间广告公司工作了不到一年，因为没有保底工资，不仅没有挣到钱，倒把以前攒的一些积蓄搭进去了，尽力了，仍觉得不太适合自己，选择从此告别广告行业。但在那个公司因为写了大量的广告文案，不经意间为以后自己做销售策划打下基础。世界上从来没有白吃的苦。

1998年刚到北京工作时，自己是个初出茅庐的北漂，从事的却是高端行业。除了一腔热情，就是一腔热情。

从1998年直到2010年，十多年里，每周只休息一天，除了春节休息几天，没有休过任何五一、国庆假期。慢慢地，也忘记了假期。

好像自己是为工作而生。想休假吗？也想。但工作永远战胜休假。

刚到球场工作时，很窘迫。没有多少积蓄，也不想向家里要钱。工作之初，公司还解决住宿问题，后来公司搬家到京广商务中心后，就需要自己租房。

每月1500元工资，当时北四环的一居室月租金是1100元左右。租不起地上的公寓，就租下了中介给我推荐月租金700元的半地下室。

住半地下室见不到蓝天，只能看到一双双脚从自己的窗户前经过。

工资的一半交了房租。每每自己穿着职业装走出地下室，心里时常会有自卑感，但我把自卑转化成自己的工作动力，更是加倍努力工作。想着：只要努力工作，我肯定能搬到楼上去住的！我肯定不会永远住地下室。

后来，开始做销售工作，一年后终于搬离地下室。那时的北漂哪一个没住过地下室呢？

自己其实是个性格内向的人，喜欢独处，不善言辞，我能把销售做得风生水起，实在是让家人和朋友们大跌眼镜。

能做好销售首先要有颗不服输和执着的心。自己做过很多工作，都是和人打交道，在这个过程里，发现自己是善于和人沟通的，到球场工作，销售的机会来临时，自己就迎头而上。

在球场工作，很多会员和客户都是公司老总，最喜欢搭他们的车从河北的球场回北京，路上他们会给我讲很多他们自己创业的故事，我听得津津有味。1998年，除了摩托罗拉、IBM等一些国际知名电子公司外，其他还都是传统行业居多，从事传统行业的老总大都是销售出身。我向他们说出我未来希望继续画画的梦想后，他们大多建议我先从事销售工作，因为做销售是积累原始资本最快的途径。

于是，我义无反顾地投入到球场的销售工作中去。那时的自己坚信，只要努力，肯定会有回报。

在平凡的生活里努力地工作过、努力地生活着，在努力中终会找到属于自己的幸福。

困难，从来都畏惧勇敢。在生活的道路上，只要努力追求自己的梦想，终会有实现的一天。

我努力了，寻找到了幸福。正在努力的你，未来的幸福也会不早一分不晚一分地到来。只要努力，最好的总是在不经意的时候出现。

第一章

越努力，越幸福

20岁时，曾害怕30岁的到来；30岁时，曾害怕40岁的到来，害怕额头布满皱纹、害怕年轻不再。当40岁来临时，自己竟然感慨："哇！40岁真好，曾经的烦恼都不再是烦恼，曾经的问题都迎刃而解。"40岁以后，不再为年龄增长而纠结，因为生活是那么生动有趣，即使苦和累也变成了一种享受。

40岁后，发生了很多事；走过了很多地方；认识了很多人。经历过悲伤和喜悦。

有些事，不去经历，就不知道是否适合自己；有些人，不去交往，就不知道是不是真正的朋友；有些悲伤和喜悦，不去体会，就不会珍惜当下的幸福。

越努力，越能体会到各种幸福。

我没那么坚强，但也不想再脆弱

1

其实小时候我是个很脆弱、胆小如鼠的人。

小学时，和同学去河边玩，没去的同学就偷偷跑去告诉我妈妈。我妈妈上班请假跑过来，揪住我就要打我，巴掌还没下来，我哇哇大哭地说："妈妈，我错了，别打我。"

因为胆小脆弱，和我两位倔强的姐姐比起来，我从来没挨过打，幸福了不知多少。

我的脆弱表现在各个方面。

我的二姐勇敢又聪明，天不怕地不怕。那时我家住的是平房的单独小院。我父母周末都要加班，担心外面不安全，就把我们三个女孩子反锁在院子里，可以在院子里随便玩。

北方的夏天知了叫得让人兴奋不已，外面的伙伴们都在等着我们出去一起玩。

我的二姐不甘于被锁在院子里。研究着如何逃出院子去外面玩。研究的结果是只能从大门上跳出去。

当时我家的那个院门是竹子做的，大概两米高，上面削成尖尖的刀子似的，可以防止小偷爬进来，可能也防止我们爬出去。

我二姐说她先爬出去后，我和大姐两个人再爬。

我二姐爬树上房都很利索。但是，这次她失手了。她爬到院门顶部时她的裙子被竹子拉住，竹尖扎进了她的小腿，她愣是自己从竹尖里拔出腿，血哗哗地往下流。

我当时吓得哇哇大哭。

她对我一瞪眼：“不许哭，也不能告诉爸爸和妈妈。”

我吓得立刻不哭了。

她自己把裙子撕开，处理包扎了将近20厘米长的伤口。那个夏天她穿了一夏的长裤。

后来，我问二姐：“很疼吧？你怎么都没哭呢？”

她说：“哭不解决任何问题。既然不好的事情已经发生，想办法去解决就好了。人，如果总害怕各种不测的事情，就会什么都不敢尝试。并且，我不坚强又能怎样？伤口总之会愈合的。”

2

因为有位很坚强的二姐做后盾，小时候就任由自己的脆弱发展下去。

心想：“反正有二姐呢。”

遇到任何问题第一个想到的是我的二姐，其实她才比我大四岁。

我坚强的二姐学习也非常厉害，她是我们当地的文科高考状元。从此我更是对她无底线的依赖。

我报考的大学是二姐帮忙定的，我大学期间所有的衣服是二姐给买的，我大学的零花钱是二姐给的，其实那时她才刚刚大学毕业参加工作。我遇到的所有感情、事业上的问题统统倒给我的二姐，她都一一接受，没有怨言。

直到我大学毕业工作半年后，当月工资又提前花完了，我习惯性地向二姐借钱。二姐拒绝了我："你大学毕业后应该靠自己，多挣多花，少挣少花。不能总向我要钱。你要开始靠自己。我以后也不会再给你钱了，明白吗？"然后，她挂了电话。

放下二姐的电话，我又哇哇大哭一场。但是那一刻暗暗下定决心，我要靠自己。不再向二姐要钱。

后来，有困难时当然二姐还是会借给我钱，但是我却慢慢开始坚强起来。

慢慢地，学习变得更坚强竟然成了我的一种习惯，现在想起曾经软弱的自己就会感谢当时二姐给我的当头棒喝，让我成长为现在的样子。

所以，你看，无论多脆弱都是可以变得很坚强，主要看你自己是否想变得坚强起来。

3

后来，我在帝都的一家高尔夫球俱乐部工作，属于改行进入。

由于自己个性很强，说话直，工作勤奋，得罪了很多同事。

而老板在南方还有生意，基本上都不在北京公司出现的。我就成了同事们的众矢之的，他们都希望我赶紧离开公司。同事们总是吹各种耳边风："你是美院毕业的，在这里工资又低，多可惜啊，应该去广告公司之类的工作，挣得又多专业又对口。"

换作以前一颗玻璃心的我，可能早就辞职了。但这次我就是较上了劲，我就是不走，我不想再脆弱下去，听凭别人的摆布。

我开始玩儿命工作，很快做到销售经理，又做到公司副总，而当初和我较劲的那些人早已在公司甚至行业里消失得无影无踪。

生活中，谁不是一边跌倒，一边变得坚强。

人生的路只有一次，总归要走下去，而那条坚强的路总会让你在付出更多的同时能看到更多的美景，带给你更多的希望。

4

坚强和脆弱，总是相生相伴。没有人可以保证永远坚强。我也如此。

生病时、劳累时、受到打击时还是会脆弱，总会有那么一些时刻觉得自己要撑不下去了。

"哭不解决任何问题。既然不好的事情已经发生，想办法去解决就好了。人，如果总害怕各种不测的事情，就会什么都不敢尝试。并且，我不坚强又能怎样？伤口总之会愈合的。"

"你看，无论多脆弱都是可以变得很坚强，主要看你自己是否想变得坚强起来。"

"生活中，谁不是一边跌倒，一边变得坚强。"

"人生的路只有一次，总归要走下去，而那条坚强的路总会让你在付出更多的同时能看到更多的美景，带给你更多的希望。"

现在，虽然我还是没那么坚强，但是却再也不喜欢脆弱了。

来不及认真地年轻，只能选择认真地老去

三毛说过："我来不及认真地年轻，待明白过来时，只能选择认真地老去。"

1

小时候，总觉得时间很慢，生命很长。成天盼着长大，可以脱离父母的管教。

随着长大工作，开始听到说女人30豆腐渣的故事，很害怕自己30岁时会成为豆腐渣、黄脸婆。

书上讲"女人老了一定要有钱"。

大学毕业就想退休画画的自己，一门心思投入到工作中去了。

刚到帝都时，每月工资扣去房租所剩无几，唯有全身心投入工作中是正道。

从工作开始，基本没有休过国家假期，除了春节回家陪陪父母。我那时是个土得掉渣的人，到帝都好几年了都没去过西单，买衣服之类的都是在下班路上倒地铁时顺便到商场里买。因为周末还要去河北涿州的球场上班。

后来自己做公司，也是跑球场，正好我家住在五环边，每天直接上环路到通州、顺义、大兴、昌平的，对帝都的郊区特别熟悉。

那几年帝都的球场迅猛发展，特别需要策划销售，我的公司同时做几个球场项目，都分布在五环六环附近，两年之内我的车竟然跑了十万公里。

卖房子度过生意低谷时，家里人劝我："别折腾了，你学画画的，去做个中学美术老师多好啊，每年还有两个假期。"我只是呵呵一笑。

有客户看我晒得那么黑，只懂生意，说我是"农民"，农民又怎样？

那时的我没有出过国也不想出国，把画也丢得干干净净，喜欢旅行却从没去旅行过，就只想赚钱，在计划内的年纪退出江湖实现财务自由。

年轻的时光都在努力工作、赚钱了。

青春本就短暂，我在，我来过就好。

我的人生我做主。有经济基础和社会经验，自会有稳定踏实的生活。

人的一生世事无常，充满无数的变数，经济基础决定上层建筑。

基础做牢人生路很长，慢慢来也无妨？这么想着，年轻的时光就在任劳任怨的工作中度过了。

2

我大学好友的姥姥姓刘，刘姥姥长得慈眉善目，说话温柔、低声细语，从没见她发过火，在天津工作时周末我们就去姥姥家蹭饭吃，她总笑着问："想吃什么？我去做。"

刘姥姥出身于天津大户人家，后来家境没落，就把她嫁给了一个当时在天津小有名气的学校校长做了填房。校长比刘姥姥大了将近30岁。我看到姥姥时校长已经去世。他们收养了一个女孩就是我好友的妈妈，好友的爸爸做了上门女婿。

刘姥姥一直独自生活。

没有血缘但看似很和睦的一家人在姥姥去世时，揭开了生活的真相。

刘姥姥去世后好友妈妈发现了她留下的写在信纸上的日记，她们拿给我看。

信纸上满满是水渍的痕迹。可能在某些夜深人静的时候流泪写下了这些。内容我已经忘得差不多，但大致就是："如果重新选择，一定不会选择嫁给校长。""很早就想结束生命，但是因为是基督徒，要生不如死地活着直到生命自然结束的那一天才可以上天堂。""我的心在30岁的时候就死了。"

刘姥姥活到78岁。

其实她也是个独立的人啊，年轻时在教堂里帮忙，也负责给人接生挣些钱，完全可以重新选择自己的生活，但一生就在糊里糊涂中度过了。

那是我人生中第一次参加葬礼，看到一个曾经活生生的人躺在水晶棺里，脸色蜡黄，阴阳两隔。第一次感受到生命的短暂与脆弱。

参加完葬礼不久，我就离开天津到帝都工作了。

我也开始害怕死，害怕在我死的时候，不曾认真地活过。

从那时起，我就想认真地年轻，认真地老去，认真地过完这一生。

3

人这一辈子，实在是太短暂了。还没细细品味，年华就即将老去。

所以年老时，希望可以随心所欲，顺其自然；看云卷云舒、花开花落、万物生长。体会年轻时没有的从容与闲适。

总之，活出自己才是生命最重要的事情。希望用自己的生命去努力，在有生之日做一个真诚的人，不放弃对生活的热爱和执着，在有限的时空里，过无限广大的日子。

肯德基创始人桑德斯上校65岁开始创业；褚橙的创始人褚时健开始种橙子时已经74岁。电影《实习生》中，本杰明应聘ATF电商实习生时，已经70岁。

年老时，只要你愿意，也可以做你任何所想。

褚时健种橙子的时候已经是74岁，但是他却具有一种"做什么都能成"的口碑。熟悉他的朋友说："他从小就这样，从小就很艰苦。他父亲死得很早，40多岁就死了，他才15岁，他妈妈1952年就走了。只要有事做，都把它做好，他就是这么一个人，也不是为了升官发财的事。"

"褚时健不怕苦，做事很踏实，很认真。他能上能下，上来他有本事做好，下去他不会说我什么也不搞了，没有兴趣再做事了，这个是绝对不会有的。划成右派以后人家就把他监督劳动了，到乡下他也做得很好，人家看得起他。他到低谷的时候，做得很好。到烟厂最高峰的时候，也是什么都管，脱掉衣服就进锅炉房去。这些，用什么文章来形容他，我只能说是他的激情。"

年轻时的习惯可以一直延续，年轻时一定要认真做事，才可以选择认真地老去。

1. 要永远有好奇心，能不断学习新东西；

2. 能随时随地地帮助别人，能让自己在任何境地之下都能迅速被其他人所接纳，随时能和年轻人做朋友；

3. 心态放平稳，这个世界的规律就是年轻人一定胜过年龄大的人，所以要不断找到那些比你更厉害的年轻人；

4. 要有一个好身体，才有机会认真地老去；

5. 拥有良好的财务，才可以有机会选择更多的生活。

希望年老时能像他们一样，就需要确保自己以年轻时起就能坚持做正确的事情。

希望自己能选择认真地老去，便知道了自己也该在年轻时认真。

过自律的人生，才不负光阴，不负自己

自律的人生就是幸福的人生。

我喜欢自律的人生，最爱的一句话是：生命是一份礼物，你要好好珍惜它。

我觉得自律是给自己的一份礼物。只有自律，才可以不负光阴，不负自己。

打工时，每天都很投入地工作，一年的工作量相当于别人三年的工作量，回报是在工作中也如火箭般的晋升。在大学毕业后参加工作的第三年就做到了一个上百人公司的主管销售的副总，30岁时靠自己贷款在帝都买了人生中第一套120平方米的公寓。

大学毕业第五年在帝都成立了自己的销售策划公司。从来没有享受过国家的大小长假，每天像小毛驴蒙着眼睛拉磨一样转个不停（这是当时一位客户对我的评价）。

做生意期间，生意人该经历的一切我都经历过了：合伙人和亲戚的背叛；公司被架空；投资失败卖掉房子重新再来，公司几乎破产。

在合伙人背叛自己，公司即将倒闭时，没日没夜地工作、找项目，终于东山再起。

现在想想曾经的自己，都不知是怎样过来的一关又一关，可能凭借的最主要的是自律吧。

所谓自律就是在没有人现场监督的情况下，通过自己要求自己，变被动为主动，自觉地遵循法度，拿它来约束自己的一言一行。成功时不傲娇，失败时不迷失。

其实，当失败时做到不迷失是很难的。当人身处逆境时，很容易变得焦躁，当焦躁形成惯性时，每个人都很容易迷失方向，迷失后就是沉沦。

所以，拒绝焦躁，保持平静很重要，尽量保持生活的平衡，在平衡中才能保持内心的平静，听从内心的声音，调整自己的方向。

做到以上这些很简单：就是多读书，读些名人传记或者哲学或者历史的书，在书里去寻找答案。

要想得到美好的生活，从来都是要付出努力的，我从来不相信天上会掉馅饼。每一份付出会有一份得到，你没有付出而得到的，那个叫命运的东西一定会让你吐出来。

世上什么都有可能辜负你，只有光阴不会。当你在要求自己每天进步一点点，日积月累下去，就会和别人产生巨大的分别。

记得我当时到帝都第一家公司工作，那时已经毕业两年了，还有些迷茫，而新公司的所有人都等着看我这个新手的笑话，我沉下心来努力工作，那时同学聚会永远没有我，因为在加班。在那间公司做了两年已经是公司副总，第四年自己成立了公司，在自我实现的路上越走越远。

由于自律，我没有辜负当时的光阴，光阴也未辜负我。

你们看，哪怕全世界都欺骗了你，光阴不会骗你。你不负光阴，光阴就会不负你。所以，还在等什么呢？赶紧制订一份属于自己的人生计划，何时开始都不晚，努力吧！

人生只有吃不完的苦，没有享不尽的福

1

佛说人有七苦。生，老，病，死，爱别离，憎怨会，求不得。此世间，众生皆苦。

佛也说其实幸福和苦都是相对的，比如生病时觉得苦，病好就觉得幸福。

所以知道了人生必苦，好好接受人生的苦，苦也能变成乐。

记得大学毕业刚到帝都工作时，住地下室，没有节假日，每天照样乐呵呵的，从来没觉得苦，因为休息起来一个人也有些无聊，索性工作还有些意思。

快乐，是有感染力的，高兴时和愁苦时的气场也不一样。那时工作起来很顺畅，不把苦当作苦，苦就变成了甜，换来的是优秀的业绩和一路提升。

住地下室时知道以自己的能力最多住一年，一年的时间是可以忍受的苦，如果年年住就不能接受了。所以，在经历苦难的磨砺时，一定要给自己设定时间节点。

2

奋斗十几年，经济状况好些了，又结婚生子，欠上了儿女债，要开始吃做父母之苦。

家里人抱怨我太晚要孩子，很辛苦。但是我看到很早要孩子的人也没幸福到哪里去。

反而因为晚要孩子为人父母心智更成熟，经济条件好也会给孩子提供更好的学习条件，给予她更多陪伴。

在较为发达的国家，很多人是有了坚实的经济基础、扎实的感情基础后才会考虑生孩子的。

搬到国外后，孩子不想上幼儿园，因为看我好像没出去工作，每天在家里，她就想也在家里玩。

为了让孩子看到我是如何工作的，我硬生生把自己又逼成了在家里的工作狂。因为我希望做孩子的一面好镜子，不想让她看到一个无所事事的妈妈。

那时，我的日程表是这样的：早晨5：30起床，修改当天要发的公众号文章；7：00前争取发出去；然后给家人做早饭。上午至少写3个小时文章，然后学习1个小时英语，下午有时间就画画，利用休息时间听网络课程。晚上9：00前陪伴孩子，孩子入睡后继续修改未写完的文章，把第二天要发公众号的文章写完，争取在12点前休息。

所以，人生的苦哪里有尽头啊，只是不同情景的苦而已。

3

我向来相信命运公平，对每个人都是一样的，你能吃多大苦就能享多大福。但是有时吃了很多苦也没享福只能说你种了很多恶因。

命运，就是你种下好的种子就会开出美丽的花，结出好吃的果。

在困境下，人的潜能往往大爆发，做出一些自己都意想不到的事情。那些苦经历过后，想想也很有趣，都成了阅历的一部分。

孩子一岁多时我们去云南盖客栈，请了20个人帮忙盖房子。当地习俗是要每天负责工人中餐、晚餐两顿饭，又找不到人帮忙。老公负责工地，我负责做饭和带孩子。

每天早晨给孩子做好早点，先发上一大盆面准备中午蒸馒头。然后带上孩子去村子外面买菜。到村子里卖菜的车一天只来两次，上午10点多一次，下午4点多一次。如果上午买不到菜，中午就没办法做饭。卖菜的都是边开车边用喇叭喊着："卖菜！卖菜！"但是在他喊的时候我们必须已经站在村外的公路上，不然车就开过去了。

一般我听到卖菜吆喝声就抱着孩子往村子外面跑。但有时还是会错过。

买完菜回家，要走很远的路，乡村里的路坑坑洼洼的，我两手提满菜，一岁多的孩子跟在我身边，走会儿就说："妈妈，我累，抱抱。"我只能放下菜，说："歇会儿吧，妈妈两手都要提着菜，没办法抱你，你需要自己走啊。"她有时就在那里哇哇大哭，我的心里很难受，却没有眼泪，我哭了又有什么用呢？还是省下力气提菜，回去做饭吧，中午还有20个人等着回来吃饭呢。

买菜回来就要择菜洗菜准备午饭。20个人的饭，要用最大的蒸锅蒸上三四锅馒头。

最难的是烧柴，我在城里长大，没烧过柴，每次点柴都弄得脸黑黢黢的，旁边孩子还总想出去玩，于是就让一岁多的孩子和我一起做饭揉馒头。我一个人做了四个月每餐20人的饭，一岁多的孩子也学会了帮我擀皮和揉面。

村里的人见我这个城里来的人，一个人又带孩子又做20多人的饭，都暗暗说："她好苦啊！"

那时感觉累得真是有些撑不下去了，但是因为知道做饭这个苦会结束，期望值就是五个月内必须全部做完，回到帝都，再也不会做那么多人的饭了。就一直坚持到完工，逃一样回到了帝都。

我给自己设定的最低期望值，一直激励着我做到客栈盖完的那一天。

4

现在想来，在经历人生每一步的苦时，是我自己设定的期望值帮助了我。因为我知道，吃完这些苦，幸福就会来。

期望值是指对某种激励效能的预测。

设定了期望值，就会知道哪些是可以得到的，哪些是无法得到的。

一定要给自己设定一个有些难又不太难的期望值。就像让一个人摘苹果，你不能挂得太低，让他伸手就能拿到，也不能挂得太高，拼命跳也够不到，会打击积极性，苹果挂得最好的高度是尽量跳到最高时可以拿到。

有了期望值，就会笑对生活里的那些苦，一一化解掉。

就像我，知道我到帝都的期望值不是住地下室，而是最终买到自己的房子；知道我现在继续努力写作画画的期望值，是希望女儿以后也做个自强自立自尊的人；知道在云南做了四个月厨娘的期望值，是以后再也不会做那么多饭，把客栈盖好赶紧回帝都。

那些设在自己心里的美好期望激励着我，去尝遍生活里一杯杯的苦。

放下执着，随遇而安过一生

1

以前自己是个执着追梦的人，因为执着，吃了很多苦。

高考时只想上美院，高考四次，最后一年差点儿得了神经官能症，所幸考上了。

工作，也是追求完美、极致，导致身体报警。

当时做一个互联网项目，工作压力大，每天熬夜后睡觉时间不到四个小时，连续一年，身体就出了状况。去医院检查，状况不明，只能活检化验。

医生按照恶性结果，给我做术前准备。取出肿瘤后医生拿去活检，我一个人躺在手术室里，被绑在手术床上一动也不能动，看着屋顶白色的天花板，等待检验报告，短短时间觉得像一生般漫长。如果是良性，缝合伤口，休息两天准备出院，如果是恶性，就是一场漫长的斗争。

一个人躺在手术床上，想了很多，没有婚姻，没有孩子，挣这些钱为了什么？累得命都要没了。

在未知的死亡面前，那些事业、金钱、爱情突然都不再重要，重要的是能健康地活下去，活到白发苍苍，活到子孙满堂。

当时想如果是良性的，出院后一定要和那些让我不健康、不开心的事再见。

导致生病的很大原因是精神紧张，心情不好再加上睡眠不好，压力大，一定是会生大病的，只是早晚问题。

我躺在手术床上等着命运的裁决，前面是生或者死？

医生笑眯眯地进来："没问题，良性。"我一颗悬着的心终于放下。

因为手术时间太长，在外面等着的姐姐吓得不轻，等我出了手术室知道没事才松口气。

健康时，觉得生命还有很长时间，可以去挥霍，去生气，去怨恨，去纠结，但那以后我只想高兴地过好每一天，因为生命并不像你想象得那般长。

手术第二天，主治医生去病房看我，说："你很走运，你后面一台手术，一个刚18岁的女孩发现是癌症晚期。"

我想我应该珍惜这次重生的机会。因为走运不会伴随终身，如果不珍惜命运的眷顾，好运也稍纵即逝。

2

出院休息了几天，继续去公司上班，那么一大摊事，那么多员工，哪能说放下就放下，不知不觉在忙碌中又忘掉生病时的样子。

人，就是太没记性，如果遇到一个问题记住就改，那人生该有多圆满。

紧张工作几个月后，自己很快又发现了新生的肿瘤，去找上次那位主治医生，医生已去援疆了。

有些害怕。心想该是放下工作的时候了。

于是做各种结束工作的安排，清算公司，选择退出。因为看过很多旅行治愈病症的先例，于是选择去旅行。

感谢当时的选择，旅行回来，肿瘤消失，并且在旅行中找到自己终身伴侣，后来还有了可爱的孩子。

有时，人生需要退后一步。退后，真的可以海阔天空。

我们从出生就盼着长大，上学，工作，努力去做个有成就的人。每天被励志，每天喝鸡汤。但是有些鸡汤不属于自己，喝下去也会生病。

随遇而安，不人云亦云，只过属于自己的生活。

每个人都有各自的生活轨迹，生命因不同而精彩。

人生有悲喜，路有长短，那些坎坷与磨砺能让我们蜕变与成长，懂得了与其执念，不如舍得，随心豁达地过人生。最后，所有的苦难自有幸福的回甘。

3

诗人陶渊明在做官时，毅然改变了人生的航向，选择了清贫，归隐田园，我们后来才有幸能读到"采菊东篱下，悠然见南山"这些清新舒畅的诗句。

试想如果当时他没有选择"开荒南野际，守拙归园田"，而是继续留在官场，"陶潜"这名字将会湮没在吏部那一长串官员名册中。

而他的改变，也是在经历了一系列人事纠葛后做出的最好决断。知道人力不能改变的时候，就不如面对现实，随遇而安。

知道不可为偏要去为之，只有徒增烦恼。不如放下，赏清风、明月，安于现在，在一片清净中自寻快乐。

《金刚经》云："一切有为法，如梦幻泡影，如露亦如电，应作如是观。"

这世间一切都如梦幻影，存在亦可失去。努力即可，其他的交给命运。尝试过，即心安，至于以后，顺势而行，该来的自会来。

我不想做伟大的母亲，只想做好自己

1

以前我从来没有想过把孩子列入我的生活计划。

直到碰见那个对的人，迅速结婚，随之一个小公主如愿来到我的生命里。

那时我想给她所有的爱，要做一个伟大的母亲。

想法和事实总是有所出入，想法在东，事实去西。

自己带孩子，没有老人指导，为了做一个合格母亲，看了很多如何做个好妈妈和孩子心理学的书。但是，她不分场合地哭、闹、需要，是书本不能解决的。

我心里时时抓狂地大喊"我需要自己的时间"，但表面上还要对孩子微笑，装作喜欢又轻松的样子。

很分裂。

后来调整心态，把当母亲作为一份没有工资的工作。工作上你不能任性，要克制、礼貌、敬业。这样想，一切都变得平和。

孩子的第六感非常强大，她仿佛能看见你内心所有的活动，作为母亲，自己心理上和生理上首先要保持平衡和愉悦，才能带给孩子真正的快乐。

世界上所有事情都相通，解决一件，其他的也能事事通。

2

女人，一旦有了孩子，话题就离不开孩子，关注力都在孩子身上。

做母亲的以为自己付出很多，孩子应该感激，其实孩子心底里早已看不起，因为孩子在学习成长，而妈妈总是重复着同样的事情，过一天和过一千天一样。

在孩子长大过程里，我开始感觉到她轻视的目光。她印象里的妈妈就只是那个不修边幅、整天围着她转、随时满足她各种要求的人吧？

我曾想做世界上最好的母亲，但是我也不想被孩子看不起，更不想刚开始找寻自我的人生被孩子的生活所绑架。

我开始从心理上给她一种距离感，妈妈不是她的私有物，妈妈有自己的生活和工作。

于是从她上幼儿园开始，我又重新拿起画笔，每天坐地铁两个小时到画院去听课画画。我刚开始去上课时，孩子有些不习惯。问东问西，问我每天去外面做什么？

直到一年后画画结束，邀请她去看了有我作品的画展。她开始尊重我。

后来，即使每天在家里我也用写作和画画把时间安排得满满的，我告诉她这是我的工作，工作时间不能打搅我。

我尊重她，也希望她尊重我。我不想等她长大后才去找回自我。

3

家庭里，父母是孩子的镜子，孩子是父母的影子。

有一个故事。母蟹对小蟹说："孩子，你为什么总横着爬，为什么不能直着走呢?"小蟹委屈地回答："妈妈，我是照着您的样子走的呀。"你看，母亲的行为对孩子影响是如何之大!

努力做好自己，减少对孩子的关注，将更多的关注放到自己身上，做好自己。

就像龙应台说的"有些事，只能一个人做。有些关，只能一个人过。有些路啊，只能一个人走"。早早放手，无论对孩子还是自己都是件好事。

母亲的格局也决定着孩子的格局。你努力孩子便努力，你独立孩子便独立。

胡适的太太江冬秀没上过学，胡适也劝她不要多打牌，要多教育孩子，但江冬秀从没放弃自己打牌的爱好，以致江冬秀带小儿子胡思社在上海避难时，胡思社也染上了赌博。

胡适三个孩子，一个女儿早逝，两个儿子成就了。胡适曾说过，在家庭教育中，最重要的就是母亲，母亲的修养决定了孩子的教养。孩子教不好，那是母亲没有耐心的关系。

现在，孩子渐大，我也已无须看太多育儿书指导我。因为我知道：你希望孩子做个怎样的人，你就努力去做怎样的人。

虽然无力，但要尽力

1

在一个英语阅读群看到老师转发同学的两条微信：

老师，对不起，我今天没精力和时间完成后三篇短文，我的身体比较弱，患两个癌症，做过四次手术，我非常喜欢英语，"心有余而力不足"，所以我可能会忽略学习保身体，请让我更随意地学习好吗？

我患第一个癌症是2001年，第二个癌症是2009年，最后一次手术被医生诊断的成活期只有17个月，但我已经活了9年。我只是免疫力低，容易疲劳，我若不说，别人很难看出我是个肿瘤病人。不用担心，我很乐观，热爱生活，也会调理自己。

看完，为那位素未谋面同学坚持学习的精神所感动。

如果一般人得了癌症，肯定是已经很恐慌，而她还在学习英语的路上前行。

人生的终点都是一样，不同的是如何在走向死亡的路上还充满希望。

每个人年轻时都有这样那样的梦想，最难的是随着年龄增长，初心不忘，年老时没有变成年轻时讨厌的模样。

无力，也不能阻止她继续追求梦想。活一天，就有一天努力和梦想。

2

一个朋友，家庭条件很好。在单位工作，混着过。本来学会计，但是不喜欢，会计证考了好多年也没考下来。

每天混日子，打牌。年轻时的日子就那样荒废过去。

有孩子后又成天围着孩子转，把自己的全部精力投入到孩子身上，孩子结婚后，家里空荡荡的，一下子失落得很。

没有尽力去生活和努力的人，到头来生活给你的是空空一场。

当你年轻，有机会和条件的时候，还是要为自己尽力去做些什么。

3

以前，我特别逞强，完全靠时间和体力拼工作。

后来，病全来了。先是心脏不好几次晕倒在公司，接连做过两次手术后，彻底告别职场。

画画后，为参加展览画两米见方的画，每天往返四个小时在路上。回家陪孩子，心力交瘁，终于再次病倒。于是暂时放弃尝试画大幅作品。

开始写公众号后，因为每天晚上写文睡得太晚，身体又垮了。于是状态好就多写些，状态不好就休息。

虽然生活中常感无力，但已尽力，无憾矣。

亦舒说：人生一共四道题目，学业事业婚姻家庭，平均分高才能及格，切莫花太多时间在任何一题上，这四道题目贯穿于人的一生中，或早或晚，有所交织，也该在不同的人生阶段有所侧重。

4

也有些一直冲锋在事业一线，早早付出生命的人。

我认识的中医师说去他那里治疗的一个客户在工作中猝死。

我见过那位客户，四十多岁，短发戴眼镜的一位精干女子，两个孩子都在美国名校上大学。因为做IT工作，加班是常事，有头痛病很久，也在工作中晕倒过，去医院又检查不出任何问题，工作上离不开，转身又投入工作。

她最后一次晕倒在办公室，救护车来了，躺在担架上，还有些意识，就是不去医院，在彼此争执中就去了另一个世界。

伏尔泰说：人生各年龄阶段各有不同，未能随机适应将经历所有不幸。

在该慢下来时没慢下来，身体会抗议，因为身体也有累了的时候。倾听自己身体的声音，去顺应、调整，即使无力，起码还有你尽力过一生的机会。

不懂爱惜自己的人，可惜连无力的机会都没有。

5

在帝都时听多了三四十岁猝死的事情，不免心有戚戚。

和姐姐聊天，她说："多注意身体啊，不然不知道何时会出状况。"我说："熬过60岁就没问题了，我就保证能活到100岁。"姐姐听完哈哈大笑："谁都知道60岁以下最危险。"

35岁到60岁是疾病的高发区，如果你正好在这个年龄段，就要注意身体发出的警报。

在感觉无力、身体不适的时候调整饮食、多休息，保持自己身心愉悦。学会和自己身体说话，内观自己，珍惜现在的自己。

如果从年轻健康时就知晓生命无常，生命短暂，每人的寿命岂不是可以有几百岁。

无论你多少岁，从现在开始，把每一天当作你一生的最后一天度过，保证不后悔。

在元旦新年遇到过的那些囧事

连续三年的12月31日，都在路上，好像不折腾点事，新年不能过似的。

1 2016年12月31日·北京·长白山

2016年12月底，在北京一所自然教育幼儿园组织下，北京一帮家长和孩子去长白山林海雪原玩。我们当时包了几乎一整节硬卧车厢，晚上，小朋友们在车厢里跑来跑去，大人孩子都是掩盖不住的兴奋。老式的绿皮火车，吱吱呀呀地慢慢向长白山的原始森林开去。

第二天，大家都很早就起来了，看到车窗外已经进入茫茫雪原。

小学时看过《林海雪原》，对里面的少剑波和白茹的故事记忆甚深。与其说带孩子去看雪，不如说是圆自己一个愿望。

冬天华北平原的雪，往往是刚下完，雪就化了。特别渴望看到一脚踩下去就是深深脚印的大雪。

长白山的雪，踩下去雪就没过膝盖，要用尽全力拔出一只脚才能放下去另一只脚。进到白茫茫一片晶莹剔透的雪原里，大人孩子必须要戴雪镜、戴上护腿的雪套。

　　12月31日我们在长白山迎接新年，大人们一起包饺子，老师则组织孩子们玩游戏。孩子们在雪地里挖一人高的雪洞、打雪仗。

　　在零下40摄氏度、手机都会冻得没电的东北，我浑身贴满了暖宝宝。女儿玩雪忘了冷，准备回北京那天就开始发烧。

　　我们坐飞机，晚上11点到北京，北京下了那个冬天第一场大雪，机场没有出租车，也打不到别的车，好不容易挤上最后一辆机场大巴，把我们放在三环路上，女儿睡着了，在北京深夜的雪地里，李同学抱着昏睡发烧的女儿，我跑到路上去拦车。

　　那个雪夜，平时拥堵的北京街道，竟然没车，偶尔过来一辆，也都是别人约的车或者被别人抢走。

　　已经凌晨，女儿发高烧39度多，我们还没打到车。

　　后来，一个打车的好心人看到我们大半夜抱着孩子，主动要求可以让我们和他拼车回去。

　　我们抱着发烧的孩子终于回到家。第二天，带女儿去看老中医，老中医问我："这孩子冻坏啦！你们带她去哪里啦？"老中医一声叹息："你们这些父母，太折腾了。"

　　看梦幻的林海雪原换来的是女儿生病，断断续续到春节才好。

　　所以，我从来不羡慕朋友圈别人的美好，因为我知道在每段看似华丽丽的生活背后，一定有些不为人知的不堪，只是不想晒给别人看。

2　2017年12月31日·波兰华沙·西班牙马德里

　　2017年12月31日，我们一家人是在去往西班牙的飞机上度过的。当时朋友说12月31日华沙转葡萄牙里斯本，再飞西班牙马德里，机票才600多元人民币。于是一家人来了场说走就走的旅行。

到达西班牙马德里时，已经是晚上11点多，错过了最后一班地铁，我们订的酒店又在马德里老城中心，司机听说我们去老城，全部摇头，因为在老城有迎接新年庆典的活动，我们订的酒店前面的路戒严，不允许车辆进入。

后来，用半生不熟的英语，好说歹说，再加上我们抱着疲劳至极的孩子，有一个司机动了恻隐之心，同意送我们去老城。

到老城附近，在狭窄的巷道里七拐八拐，司机找了个靠近酒店的地方停下来，说不能再往前走了。

除了看到路边的警察，感受不到一丝新年的气氛。

我拖着行李箱，李同学抱着睡着的女儿，我们狼狈地走进老城黑漆漆的街道里。黑夜很快把我们包围住，心里充满了沮丧，感受不到一点新年的快乐和初到马德里的惊喜。

寂静的深夜，只听到我们的行李箱轮子划过地面的声音。好不容易找到订好的酒店，刚进到房间，就听见窗外人群的呼喊，看时间快要12点了。

李同学把女儿扔到床上，跑向靠路的阳台，然后还让我赶紧去看，这么一闹女儿也醒了，爬起来也向阳台冲去。

楼下不知从哪里拥出很多人，在向着一个方向跑，我们顺着人群跑去的地方看过去，有烟花腾空而起。

酒店里的客人也都拥到靠街的阳台上，老城中心的酒店狭小紧凑，我们的阳台近得仿佛都能听到彼此的呼吸，虽然素不相识，但在2017年12月31日最后时刻，我们都对彼此说着同样的话"Happy New Year！"

看着绽放在高空，照亮了夜空的美丽烟花，我们路上的疲劳一扫而空。

有时，旅行是件很累人的事情，想象中的千般美好，可能一点小事就可以把人的信心击得粉碎。但，旅行在磨炼人心智的同时，又像夜空里突然升起的一束烟花，给人以惊喜。所以，无论旅行带给我怎样的困境，也未曾放弃要走天涯的一颗心。

人生如旅行，旅行如人生。在旅行中慢慢学会以平常心看淡不平常的生活。

3　2018年12月31日大理·石家庄

越要临近2018年12月底，心里越是慌张，因为不想2018年最后一天再在路上度过。

造化弄人，往往越是希望越达不到，还是要在2018年元旦左右去天津。

买好12月31日大理飞石家庄的机票。女儿已经在上幼儿园大班。我们可以分别了。

2018年12月31日一早，太阳刚刚从洱海那一边升起，我和哭着躲进被子里的女儿告别，李同学送我坐上来接我的快车，我独自奔向大理机场。

一个人出行轻松自在，以为顺顺利利就可以飞到父母家。

结果换登机牌，在传送带上我的行李发出"吱吱"叫声，安检仪的红灯一闪一闪的，我的心也跟着晃动起来：好像行李箱里除了鲜花饼、杞果、青枣，没有什么啦！

安全员让我过去，对我说："打开行李。"我打开行李，他的眼睛像激光一样一下子照到箱子角里的塑料袋："那是什么？是鲜肉吧？"我说："是。""新鲜的还是腊肉？""新鲜的。""现在不允许带新鲜肉，腊肉倒可以。"我嘀咕着："好像以前可以带鲜肉的。""现在非洲猪瘟，不能带了。"

这块鲜肉是李同学回泸沽湖，参加大叔嫁女儿的婚宴，大叔送的。孝顺的李同学知道我家老爸最喜欢吃新鲜原生态食品，就冰冻，仔细地包起来，让我带回去给老爸吃。

我央求安检员，通融下，或者还有其他办法。他严肃的面容缓和些："服务台可能可以暂时存放，让你家里人来取吧？"

我谢过他，拿出肉，箱子安全通过。然后跑到服务台，填了表格，把鲜肉寄存在那里，通知李同学来拿。

转念一想：不就是一块肉嘛！可吃可不吃。心意到就好。放下肉的事情，也放下心。

预期都是好的，都希望自己能心想事成。但事情来临时，除了接受，好像也没有更好的选择。

在我特别想在自己家里过新年时，又来到了我父母家。

现在，我不再祈求想念什么了，该来就来，该走就走，困境总有过去的时候。心随境转吧。

在恒常的生命里，笑对无常的生活

有时，你是否在纠结换个新工作？是否计划让自己生活有个新的开始？

想了，就去做，对于自己的过去和未来，只要活着，无论结束或开始，随时都是做决定的好时机。

当年辞职，决定自己创业，就是在春节后向工作的公司提出来的。

三年在公司超负荷的管理工作，已经让身体透支得厉害。

如此看重的工作，可能会损耗我唯一的生命。而自己的生命，在世界上只不过是芸芸众生之一，多一个不多，少一个也不嫌少，除了自己还会有谁去珍惜呢？

唯有自己爱惜自己，人生才能走远。唯有足够爱自己，才有能力爱别人。

看清了生命本质，我毅然放弃高强度、高压力、高薪的工作，背负着为刚买的房子每个月还3000多元贷款的压力，辞职，自己成立公司创业。那时因为刚买完人生第一套房子，银行账户上只剩下两万元存款。

靠着在以前公司打工积累下的关系，很快有了第一个项目，公司也从一个人的光杆司令的状态逐渐有了员工，走上正轨。

但生活从来不是一帆风顺，公司后来经历了合伙人拆台、亲戚背叛、濒临破产，狗血电视剧里的故事一个都不少地经历了一遍。

后来，卖掉公司，实现了财务相对自由，结婚、生子，做自己想做的事，见自己想见的人。

这是一个好的时代，生活是多项选择题，只要你有选择的勇气，就会有一条路让你走下去。

而在父辈的那一代，生活是道单项选择题。少了选择，多了坚忍。

我的父亲20多岁时因为说话耿直，得罪领导，1958年从帝都中直机关被下放到河北小县城工作，母亲也被赶了下来。

我问过老爸多次："来到县城60多年，您后悔吗？"85岁的老人家说："除了刚来时，生活艰苦一点，在北京一个月有半斤肉食补贴，来县城就没有了，有的也都是减半。想吃个点心，整个保定市都买不到。就是伙食差，其他方面好像过得都很有意思。每天在外面跑，尝试各种生活，给农民开过会，参加过劳动，一起盖县委大楼，如果在北京可能就体验不到这么丰富的生活。"

老爷子接着说："如果换作现在，我肯定做自由职业，辞职单干，天马行空。好在，我也没委屈过自己。人，不可能完全主动去选择所有的事情。还是有被动不可选择的部分。"

我的父母如今都已经80多岁，无论生活给了他们多少苦难，笑起来却依然阳光灿烂，也还心存希望和幻想。

在他们身上看不到以前挫折生活留下的烙印，年轻时经历的那些坎坷反而被他们当作笑话，讲给我听。

往事，被他说得云淡风轻，好像都成了过眼云烟，剩下的都是苦中乐趣。

我的父母都是平凡的普通人，在平凡的生活里经历了很多坎坷，但他们认为生活就是一个坎接着一个坎，有无常，有幸运。

虽然从来不会寄希望于自己会是最幸运的那一个。每件事，都尽心去做；每个人，都尽心去爱；某一天，好像自己真成了很幸运的一个人。

生活，无非是它在闹，你在笑，彼此温暖过一生。

运动是最好的疗愈

1

有一次从北京回到大理后，做啥事都提不起兴趣，大理的蓝天也不能让我兴奋起来，我一度怀疑自己是否得了抑郁症。

这种状况持续了很久。

直到去上3月就报好名的"七天瑜伽维密瘦身课"，每天晚上6点半到8点到茶马人瑜伽上课，上到第二天，精气神好像慢慢恢复了过来。

茶马人瑜伽教室坐落在大理古城洱海门的旁边，沿洱海门，顺着洪武路走向果子园方向，在路左边一条小巷里就到了。

瑜伽教室授课兼客栈，平日也做瑜伽教练培训。教室小小的院子里铺着白色的石子，上面不规则地点缀着石板，成为小径，直通大厅。装修以白色为主，简单素净，没有客栈惯常的花花草草。

我们这期短期班五个学生，两个老师，据说上期有个学员没有控制饮食，竟然瘦了六斤。

我们都是想要再瘦些的人。

刚开始上课前，我们还有心情和老师在院子里摆拍各种造型，轻松得很。

上课后开始虐人。

所有的动作30个一组，有时要做完四组，仰卧起坐的前仰做60个，后仰做60个，对于久不运动的我来说，太难熬。

在大强度的运动中，痛并快乐着，必须身体的每一个细胞都调动起来，才能跟得上老师的节奏。阴郁的心竟然慢慢明朗起来。哪里有心思去想烦恼的事？

很少见农民有得抑郁症的，每天在地里忙，哪有时间去冥思苦想？把身体的各个细胞运动起来，心情自然好起来。

连续运动两天精神好了很多，抑郁症好像消失了。

2

上课到第三天时，久不锻炼的身体，开始抗议，上下楼，两条腿像灌了铅，弯腰拿东西都很费劲。

6点要去上课时，收拾好东西有些懒懒的，准备着出发，放学回家的6岁女儿看出我的情绪不高，问我："你不太想去上课吧。"我说："有一些不想去，太累了。但是要坚持。"说完，挥手再见，走出家门。

浑身疼，想着每次大强度的训练，累得汗流浃背，心里有些抵触，这是何苦呢？花钱买罪受，再说自己也不胖啊！

有时在舒适区待久了，总想来上一点点挑战，看看付诸的行动，可否给自己带来一些很容易看到的改变？

老师要求上课前45分钟不能吃饭。过了中午基本就不吃饭了。晚上8点半到家，也不觉得饿。李同学看在眼里，心疼得很，说：

"没见过你这么自虐的？每天不吃不喝的。"

到了教室，我问早到的同学："你们感觉怎么样？"全部是浑身疼。大家都想着这种状态，今天怎样上课做动作呢？

梳着两条麻花辫，轻盈美丽的仇仇老师进来，要求大家各就各位，准备热身。她没问大家浑身疼吗？只说："不能偷懒，要对得起你们交的学费啊！"

天下老师都是一个腔调。告诉我们要对得起自己、对得起学费，至于累不累，老师自然不会同情你，每个人不都是从这一步开始的吗？

第三天开始，锻炼渐入佳境，站在半圆球上再也不会掉下去，可以很容易完成一些动作。

我们的身体总是保持一个姿势其实也会抗议，身体是一个独立的生命，我们只是借用身体这个躯壳，爱她时，她自会高兴；对她熟视无睹时，自会用一些病痛折磨我们。

运动，其实是内观自己的一种方式，让我们和自己的身体对话，熟悉她的每一部分，这样，病痛可能会逐渐远离我们。

3

体能经过三天的激活，后来做起动作轻松了很多。仇仇老师说第四天最关键。

确实如此，倒立的动作，在第三天还需要老师辅助，第四天就可以独立完成。好像越过了那道坎，容易很多了。

说起倒立，是我练瑜伽的痛，以前在北京一直断断续续练过几年瑜伽，也是在号称京城最大的瑜伽馆，但是一直没学会做倒立的姿势。

在所有瑜伽体式里，倒立和竖叉是对人的身体最好的两个姿势。没想到经过三天集中训练，在大理茶马人瑜伽教室竟然学会了几年都不曾学会的倒立。

七天瑜伽维密瘦身课程结束，体重一斤未减，肌肉结实了，心情愉悦了。在课程结束的第二天，又拿起了画笔，开始勾稿子。

运动是最好的疗愈。

抑郁和在哪里生活没关系，你看，我在大理，也有抑郁的时候。当感觉灰暗的时候，去运动，阳光自然会扫走一切。

无论生活在哪里，每个人在生活里都会面临挑战，挑战来自自身，或者来自外界。希望开心地生活，最重要的是做到平衡挑战，看来运动是很好的一种平衡方式。

你也可以尝试下用运动疗愈自己，无论跑步、爬山、健身、瑜伽，先让自己活动起来！

以自己喜欢的方式过一生

从大理回京办事情，顺便看望父母，在朋友圈发照片，大学的好友关心地打电话给我："你又要搬回北京了吗？"我说："只是办事情，北京纵然有千般好，我也不会搬回来啦！"

我更喜欢 2008 年前的北京，那以后的北京变得越来越陌生，不知怎么就慢慢不喜欢了。

喜欢一个地方，就像喜欢一个人一样，没有理由。即使有理由，理由也总是有改变的时候。

不同的阶段喜欢不同的人生，20 岁时，喜欢大城市，喜欢通过别人的认可实现自我价值。30 岁后，经历一些挫折，认识到生命的无常，开始更多倾听自己内心的声音："我到底以怎样的方式过一生？"

那时，看了很多关于修行的书，印象最深的是比尔·波特的《空谷幽兰》，张剑峰的《寻访终南山隐士》，最接地气的是冬子写的《借山而居》。

当时的场景很魔幻，每天白天穿着名牌职业装，在京城辗转于写字楼间谈生意，晚上回到自己的小窝，在灯下彻夜读着写隐士的书。想象着自己去山上做个隐士，穿着粗布长衫，每日饮露水，吃野菜，每晚点一盏油灯，日出而作，日落而息。如何？

但终究是个俗人，想了很多年，也没有勇气走上终南山，有了孩子后，上终南山更成了一个梦。最终奔赴了风花雪月的大理。

写了很多大理移民的文章，很多人都羡慕我的勇气和生活，而我却是最佩服那些在山里隐居的人。

比尔·波特的《空谷幽兰》和张剑峰的《寻访终南山隐士》写的更多的是道家、佛家修行的人，写的是别人的故事，冬子的《借山而居》写的是自己的故事。

冬子，一位80后诗人、画家，2009年毕业于西安美院油画系，花4000元租下终南山小院20年使用权，花费几千元将老宅改造，实现"诗意栖居"。

他逃离城市的原因是"我不能没有桃花源"。他自己打造了一个桃花源。

冬子在终南山的生活简单真实，他养了鹅、鸡、狗、猫，并且给它们起了很世俗的名字。在鸡鸡狗狗围绕下的生活，出世又入世。

他说："我觉得最可悲的事，莫过于终其一生，一直在把假象当真相。"

城市里的生活，大概很多是假象吧？

冬子27岁逃离长安城，选择到终南山上远望他曾经学习生活过的城市。

终南山上缺水缺电的生活在别人看来很苦，他觉得是另一种意义上的富有。"富在春有百花秋有月，夏有凉风冬有雪。"

《借山而居》不是一本经典的书籍，它的上架建议是：畅销/散文。冬子提出了另一种生活的可能性。

开始一种新生活的种子，可能已经早早埋在心底，只等着有合适的土壤、气候就生根发芽、开花结果了。

生活是自己的，无关乎别人的评价。人最可悲的是永远生活在旁人的眼光里。选择大理定居，是因为它的包容。

在大理，做个闲人，每天晒太阳、去种地、收废品、闭关辟谷，种种你能想到、想去做的就去做好了，没有人会嘲笑你。因为每个人都在这里找到了自己喜欢的生活方式。

无论是大隐隐于朝，还是中隐隐于市，小隐隐于野，只要自己喜欢，都不失为一个美好人生。

第二章

爱自己

年轻时，不怕死，觉得人生漫长，遥遥无期，何时可以解脱掉这生活的苦？

平常人遇到的每个苦，自己一个没有躲过。好在，都走了过来。

不懂爱自己的时候，又如何能遇到爱你的人呢？

学会爱自己，何时开始都不晚，我 40 岁以后才知道要好好爱自己。所以，年轻不值得炫耀，年长也不必畏惧。年轻时惧怕衰老，年长时却不再向往年轻。

孩子的到来，让我看到人也是那么纯净的啊！后来的种种不过是因缘聚散。

每个人，无论过往多么辉煌，最终都要归零，跨进死亡的大门。

在每一天都离死亡更近一些的时候，你学会好好爱自己了吗？

好好爱自己。学会淡然看世界，世间万物，"得之我幸，失之我命。"不去强求，凡事尽力则好，至于结果如何，交给命运。

好好爱自己。结善缘，和让自己开心的人在一起，远离负能量。保证自己正能量旺盛。

好好爱自己。不人云亦云。每个人，生而不同，适合别人的不一定适合自己。走自己的路，让别人说去吧。

好好爱自己。了解自己身体的每一部分，静听自己身体的声音，大病之前身体一定长时间警告过你，学会倾听自己。

好好爱自己。不强求自己去讨好他人。做最真实的自己。因为一定会有人喜欢真实的你。

好好爱自己。珍惜每一天。时间一去不复返。该来的自会来，该走的自会走。

好好爱自己。学会在繁华的世界里，享受孤独的美丽。热闹终是一时，人生终要自我去面对繁华落尽。

好好爱自己。不以物喜，不以己悲。用微笑抹掉悲伤，把痛苦锤炼成诗行。

好好爱自己。才可以爱父母、爱家人、爱子女、爱朋友，才可以在漫长的人生路上发现爱的阳光。

好好爱自己，这门每人都需要用一生去做的功课，你做好了吗？

一个人的人生也很美好

有一次和一好友闲聊，她说她有一个女友40岁，是年薪百万的高管，以前忙事业，再加上心气高，一直没有交男朋友。最近因为担心年纪大不能生孩子，所以有些急着要找个男友结婚生子。别人给介绍了音乐学院50多岁的离异单身教授，见了一次面，教授说其实学校好多年轻女学生追求他，结婚就想有个固定的人照顾，条件是女方不能管他，并且言外之意嫌女高管年纪大了。女高管想自己比他小十多岁，他还如此无礼与轻视，教授当然不是女高管的菜，直接PASS掉。

后来，我还问女友女高管的条件，正好身边认识一位除了钱不太多，其他都不错的男生，反正女高管自己不缺钱，急着结婚的话找个靠谱的人最重要。女友说问问后也没了下文。

可能，对于女高管来说，自己一个人过得也很好，想结婚生子只不过是她的从众心理作怪罢了。

以她的条件，已经很难再找到她想要的人结婚了。

有钱的不会找她，没钱的她看不上。

其实，结婚真不是人生的唯一选择。

一个人有时真的很美好！

我认识一位大姐，以前是保险公司高管，单身离异。病退后自己投资房产，做些理财。喜欢旅行，国内和五大洲自由行都走遍，喜欢哪个地方，随时买张机票说走就走，现在又在筹划坐邮轮从南极到北极。

人生有很多模式，婚姻只是一种，不必都要挤在婚姻这个独木桥上。

瑞典的男女情侣相处的模式据说有很多种，结婚在里面只是很小众的一部分。

如果自己一个人已经过得很开心，那何必去苦苦寻找并且适应一个陌生人？如果一个人过得不开心，你找另一个人就会开心了吗？

该来的自会来，不该来的强求也不得。

用一颗平静无欲无求的心去生活、去看世界时，喜悦自会来。纠结反而不得其果。

用扎西拉姆·多多的几句诗作结尾：

你见，或者不见我
我就在那里
不悲不喜

你念，或者不念我
情就在那里
不来不去

你爱或者不爱我
爱就在那里
不增不减

千万不要做乖小孩

1

学期末女儿幼儿园邀请家长面谈，班主任老师提到我女儿课外班太多，会导致她身心疲劳，影响孩子身、心、灵发展的问题。并且很诚恳地和我们说起女儿的各种状况，说我女儿有乖乖女的倾向。

在华德福教育里"乖孩子"是最值得关注的，"乖"意味着压抑自己的天性，成年后会有很多问题。

听老师说到这里，在那位比自己小很多的老师面前，我竟然抑制不住地哭了起来。

我最不想让女儿当乖乖女，因为我自己就吃尽了做乖乖女的苦头。没想到表面上性格外向、男孩子似的女儿，竟然有颗玻璃心！

我自己做了六年多全职妈妈，全心陪伴教育孩子，让她尽情释放天性，怎么还是个乖乖女？

为自己的教育失败伤心，为孩子伤心：如果这种乖乖女的状态，在12岁前不能改变，她在未来的爱情婚姻关系里一定是付出型的一方，也会成为容易受到伤害的一方。

华德福教育体系在西方有一百多年的历史，所以有一套很完善的身、心、灵测试评估系统，并且经过了大量案例跟踪论证，预测结果可信度很高。

我帮她向所有的兴趣班请假、暂停，让她好好玩耍。我希望女儿千万不要做乖小孩！

2

乖孩子不是天生的，一定是在成长过程中某些地方出现问题，才会出现"乖小孩"。

我的妈妈是个女强人，小时候对她印象最深的就是总加班。大部分时间都是我的姥姥照顾我们。

妈妈在单位里好强，也强到了家里，凡事都要听她的，我的姐姐性子硬，和她顶着干，没少挨打。我看在眼里，记在心里，好汉不吃眼前亏，所以我小时候特别乖，嘴也软，很快就会承认错误，妈妈一巴掌也没打过我。

我妈妈看着现在不听管教的我，总是很向往过去，说："你小时候最乖了！"

我做乖小孩一直做到高中，开始默默地逆反，上了大学后，更是和我妈妈顶着做，她说东我一定往西。

这个逆反一直到现在，好像是对儿时太乖的一种报复，不是故意，却停不下来。

生活里走的每一步，全部是自己的主意，再没和妈妈商量过。

率性的行为也带来了很多负面后果，这种后果一直延续到现在。

可能这就是幼时天性被压抑的结果吧？

3

很多到大理定居的成年人，小时候都是乖小孩。心里想逃离那个压抑自己的原生家庭，于是越逃越远，在远离中，才慢慢找到自我。

我的朋友小T是位性格温和儒雅的男士，四川人，是位大龄单身青年。在学校里总见他笑眯眯的，从不见他着急和生气过，他说："我以前在四川时，总觉得生活没有意思，找不到方向。来到大理，学校放假，想去哪里背起包就走，或者，骑上电动车就走，生活变得开心极了。"

我想他在家应该是个乖孩子吧。

这样逃离的例子，在大理我遇到过很多。幼儿园园长说自己小时候也是个乖小孩，四十岁时开始逆反，离婚、自己想做什么就做什么，开始找回幼时失去的自我。而这段迟到的逆反，谁也不知道是好还是坏呢？

有时，我会想，如果不是年轻时逆反，走了那么多弯路，现在的我是什么样子呢？还会跑到远离父母几千公里的大理定居吗？

时光不能倒流，未来也无法预测，能做到的只能是走好现在的每一步，因为每一个现在都成就着你的未来。

4

很多心理分析师、疗愈师都有这样的结论：

很多儿时的"乖孩子"，长大后心理问题会比较多。

很多儿时调皮叛逆的孩子，长大后反而活得比较自我快乐！

"乖"意味着讨好大人，忽视真实的自己。

"乖"意味着不懂拒绝，没有自我。

"乖孩子"以满足他人意愿、获得他人首肯为生活主导，失去表达自我的声音，忽略自己的真实需求，内心压抑，活得十分痛苦。

如果在孩童时期，一个人没有权利去体验和表达自己真实的感受，他们就会把这些真实的感受从自己意识中"抹去"。

然后努力去扮演别人给自己定下的角色，离真实的自己越来越远。

明明不喜欢，要装作喜欢；明明很害怕，要装作勇敢；明明很在意，要装作无所谓……虚伪的人生，从儿童时期开始。就让孩子活出真实的自己，不做乖小孩。

男人没钱，就不配拥有爱情？

1

都说现在的女孩子太拜金。

这应该是男人的说法。谁不希望钱多多，可以没有压力地生活呢？

男人可以在没钱时看你什么都好，有钱时立刻拍屁股走人。

凭什么要求女孩子在你没钱时和你一起受苦，有钱了你却去找另一个人享受。

不是现在的女孩子拜金，而是现在的女孩子都活明白了，更成熟而已。

一位大姐，她父亲以前是省厅的干部。她老公家是农村的，因为和她谈恋爱，留在了省城并分配到一家很好的单位，由于她父亲的关照，平步青云，很快当到了单位的二把手，她老公在外面应酬越来越多，后来有了小三，小三假装怀孕要挟她老公要举报，她老公问她怎么办？前面是前途，后面是穷途。这位大姐选择带刚上小学的孩子直接离婚。

在感情世界里，开始时男生追求女生，貌似女生占了主导，实际上男生才不损失任何东西。因为，女人易老，感情易冷。感情变冷之后男人可以一走了之，男人还可以四十一枝花，而女人已青春不再。

有位名人说得好："男人是下半身思考的动物。"用下半身思考是不分有钱和没钱的，既然都一样德行，为何不找一个有钱的呢？省却了贫贱夫妻百事哀，也不用担心他有钱后找小三，他如果要找小三，也拦不住，起码他有钱，现在不用白白和他一起受苦。

2

当女人和没钱的男人谈分手时，没钱的男人最喜欢说的一句话就是：你不就是嫌弃我没钱吗？你就是想找个有钱的吧？放心，虽然我没钱但你的钱我一分也不要。

说话口气顶天立地的男子汉，真的会一分钱不要吗？

有一女朋友和大学同学恋爱五年，男生没钱只有爱情，女生当时不嫁，他就要跳楼。女生心软结婚。婚后女生非常能干，几年时间在帝都挣下两套房子和车子，男生换了很多工作，最后一事无成拿女生的钱平日在家里炒股，周末自己钓鱼郊游约友，约的是男友或女友就不清楚了。男生平时从不把女生挣多少钱放在眼里，花得却有理。女生最后试探性地说给你一套房子离婚吧，男生立时同意。第二天就办了离婚，一个月后就把另外一个女孩带回家。

本来只是想试探他有无小三，一次就定局，以前的死缠烂打统统忘得一干二净。

男人口口声声的爱一辈子，放在手心里的那个女人，还没过七年就已经烫手了，想扔得老远。

越说不在乎钱只在乎爱情的人越是喜欢钱的。

世界上最珍贵的东西都是免费的，空气是免费的，清风明月是免费的，爱情也是免费的，所以人们就不容易珍惜这些免费的东西了。

3

在父母那一代人里，总能见到白头偕老，举案齐眉的夫妇。

那是那个时代使然，社会平均分配，生活压力小，道德标准要求高。那时的爱情确实只要有爱情就够了。

有一句话叫"任何不以结婚为目的的谈恋爱就是耍流氓"。

既然爱情的目的就是要结婚，当然不是有两个人的关心就够了。仅有精神上的爱情是不完整的爱情。追求物质享受，是爱情不可缺少的部分！精神和物质相辅相成，缺一不可。

精神滋润爱情，物质能让爱情变得更加幸福！精神是爱情的满足，物质是爱情的保障！

4

男人没钱想要爱情也可以找个有钱的女人，享受精神和物质都有的美好生活。

但是没钱的男人往往情商低，找到有钱的女人也不知道如何好好把握。

身边一大姐，初中毕业在帝都白手起家做美甲连锁店。大龄剩女。后经朋友介绍认识了一个刚大学毕业的小男生。大姐保养得好又有钱，小男生对她一见钟情，大姐觉得小男生学历好，两人很快结婚生子。孩子的出生打破平静。

小男生开始整天和这大姐闹，甚至开始夜不归宿，原因都能猜到吧。

这大姐和他谈心，容忍很久。但小男生反复多次的胡闹终于导致了忍无可忍，以离婚告终。

他后来无论如何想复婚也是再没有机会了。

每个人都有自己的底线。

能在帝都做到连锁生意，在CBD开美甲店的也肯定不是一般人。

免费的爱情，太容易得到，就不懂得珍惜，也会很容易失去的。就像那些买彩票一夜暴富的人，往往最后仍会落得一贫如洗一样。

天下永远没有免费的午餐。永远。永远。

5

男人没钱怎么办？就不配拥有爱情了吗？

没钱也可以拥有爱情。但是没钱的男人请努力具备以下几点：

第一，勤奋。要努力去改变现状。

第二，高情商。作为男人，最怕的就是情商低，情商低的标志是易说话得罪人。

第三，思维能力。一个男人，要拥有成熟的思维能力。

第四，口才。好的富有逻辑性的口才可以更好地展示自己。

第五，多读书。用好书充实自己。学习成功人士的经验。

一份美好的爱情可能就在不远处等着你。

女人，你凭什么要求男人必须爱你？

写了篇《男人没钱，就不配拥有爱情？》。

有留言说："再写篇关于女人的吧。"

还有人说："女人没才没貌，是否也应该没感情呢？"

还有留言说："最好的爱情是旗鼓相当，只有不断变好，变优秀才能在婚姻里有底气，才能拿得起，放得下。男女都一样。"

任何事情都是AB两面。

说完男人这面，说说女人那面吧。

1

有一女，年轻时长发齐肩、飘逸洒脱，恋爱结婚生子后，就在家里带孩子，孩子上幼儿园后也不上班，每天逛街买菜做饭接孩子追韩剧，不看书，不上进。她的老公精神出轨。

最终挽回老公的人，但是心跑到哪里就不知道了。

在这种婚姻里两个人的精神状态都直线下降。

后来别人劝她说："你老公好像老了很多，是否工作压力太大？你是否应该帮他分担一些？"

她说："男人就该养家，就该承担压力。"说话的口气不带一丝同情。

我想这种女人不被爱也罢。

同为女人的我听说后，很同情她的老公。

她整天打着接送孩子、照顾家庭，没有时间工作和挣钱的借口混吃混喝，归根到底是个"懒"字吧。

人生只有一次，不会因为曾经年轻过就不再想年轻。

每个人心里都藏着一个永远的小孩，那个小孩想永远年轻，想永远谈情说爱。

没有谁不想在有限的生命里看更多的美景，体验更多的人生。

2

生命就像流水一样，日复一日不停息。

曾经相爱的两个人也曾经是同时奔流的溪水，只是在奔流过程中，一个人在勇往直前，另一个被困在了泥潭里，再也不想出来。

我是告别商场后才认识我现在的老公，他从没看到过我职场上的一面。他的印象里都是我家常的一面。

在我生孩子的时候，他也曾精神出轨过。

长谈过后，他答应好好走下去，就一路走下来。

我知道女人生完孩子后，状态就是不如从前。

连自己都嫌弃自己的时候，就别怪别人嫌弃你了。

于是，我控制饮食，身材迅速恢复到生孩子前的状态。

开始看书、画画、学英语，也开始重新重视自己的仪表。

在孩子上幼儿园后，我就又报了蒋采蘋先生的工笔重彩高研班，重新拿起画笔。

上课的地方在帝都的大兴区，我家住在朝阳区，开车太堵，每天我就坐地铁。

从我家到学校坐地铁要两个多小时，中间换四次车。每天在路上来回要四个多小时。每天早出晚归，到家都是晚上八九点。

坚持了一年，能随心用画笔表达自己想画的世界，并且和社会建立了新的联系。

有句话说得好："靠天天倒，靠地地倒，靠树树倒，靠人人倒，只有靠自己最好。"

女人，在要求男人的同时，要看看自己做得怎样，行动就是最好的发言权。

在要求男人爱你的同时，女人自己要有让别人爱的资本。

任何的柴米油盐酱醋茶都不能当作没有资本的理由。

当青春美貌不再时，你起码还有丰盈的精神作为资本。

3

我的导师蒋采蘋先生是我非常敬佩的人。

我佩服她绘画上的造诣，更佩服她独立坚强的性格。

我跟随她学习了两年。

她84岁还坚持在教学第一线上，每周去央美上课，同时创作两米高的大画。

因为学画画的女生多。她上课之余就很喜欢和我们聊聊生活。

她说："你们女生不要整天老公孩子的。不要害怕离婚，我就随时准备离婚的。"当时70多岁的她对我们说出这些话，我们很吃惊。

她的先生是以前中央美术学院油画系系主任，鼎鼎大名的画西藏题材的潘世勋先生。

蒋采蘋先生以前也是中央美术学院工笔画教研室的系主任。两人结婚也是从大学到如今几十年了。

蒋采蘋先生从50多岁开始创办重彩高研班，每年一届，培养了500多学生。可谓桃李满天下。中国美术家协会几乎一半会员都是蒋采蘋先生的学生。

现在潘世勋先生则在画画之余做起了蒋采蘋先生的司机。

蒋先生很新潮，每次出门都打扮得很时髦，拎最新款的奢侈品包包。

她总是遗憾地对我们讲："做装置艺术更有表现力和震撼性，如果再倒回去几年，我也想做几件装置艺术试试。"

他们两口子生活上一直AA。

因为都是画家，每个人都想多一些时间画画。以前没请保姆时，做饭就成了大问题。

据说潘先生因为做饭多了些，就有意见，说："凭什么总是我做饭？"

蒋先生就说："家里的米油面水果都是我学生送的，你吃了，我还没和你算钱呢？"潘先生顿时无语，乖乖地去做饭了。

所以啊，女人经济独立才有尊严。

自己优秀，优秀的男人才会爱你。可以爱上几十年依然如初。

现世安稳的婚姻从来是讲究旗鼓相当、棋逢对手。婚姻是一局围棋。双方的段位越近，棋局切磋的时间就越长。这种段位包括了学识、修养、性格、出身等各种因素。

4

你看，有貌、有才和有财的女人都还在自强自立，无貌无才／财的你是否应该更努力呢？做到下面八点，不愁男人不爱你：

（1）容貌不一定貌美如花，但一定要聪慧无比；

（2）身材不一定三围标准，但一定要比例匀称；

（3）品行不一定要贤淑，但一定要作风正派；

（4）待人不一定讨人喜欢，但一定要得体大方；

（5）处世不一定滴水不漏，但一定要照顾周到；

（6）出身不一定大家闺秀，但一定要举止端庄；

（7）工作不一定年薪几十万，但一定要能养活自己；

（8）不一定必须出去工作，但一定要有自己的事业做。

找到对的那个人，需要勇气

在大城市里，剩男剩女都在兜兜转转，转了一圈还是自己，其实，只要有勇气，就可以找到真正的爱。

1

汪小菲和大S因参加《幸福三重奏》的节目上了热搜。汪小菲在节目中对大S体贴入微，全程照顾大S的情绪。

大S和汪小菲相识于2010年，在相识20天后，两人订婚。

对于外界的质疑，汪小菲说：我只是在一个很恰当的时候遇到了一个对的人。

大S回应：从跟汪小菲第一次见面我就知道是他，见第四面就订婚了。

现在时间已经验证了他们双方彼此的勇气换来的是千金不换的真爱。

爱情的产生和感觉是不分时间长短的，并不是交往时间越长，就越是真爱。

有些爱是产生于第六感觉的判断，刹那间就认定对方是那个对的人。

2

现在很多寻找爱的人，都希望按照自己的套路或者社会标准的套路去寻找爱，注定会失败。

爱情里，直觉是最重要的。每个人天生都有直觉，只不过在尘世里喧嚣久了那份直觉慢慢钝化。

有时，去到一个安静的环境里待待，直觉可以恢复。就像一个俗世的人在森林里独居久了，两只耳朵也会动一样。那是在自然界里动物保护自己的本能体现。

某些时候，你觉得某个男人或者女人花心，那就可能真的是花心的，即使那个人说再多话去掩饰，时间也会验证你的判断。

在寻找爱的路上，需要勇气，更要相信自己的感觉。

不要过多看书上和网上的各种指导，每个人都带着各自的气场，靠自己的判断去把握、去取舍。

想清楚与自己适合的那个人的几点，遇到了就不要错过。

3

我在遇到李同学之前，已经不对爱情和婚姻抱任何希望。已经做好了自己过一生的准备，更没有想过会有孩子。

同为大龄剩女的一个好友总和我说她想生个孩子，对我来说却遥不可及。

后来和一大姐去云南旅行，遇到了李同学。那时李同学很腼腆，和女孩子说话会脸红。

我们在一起聊天时，知道了李同学为了供弟弟上学，自己没有上大学。他很早就工作挣钱供弟弟上大学。他虽然没上过大学，但是很喜欢读书。他自己省下来的钱都买书了。

回到帝都后，和李同学一直保持联系。和家人朋友讲了他，除了父母尊重我的决定外，其他人都不看好，因为经济、教育背景、家庭背景、年龄差距都太大。

我还是凭自己的感觉和李同学走到了一起，一年后结婚，第二年有了女儿。

当初和我说想生孩子的女友现在还没有结婚，也没有孩子。每每看到我家女儿照片，她都羡慕不已。

现在，我和李同学结婚八年，虽有磕磕绊绊，但还算现世安稳。

4

没有经历过爱情的人，总把爱情想象得很神秘。

真正的爱情就是柴米油盐酱醋茶，把最丑的一面暴露给对方，敢在对方面前放屁，那才是真正的爱。

而那些装模作样的爱情不是你有所图，就是对方有所图。

真正的爱一定是最放松的。

在爱情里，是不需要努力的，因为无论你多努力，你都不能争取到不爱你的人。

但你却可以在爱你的那个人面前哭、闹、大笑，他包容你一切的优点和缺点。

没有钱时可以一起吃泡面，有钱时可以一起吃大餐。愿意与你分享生活里的每一个瞬间。

如果你身边有上面所说的那个人，你单身，他未婚，就不用犹豫，可能他就是那个对的人。

支离破碎的婚姻不要也罢

好的婚姻是什么样子呢？大概就是父辈们那种夫唱妇随、相敬如宾、白首相知吧。

但是现在的婚姻为何大多冠以守寡式婚姻、丧偶式婚姻，却还不去结束呢？

人的本性还是动物性占先，在从小到大的不断输入式教育中强加了很多概念，慢慢把动物性的一面掩盖住，加了很多美好词汇。

婚姻从来就是压抑和约束人本性的东西。动物不用结婚，但并不妨碍它们的长久感情吧，动物界有很多可歌可泣的爱情。

因为爱情而结婚其实是很可笑的事情。因为爱情是一种化学反应。简单地说人在恋爱时分泌一种激素，当渴望持续时，会分泌更多的强化感情的物质，会让一个人暂时失去理智。最有趣的是羟色胺，会让人看不清对方的缺点，因此让爱情变得很盲目。这种物质让恋爱的人像吃了迷幻药一样。

有目的性的恋爱除外，如邓文迪之类的，她从始至终自己清醒，让对方吃迷幻药而已。邓文迪太了解男人的本性："男人是靠下半身思考的动物。"（洪晃语）

化学反应最长是三年到四年。如果两个人在一起只看到对方的缺点，就是那些荷尔蒙早就干掉了。此时如果再加上两人三观不合，精神上没有契合，婚姻离破碎就不远了。

如果两人彼此都没有高攀，那婚姻的发生就是因为两个人的荷尔蒙说要结婚了，而不是你的心说要结婚，因为那时你的心已经不为你所左右。

所以婚姻实际上不复杂，舍不得放弃支离破碎的婚姻，可能更多是因为物质上的考虑，因为人总有贪念，想要得到更多。

另外，你可能需要婚姻的依靠。维持破碎婚姻不敢离婚是因为你不想失去一些依靠而已。

如果自己足够强大，你就可以现在去追求自己的幸福。

吴君如和陈可辛就是在一起十六年有孩子不结婚；而作为两个女孩妈妈的王菲更是听从自己内心的声音去追求属于自己的幸福，孩子培养得很阳光，自己也没枉付生命。而西方此类案例更是多得满大街都是。

所以只能说维持破碎的婚姻的人缺乏勇气，自己内心不够强大。

身边有一大学女同学，和大学时男友结婚就纠结得很，很快有了孩子，照样不快乐。男生自己做公司，外面找小三，女生在大学教书，外面也有情人。根本就是破碎的婚姻，从20多岁凑合到孩子上大学才离婚，美其名曰为了给孩子一个完整的家庭。在自己20多年最好的时光里竟然不知道幸福的婚姻该是什么样子。女同学40岁了说话做事思考方式还像个孩子一样，婚姻没有给她任何成长，留下的都是痛苦。而她的孩子呢？孩子的眼睛是雪亮的，她从自己父母的婚姻里看到的肯定不是幸福，她是否以后也不知道幸福的婚姻是怎样的呢？

生命苦短，世上事虽没有什么完美，但也不要什么破碎。不要抱着破碎的婚姻去寻求完美。

生命太长，总觉得还有的是时间去选择。

如果你还在支离破碎的婚姻里纠结，在夜深人静的时候请问自己一句话：假如你的人生只有一年的时间，你还会和现在的人在一起吗？

否定的回答，就不要也罢。

再破碎的原生家庭，也可以找到幸福

原生家庭，就是那个我们从小长大的家，有爸爸妈妈，也许还有兄弟姐妹的家庭。

1

2017年2月的柏林，台湾纪录片《日常对话》获得了第67届柏林国际电影节泰迪熊奖最佳纪录片奖。

导演黄惠侦童年被亲生父亲性侵，母亲是同性恋。她用一部纪录片，向她破碎的原生家庭告别，向所有过去温柔地说"谢谢"。

这部片子提名台湾金马奖，问鼎柏林国际电影节泰迪熊最佳纪录片，获奖评语是："充满力量，具有普世价值的勇气之作。"

现在原生家庭是个热词，种种的不幸福都可以归到原生家庭那个筐里。

但是原生家庭再糟糕，也还有一条路可以找到幸福，那就是自我成长。

我们所谓糟糕的原生家庭和黄惠侦的比起来，就是蚂蚁和大象了。

黄惠侦的母亲阿女总是被父亲阿源家暴，父亲不仅家暴还抽烟酗酒打牌，工资统统花光。

黄惠侦和妹妹就是在这场噩梦般婚姻里来到人世。因为父亲的原因，母亲阿女带着黄惠侦和妹妹逃离了噩梦似的家。

黄惠侦小学三年级就辍学和母亲开始牵亡生涯。

她说自己有四所学校：

第一所是她的一本小字典；

第二所是邻近的漫画出租店；

第三所是二手映像管显示器组装起来的有线电视；

第四所是芦荻社大，1998年在当牵亡时认识一位纪录片导演，去看了一部免费纪录片后，她报名去了社大学习了拍摄的基本技巧。

然后她决定拍一部自己家庭的纪录片，去解开原生家庭的谜团。

从1998年开始，她就开始拍摄，一拍就是二十年。

拍纪录片最简单的原因就是为了接近熟悉却陌生的母亲。

纪录片最后，长达四十年的陌生，母亲对女儿终于说出"我爱你"，这对母女终于走向和解。

黄惠侦说："没有人生下来是属于谁的，这世上没有任何关系是理所当然的。女儿爱你不是理所应当的，需要你去经营。也没有人天生是父母，做父母的是要学习的。"

黄惠侦通过一部纪录片和她的原生家庭做了告别与和解，她自己也有了正常的家庭和女儿。

经历如此多的不堪后她的眼神依然温柔坚定有力量。

那些曾被父母简单责打过的人，又怎能把自己现在所有的不幸都归到你原生家庭上呢？

2

每个人在原生家庭中遭遇的创伤不同，需要疗愈的方向也不同。黄惠侦通过二十年拍摄纪录片的形式治愈了自己。

但是，有很多人知道问题却不自我治愈，还把自己的问题都归到原生家庭的根源上，"我之所以这样，是因为父母。他们不懂教育，他们有太多性格上的缺陷，我摆脱不了原生家庭的巨大影响，我做出的选择，都是我对无力改变命运的抗争。要怪，就怪父母，怪我的家庭！"

2006年福建一高考状元考入浙江大学，因为多门考试不及格，担心被父母责骂，从学校失踪选择了流浪生活。流浪了十年才被父母找到。

有些人遇到原生家庭的问题就选择了退缩，仿佛那是一道永远无法逾越的墙。在墙的这边阴郁徘徊。其实，知道是原生家庭的问题，就应该尽量去摆脱掉，努力去寻找一个梯子，爬过去，看到的就是柳暗花明世外桃源。

原生家庭和童年创伤，是我们每个人都无法逃避和经历并且需要正视的问题。

你有多少改变自我、挑战原生家庭的勇气，你就会找到多少幸福。

这个世界是公平的，付出和得到永远成正比。

3

以前做生意时，有一阶段我的生活迷茫生意落入低谷，合伙人背叛。

我一度觉得生活无望，没有意义，就去看了心理咨询师。

心理咨询师先是问我3岁前的经历，不记得。

又问7岁前的经历。我和她讲了我的童年。

我说父母对我们很好，就是要求太严厉了。我们做得已经很好时还要求更好，永无止境。

心理咨询师说这就是问题所在。

在严厉环境里长大的孩子，叛逆心强，敏感自卑。

在批评中长大的孩子，责难他人。

在恐惧中长大的孩子，常常忧虑。

在嘲笑中长大的孩子，个性羞怯。

在羞耻中长大的孩子，自觉有罪。

心理咨询师说："不是你的问题，是你原生家庭带给你的问题。"

她告诉我如何克服原生家庭阴影的办法：就是让自我内心强大起来，真正成长，不要还活在父母的影子里。

知道了自己问题的根源后，我看了很多佛学和修行的书，开始自我修正性格。渐渐地知道自己从哪里来要往哪里去。

现在，我离原生家庭越来越远，终于活出了自我。

信仰的力量很强大，可以帮助你成为更强大的自己。

4

从来没有绝对好的时代，也没有绝对好的家庭。

心理学引出"原生家庭"一词，是要帮助我们更了解自己，以及更理解他人，并非是用作批判和怨恨曾经养育了我们的那个家庭。

不能因为我们童年曾经受到过的一些创伤，就去埋怨我们的父母。那很可能是我们的祖辈，或者更上层的祖辈那里延续下来的他们曾经受过的伤害。

美国著名"家庭治疗大师"萨提亚认为，一个人和他的原生家庭有着千丝万缕的联系，而这种联系有可能影响他的一生。

我们要把父母当作自己命运的一部分，而不是全部，学会如何面对自己的命运，接受它，放下它，改变它，然后才能够做自己。

而作为父母请你一定记得：你现在就是你子女的原生家庭！你在重新创造一个文化。过去不对的事情，不要持续下去；过去好的经验，要把它传承下去。你会影响孩子未来的家庭幸福。

尽量给孩子创造一个美好的原生家庭：夫妻间有矛盾，不要拿孩子说事；不要和孩子说你的心事，自己消化不良情绪；不要在家庭里冷战。

5

为人父母在对待孩子的方式上总会显现你原生家庭的印迹。

有时真是控制不住自己，不知何时原生家庭的影子又蹿出来。

　　我知道了自己原生家庭的问题后，就不希望再带给自己的女儿同样的原生家庭的问题。

　　我自以为是个自控力和自我意志力比较强的人，但那个强大的遗传基因还是时不时冒出来吓我一跳。

　　女儿一直是我自己带，她小时候我好像从来没有对她大吼过。关键时刻需要控制自己的情绪。

　　两岁以后，孩子越来越调皮，有一次她拿东西不小心砸到我嘴上，愣是把我嘴唇砸肿流血了，剧痛无比。我冲她大吼一顿，拎起她想打她，但又放下了。我先给伤口做了冷敷，然后自己到别的房间安静一下。

　　安静下来，觉得自己太冲动了，这不就是以前父母对待我的样子吗？

　　我回去向女儿道歉，并说以后我会尽量控制自己的情绪。然后我们彼此拥抱了一下。

　　在对待孩子的问题上原生家庭的问题冒出来得最多，于是有时就抽离出来，回看一下自己，这不就是我妈对我的方式吗？立刻打住。

　　原生家庭的问题解决起来需要漫漫长路，尤其是在对待孩子的问题上。出现一些问题就解决掉一些，孔子说的"一日三省"是最实用的，常常反观、反省自己的不足，知道问题所在就先克服最主要的。

　　在解决原生家庭问题上，很好的觉察力和自省能力非常重要，还要有改变自我的勇气，去打破轮回，避免自己陷入强迫性重复，获得自我的重生。

　　不要把原生家庭当作你不肯成长、改变的借口，因为，你的幸福、快乐掌握在你自己手中。

青梅竹马的爱情，最终输给了现实

这是一个真实的故事。

1

赵家湾的孙梅和赵宇结婚十年，最近为离婚打上了法庭。

他们两家，一家村东，一家村西。孙家三个女孩，赵家三个男孩。村里的人都开玩笑，说："你们两家正好可以做亲家。"

赵宇小时候长得虎头虎脑，惹人喜爱，五六岁开始就往孙家跑，孙家的父母很喜欢他。随着两个人长大，走动着，就结成了真正的亲家。

赵宇憨声闷气，小学毕业就出去打工。孙梅初中毕业，也懵懂初开，你有情她有意，赵宇家兄弟多，赵宇就去孙梅家做了上门女婿。

农村的生活本来是风平浪静、平淡无奇的，但是自从赵家湾开发旅游后，整个村子都蠢蠢欲动起来，做农家乐、开酒店，都折腾得风生水起。

孙梅妈妈开始在吃饭时唠叨："你看王家老二的酒店盖得真

好，是她老公家给钱盖的，花了上百万呢。"说完，斜着眼睛看了一眼赵宇。

赵宇闷头吃饭。孙梅妈妈看他没有应声，火往上拱："每天就在家里吃闲饭，挣不了几个钱的窝囊废。"

孙梅也不帮助老公搭话。孙梅妈妈故意弄出一些响动，表示不满。

赵宇咣当放下碗，一拳砸在桌子上："让你家闺女找有本事的去。"走出了家门。

2

加入金钱的爱情，天平开始倾斜，钱的砝码重过感情的砝码。

结婚那么多年，男人不再英俊年轻，女人也不再姿色诱人，本来靠两个孩子维系的感情严重蒸发。

孙梅妈妈看依靠赵宇挣钱是不可能的了，又打起了赵宇妈妈家宅基地的算盘。

"赵宇，你家宅基地那么大，应该也有你一份，你得回去和你家要地去。"

"那都是给我家弟弟的，再说我户口已经迁到你家啦。"

"那也能要，他们是你妈亲生的，你也是亲生的，凭什么没你的份？你必须去要一份回来，给你儿子留着，要不回来就别进这个门了。"

孙梅帮着她妈说话："你就应该为咱家两个儿子去要块地。听我妈的没错。"

"行，我回去试试要块地。"

赵宇回自己父母家去分宅基地，话刚讲完就被他那厉害的妈妈骂出了院门："你在人家过了那么多年，挣的钱没给过我一分，倒想来分我的地，你这个狗杂种。"

赵宇灰溜溜回了孙梅家，如实一说，孙梅自是又骂上一顿："你怎么这么没出息，真是嫁错了人，离婚算了。"

赵宇是不想离婚的，过了几日又去亲妈家要地，照例被他妈妈骂出了门。

自此，离婚成了孙梅的口头禅，隔三岔五就提一提。

3

青梅竹马，从小一起光着屁股长大，又生了两个男孩的老婆怎么可能说离就离呢？赵宇本来以为夫妻间的打闹，过几天就好。

直到一天他接到了法院的电话："孙梅你认识吧？""认识，她是我老婆。""来法院拿传票，孙梅已经起诉要和你离婚。"

赵宇放下电话，愣神好半天，才醒过味来，自己没钱没地，也不年轻，孙家要赶自己走了。

他哪里去过法院，慌了神儿，赶紧给外面上班的弟弟打电话。

弟弟说："没啥好怕的，去拿吧。看她怎么说？"拿了起诉书，看起诉书的内容，孙梅是铁了心要离。

满纸是对赵宇的控诉。基本是让赵宇带一个孩子净身出户，赵宇给孙梅家挣的钱，帮助盖农家乐的事一句没提。

官司是打定了。外面上班的弟弟帮助赵宇联系律师。

到了开庭那天，孙梅家里那边除了律师，还有个赵宇不认识的陌生男子坐在辩护席上，庭审刚开始就为孙梅辩护。

赵宇律师问陌生男子："你是不是和孙梅有不正当关系？请你出去，你在法庭上无权说话。"

在赵宇律师的步步追问中，孙梅承认了和那男子的婚外情关系。

法庭判孙梅家补偿赵宇多年劳动所得，孙梅家不服判决，官司还要打下去。

赵宇直到上法庭那一刻，才知道自己青梅竹马的老婆早已爱上了别人。

4

孙梅是利用去镇子上卖菜的机会和法庭上那个男人好上的，每次早上一个人去镇子上卖菜，晚上才回来，说是菜卖完了才能回家，谁知道呢？

赵宇去孙梅家做上门女婿以后，如果能保持自我，起码自己挣的钱自己管好，可能也不会沦落到被孙梅一家人欺负到如此地步。

"人善被人欺"，为防止被人欺，就要自己留有资本。自己一点资本都没有了，不被欺负才怪！

赵宇相信青梅竹马的感情，以为把自己在外面辛苦打工挣的钱全交给老婆，就可以换来老婆的一片真心，没想到老婆在家里花着他的钱，外面找着小三。

现在这个时代，什么都不可完全托付出去，只能自己托付给自己。

出轨哪里分男女？

爱情本来就是个虚幻短暂的词，看清自己在家里的地位、在别人心中的地位，才可以及时地调整自己，保护自己不受伤害。

赵宇如果不是被律师点破他老婆孙梅出轨的事，怕是还沉浸在自我的美好幻觉之中。

5

单纯靠爱情维系的婚姻是脆弱的，和隔代父母一起生活的婚姻更是充满了复杂性。

世上从来没有完美的爱情，只有完美的利益。因为爱会没，情会退。婚姻中有共同的利益关系，两个人各取所需，取长补短，倒是走得更长远。

赵宇的可悲就是在和孙梅的婚姻这场牌局里，他自己手里的牌已经打光，孙梅却满手的牌，凭什么和他一个手里没牌的人打下去呢？

碰到恶婆婆，做个"恶媳妇"也很爽

1

友，静静，城市姑娘，就像她的名字文文静静的，心地善良。老公从小生长在大山里的农村。

结婚前静静和老公去过几次婆婆家。婆婆是个地道的农村妇女，不识字，黑黝黝的面庞，不太多话，看上去很朴实的样子，总和静静聊聊家常，说些生活不容易的事情。

静静看婆婆不容易，每次去婆婆家，都要给婆婆买很多礼物。

本来以为就此相安无事。

当静静和老公在当地盖房子准备做民宿时，一切都变了。

婆婆想做民宿的老板。静静听了觉得这不是开玩笑吗？

婆婆不识字，没文化，不会说普通话，也不会做饭，她怎么做？静静没同意。

没想到这件事让婆婆很不高兴。

后来民宿铺地板的事情，婆婆私自做主要找一个人来帮忙，那个人好吃懒做，静静不同意。

婆婆在很多人面前破口大骂："你们城里人都没良心，良心都被狗吃了。什么亲情都没有。"

一边骂，一边把静静孩子放在院子里的玩具往大门外扔。

当时静静孩子才两岁，静静抱着孩子也发了火儿："我就是坏人，怎么样？我觉得当个坏人挺好的。"

婆婆没想到平日说话蚊子样的静静敢和自己对着吵，更是来气，哭着闹着："我不活了，我去找根绳子上吊算了。"

吊是没吊成，却过了招儿。

2

静静盖民宿也不是一天两天就能完成的，工程刚到一半。还要住在婆婆家。

人在屋檐下，哪能不低头。

但是静静心里已经明白了婆婆的为人，也知道了自己在她心中的地位，可能在婆婆心目中自己都不如她每天养的那头母猪亲。

有一天，婆婆拿出一堆脏衣服让静静帮她洗。

静静嘴上答应着，因为忙，再加上心里有结，就是没洗，看着脏衣服在那里摆了三天。

她心里想：你不是说我是个坏人吗？我就是要真正做次坏人。

她后来和我说："做坏人真是太爽啦！我决定和好人在一起做好人，和坏人在一起就做坏人。"

后来盖民宿的一段时间静静竟然过得无比愉快，因为既然自己在婆婆眼里是个坏人，又住在婆婆家，那就做个坏儿媳吧。

学好难，学坏很容易，偷懒耍滑谁不会呢？只是一个好人不屑去做而已。

从那以后，婆婆再也不敢支使静静做这做那了。

后来，静静才知道自己的婆婆竟然是村子里最凶的人，很多人都怕她。

3

民宿快要盖完，接近尾声。婆婆知道他们盖完房子就要回城了。

婆婆虽然不敢再骂静静，但自己的儿子还可以随便骂。

一天早晨，静静老公去工地，婆婆劈头盖脸训了静静老公一顿。

静静陪孩子吃完早点，也带孩子去工地看看，结果遭到老公的指责。

静静立刻知道了怎么回事，当着公公婆婆，街坊四邻，对着老公大骂："你们不要一家子看我是个城里人就欺负我，我没有点胆量敢嫁到你们这山沟里来，我尊重你们是礼貌，我也不是好惹的，惹急了我放把火把这房子烧了。"

静静讲完就带着孩子坐车到镇子上去玩了。看山看水陪孩子，在水边玩到晚上才回家，谁也没提白天的事。

打那以后，婆婆再不敢胡乱指责静静，和她正面冲突了。

而静静对婆婆也是客客气气，因为那是老公的妈妈，孩子的奶奶。

4

而从这件事上，静静也彻底明白，不能做个"中国式好人"，凭什么我是晚辈，就要任意受你支使？并且民宿是用自己多年积蓄投资的，当然自己说了算。

中国式好人，把自己的欲望和需求可以降到非常低的水准上，总是满足着别人的需要，压抑自己。但是越压抑，越委屈。

所以，总见到身边一些脾气特别好的人身患绝症，大家也总追问好人为什么不长命？

其实，那些超级好人是被自己心中的怨气气死的：因为他们总是过度付出与自我牺牲，总是希望在付出的同时得到回报，但是回报却迟迟不来。

这样的中国式好人不做也罢。

5

任何关系间，我们都要勇于用愤怒守住自己的底线。

凭什么我是助教，就要被你骂？我是你的伴侣，就要任你支配。任何人无权去支配和干涉属于我们自己的生命。

弗洛伊德说，一个人必须学会合理或象征性地表达他的攻击性，否则他就会出现心理问题。

每个人，都希望自己生活得优雅得体，但是要在一个良好的环境里。如果在一个不友好的环境里，有要伤害你的人和话语，反击回去。

人生很简单，开心就好。你若让我开心，我也回报你笑脸如花。

转山转水遇到你

1

那是我结束工作后的第一次远途旅行，和一位大姐约着去云南丽江、泸沽湖、香格里拉，然后去梅里雪山。

从丽江到泸沽湖的路没有修好，要走九个小时，雨季还没有结束，客栈老板不建议我们去，说雨季路上总有塌方，比较危险。

但我那位姐姐坚持去，于是提前买好车票，寄存行李，出发。

山路崎岖，路面湿滑，在大山里越走越远，山的颜色也越发好看起来。八月的泸沽湖已经提前进入秋天，树叶变得五颜六色，单调的大山因季节的画笔变得丰富起来。

山路狭窄，也不知道翻过多少大山，司机永远说快到了，翻过这座山就是。

在车上，售票员向我们推销坐船、摩梭晚餐、晚上的篝火晚会的票。这么远过来自然是要去参加一下。因为可能以后再也不会来这大山里。

已经对几时到泸沽湖不抱想法，随它去时，售票员说这个山过去就是泸沽湖了。

于是全车的人都从昏昏欲睡中兴奋起来，睁大眼睛看着窗外。"到了"，前面豁然开朗，大山中间好像被湖水劈开了一道口子，满目被碧水所包围。

泸沽湖，第三大高原湖泊，我来了。

中巴直接把我们拉到了后来才知道叫小鱼坝的游船码头，坐猪槽船看泸沽湖。

2

第一次坐猪槽船，天空中一直飘着细雨，高原灰蒙蒙的云朵飘在头顶好似伸手可摘。浪很大，湖水是深不见底的蓝色。

10个人坐一艘猪槽船，船头一个划船的，船尾一个掌舵的。

大姐喜欢搭话，和划船的小帅哥聊起天来。

小帅哥普通话很好，喋喋不休地一边提问一边介绍着。

"我叫多吉，你们在这里待几天？我明天可以带你们去环湖。"

大姐说："我们已经订好了明天环湖的车。"

"没关系，后天也可以找我，我带你们去转山节。你留我个电话吧。"大姐留下小帅哥的电话。

从始至终，月亮坐在船尾掌舵，一句话都没有说。只是微笑着听我们的交谈。

多吉为了活跃船上的气氛，一直在说话："那个掌舵的是我表弟，以前在'印象丽江'跳舞，唱歌特别好听。可以让他给你们唱首歌。"

我们一下子对船尾掌舵的月亮多了些好奇，但他只是笑，也不反驳，也不唱。

就这样在船上聊东聊西，看风景，直到下船，中巴把我们拉去吃摩梭晚餐。

3

第二天，已经联系好的司机，开车带我们环湖，天仍下着小雨，雨雾不时蒙住车前面的玻璃。

开车的司机可能眼睛有些近视，恨不得要趴在方向盘上看路了。看司机的样子我们一路上提心吊胆，好在安全结束。

大姐说："明天联系划船的多吉，让他找车吧？"我说："好。"

第三天，多吉带着找好的车来接我们去转山节，看完转山节，中午去一个鱼庄吃饭。

在餐桌上大家正聊得开心，正对着门口坐的大姐眼尖，说："过去的那个人是你表弟吧？叫他一起过来吃饭。"

我们一起回头看，多吉就用当地话和月亮说："和我们一起吃饭吧，"左劝右劝他终于坐到了桌子旁边。

大姐说月亮如果没事，可以和我们一起玩，他犹豫了下，说："好吧。"

因为月亮不爱说话，我和大姐对他更是好奇，问东问西的。

月亮给我们看他划船的手，手上的老茧有两三厘米厚。

我们问："疼吗？"他说："当时很疼，但妈妈说疼过了头就不疼了，不去管它，就忘记了。现在好了，我弟弟大学毕业，我不用划船划得太狠了。"

我们说："一起去香格里拉玩吧？"他说："我要回去和家里妈妈说一声。"

最终等来他的回信，我们约着一起去了香格里拉。

4

山里人，本身就面相老，再加上云南高原紫外线强，人晒得黑黝黝的，更是显老。

月亮看上去比我年纪小些，但说话深思熟虑，又老成，就是看不清实际年龄。

一路上，帮着背包，拿东西，一副好脾气。也不多话，虽然只有初中毕业，却喜欢看书，聊起人生，头头是道。

慢慢熟悉起来，在路上或者山里会给我们偶尔唱上几首歌，乐感和节奏感都非常好。可惜生在农村，在城市里好好培养是个好的音乐人才。

他给我们讲在"印象丽江"跳舞的日子。他是第一批"印象丽江"的舞者。那时"印象丽江"刚要成立，就去县文化馆挑一些条件好的孩子，他被选上，于是到丽江集训，经过培训选拔被留在了"印象丽江"。

"跳舞挺苦的，压不下去腿，老师就站在后背上往下踩。"他说这些时眼睛里闪着亮光。

"后来，家里种地需要帮手，妈妈把我叫回泸沽湖，去了泸沽湖摩梭舞蹈团，白天划船，晚上跳舞。一年后，舞蹈团倒闭。好在弟弟今年大学毕业。"他的眼睛又一下子暗淡下去。

"真可怜，被生活牵着走的人。"我心里想。

听着这么悲伤的事，我的那些小伤心算什么？我一下子喜欢上这云低地广的地方。

月亮看到我喜欢大自然，知道我曾经学过画画，说可以买些牦牛去山上放，一边画画，一边看牦牛。

我高兴地说："好啊，我喜欢放牦牛。"我们约定一起去高山上放牦牛。

在去香格里拉雨崩村路上，接到我家里姐姐电话，说老父亲心脏不太好，需要我赶紧回京，于是月亮陪我连夜下山，去香格里拉坐飞机回北京。

5

路上，我们彼此都不说话，都默默地看着窗外的风景。

我和他说："我回去陪父亲看完病，没什么事的话，我就去泸沽湖找你。"

月亮说："你还会回来吗？"

"会，肯定。"

他一副半信半疑的表情看着我。

他在遥远的大山，我在遥远的北京。中间不仅隔着遥远的距离，还有两个人巨大的差异。

"我肯定还会回来吗？"我在心里问得自己都有些怀疑起来。

但是为什么有很多不舍呢？是因为山里真诚的人和事吗？

到了机场，我要进登机口，他仍是默默地站在那里，不说话，看到他黯淡的样子，我安慰他："我照顾完我父亲，会再回来看你的。再见。"

他不语，但是眼睛却分明红了。

我转身走进登机口，没有再回头，直到上了飞机，泪水才奔流而下。

这一别，远隔千山万水，我还能再去泸沽湖吗？还能按照约定去泸沽湖的高山上放牦牛吗？

后 记

这是我真实的爱情故事，现在我和月亮生活在一起，结婚生子，我们一路走过北京、波兰、大理，很多很多地方。

第三章

在路上

喜欢在路上的感觉，张小砚说："要么旅行，要么读书，身体和灵魂必须有一个在路上。"

　　2017、2018、2019三年里，从北京出发，去了瑞典、西班牙，在波兰旅居一年后，回到北京，最终选择移居大理。

　　人生本身何尝不是一场旅行呢？无论旅行、读书、工作、生活，只要活着，我们就一直在路上。

　　喜欢在路上的理由千千万万，最主要的原因可能是：人毕竟是自然的一分子，强加于人的各种物质、繁华，日日的钢筋水泥里的生活，终究压制不住人们内心对自然的向往。

　　自然界的孩子当然最渴望的还是回到自然里，去摆脱现实中的迷茫，寻找"我从哪里来，我到哪里去？"的答案。

　　出发、远离是因为心灵需要自由地呼吸。

人们，创造了这个世界，但好像并不太喜欢这个人潮拥挤的现实世界，势必寻找一个逃离的出口：旅行。

　　去天地间重新找回自我，估计是很多人的旅行初衷。但走的地方多了，反而觉得工作、生活即是人生的旅行，去不去别处都无所谓。因为，我们就在人生的路上。

瑞典印象

最早了解瑞典除了上地理课，还有瑞典影星葛丽泰·嘉宝、诺贝尔奖，其次是那些众所周知的名企。2017年夏季，应朋友之邀去过瑞典后，最难忘的还是瑞典美丽的自然和人文环境。

七到九月的瑞典，简直是人间天堂，每天16小时的日照加上宜人的气温，无论是去河道划小艇还是野外徒步，都让人沉浸其中，流连忘返。

位于瑞典南部的斯科纳是瑞典主要粮食产区，七月的斯科纳高速路边都是一望无际的麦田，像厚实的毛毯延伸至天际。看着那金黄色的麦田，不禁哼唱起小时候的歌《美丽的田野》。

朋友家住在斯科纳南部的一个小镇上。和丹麦首都哥本哈根仅隔一座大桥。所以，去她家从北京直飞哥本哈根反倒很方便。朋友家在小镇上买了一套使用面积100平方米的公寓，两房两厅两卫，他们假期从北京回瑞典时暂住这套公寓（现在朋友已经全家搬回瑞典）。

小镇虽小，五脏俱全，有一个大超市、一家台湾人开的中餐馆、一对香港夫妇开的日本料理店、一家中东人开的比萨店，还有一间室内外游泳馆。从幼儿园到高中的学校。几步路就有一个儿童游乐场。小镇生活安静而便利。

夏季的瑞典小镇，空荡荡的，路上几乎看不到行人。那些散落在路边的小别墅，也是门窗紧闭，让人怀疑是否有人居住其中。但别墅门口的花儿开得热闹非凡，小院子里打理得非常整齐，又分明是小院有主。小镇上的大部分人都外出度假。

初到瑞典的一周，我们每天带着孩子在小镇各个游乐场玩游戏，享受着从大都市北京到小镇的放松。在曼妙的自然风光和中世纪残留的味道里，体验着时空穿越的感觉。大人和孩子一样，一刻也不想滞留在房间里，渴望着去外面发现另一个自己。

瑞典的小镇对于我们来讲就像世外桃源，恨不得生活在这里。小镇上几乎见不到年轻人，瑞典小镇和中国农村一样，也是老年人在留守。据说，有一些中年人已经开始选择回归小镇，寻找一份宁静。

斯科纳的教育水平在整个瑞典仅次于斯德哥尔摩，坐落在斯科纳的隆德市，是著名的大学城，隆德大学更是在世界名校里占有一席之地。

斯科纳因为有着瑞典最温暖的气候和良好的教育环境，再加上生活成本偏低，有很多人从首都斯德哥尔摩举家搬到那里。

去瑞典不得不提一下瑞典的高物价。

朋友家所在小镇上超市里的黄瓜每根相当于人民币15元，西红柿也不便宜，因为瑞典气候寒冷的时候多，所以只产一季大麦，蔬菜和水果大部分靠进口。只有樱桃、树莓、蓝莓相对比较便宜。

我们一家三口喜欢吃蔬菜和水果，朋友笑着说我们："你们如果在瑞典生活，吃水果都会吃穷你们的。"

瑞典的高福利是以高税收为基础的。工资越高，交的税越高。月工资两万克朗就要交一万克朗的税，四万克朗就要交两万克朗的税，所以人们的生活差距很小。做公司老板和做保洁的都可以住得起别墅，只是所在区域有所不同而已。

瑞典没有私立学校和私立医院，公立学校和公立医院是唯一的选择。尽量不要生病吧。

在斯科纳朋友家住了一周，我们从马尔默坐飞机去了首都斯德哥尔摩。

斯德哥尔摩是由14座小岛和一个半岛组成，是梅拉伦湖入海口。在斯德哥尔摩看到了到瑞典后最多的美女帅哥。可能首都都是如此，人才济济，资源丰富，吸引着全国各地的青年才俊来到这里。

对于从大北京过来的人来说，斯德哥尔摩很小。如果时间宽裕，基本上可以靠走路转完一些主要的景点。

在斯德哥尔摩，我们选择住在老城。到欧洲旅行一定要住在老城。欧洲的城市都是以老城为中心修建的，大部分主要景点都在老城附近。

我们在瑞典王宫看了卫兵交接仪式的军乐表演。瑞典王宫正对着港口，岸边停着邮轮，不时看到穿礼服的年轻人在接待客户。逛完王宫，坐在岸边看风景也是旅途中的难忘享受。

我们在这里看到了和《神奇的校车》里一样的车，我和孩子都很惊奇现实中也有开在水上的公共汽车。

去斯德哥尔摩，一定要去看博物馆。斯德哥尔摩有100多座博物馆。国家博物馆当时整修停业，我们只去看了诺贝尔博物馆、东亚博物馆和当代艺术馆。当代艺术馆常年展出毕加索、马蒂斯的原作，值得一去。

一定要去当代艺术馆餐厅吃次饭，当代艺术馆的餐厅视野非常好，在大落地窗边可以一边吃饭一边看河上往来船只，吃饭也变成了一种享受。

斯德哥尔摩的博物馆都有免费开放日或者免费开放的时间，所以，出发之前，计算好博物馆免费时间，可以节省一大笔银子。

斯德哥尔摩比斯科纳更靠近北极，再加上整个城市都分布在岛上，7月的斯德哥尔摩海风很大，穿着冲锋衣才觉得温暖，让人不禁想念北京炎热的伏天。我们从北京过来避暑，而瑞典人都去欧洲南部寻找炽热的太阳去了。

在斯德哥尔摩待了一周，我们直接坐飞机飞往斯科纳北部森林，和朋友一家会合。

朋友已经开车去到瑞典森林小屋等我们了。

朋友的公公婆婆在瑞典南部原始森林有一度假屋，夏季就住在那里。我们在森林小屋度过了难忘的一周。小屋布置得干净整洁，浪漫温馨，不亚于那些五星级酒店。

爷爷还带我们去山上采蓝莓。漫山遍野的蓝莓，看得让人欣喜若狂。采蓝莓的地方对于当地人来讲是需要保密的。在瑞典如果有人说要带你去采蓝莓，那么他一定是把你当作了最最最好的朋友。

朋友的婆婆在屋后开辟了一个小花园，高高低低、错落有致地种了很多花，每天会从花园里采一些放在各个房间里。

朋友的公公是个快乐勤奋的老头，80多岁，喜欢光脚或者骑一辆老式的、笨重的自行车在森林里转来转去。他自己造了一艘木船，卖给了造船厂，当地的报纸用一个版面采访报道了他。

森林里的小木屋，方圆一里不见其他人家。中午太阳好的时候，孩子们脱光了在树林花丛草地上奔跑、玩水。那种天人合一的场景，至今难忘。

在瑞典20多天的日子里，从盛产粮食的小镇到首都斯德哥尔摩，又到森林小屋，看到的是一个安宁祥和平静的王国，但谁又能想到这曾经是个海盗起家的国度呢？

幸福的青鸟来了！

重读三毛《撒哈拉的故事》。

从中学第一次读三毛，至今二十多年，重读里面的《哑奴》和《哭泣的骆驼》仍会感动至落泪，最带给我感同身受的仍是平凡生活那一面。

她说："飞蛾扑火时，一定是极快乐幸福的。"

她和荷西的爱情何尝不是飞蛾扑火呢？

她在给她父母的信里写道："我并不能说我十分地爱荷西，但是跟了这样的人，应该没有抱怨了，他是个像男人的人，不会体贴，但他不说，他做，肯负责，我不要求更多了。赚的钱我们下两个月可以开始存了。"

她很快决定嫁给这个认识很久、深交不久、刚刚开始工作的男孩，过着柴米油盐算计的生活，也是付出了很多。

在《撒哈拉的故事》里三毛很多篇幅都在写记账、都在讲如何计划减少开支，而她在写给父母的信里也都是在计算着飞机票的价格。

生活不易，但她知足并且感恩。

撒哈拉沙漠上青菜很少，每次看到青菜，她都会感动地说："幸福的青鸟来了！"

这是她写得最有人间烟火气又最有仙气的一句话。

她写道："我常常借了邻居的铁皮炭炉子，蹲在门外扇火，烟呛得眼泪流个不停。我并不气馁，人，多几种生活的经验总是可贵的事。长久的沙漠生活，只使人学到一个好处，任何现实生活上的享受，都附带着使心灵得到无限的满足和升华。"

她描写的是在物质生活极度贫乏情况下的无奈与自我激励。

我们总是讲她如何浪漫，却没讲她如何励志。三毛其实是个很励志的人。

她谈沙漠上的生活："千篇一律的日子，没有过分的欢乐，也谈不上什么哀愁。"

三毛是哀愁的，即使在她和荷西刚结婚的时候，她的欢乐里也带着一点点无奈与哀伤，她只是硬生生地把沙漠里单调的日子织出了花色而已。

她说："我不会讲什么大道理，因为我没有学问，但是，我愿意在将来的日子里，仍做不断的努力，以我的手，写我的口，以我的口，表达我的心声。"

三毛终究是个有浪漫情怀，又不愿和现实妥协的女子。她经历过我们经历过的和我们没经历过的事情，因此，在她的书里，你会看到浪漫与现实并存、快乐和悲伤并存、爱与恨并存。

生活大概就是这样，永远矛盾并对立着，而我们就是学会如何在生活的对峙里生存并寻找到快乐。不被悲伤压倒，也不被快乐冲昏。做那只幸福的青鸟！

陪80岁老爸老妈金婚旅行

每个人的成长里都有儿时的影子。我老爸说从小他家里墙上就挂着中国地图，他的父亲就给他讲地图上的中国。

他当兵转业，从青岛到北京，想从北京出发去看世界。但是想到，从北京下放到地方，被禁锢在小地方，旅行只能在梦里了。

直到我们大学毕业或上班后，老爸和老妈两人才开始实现他们的旅行梦。他们两个人走遍了除新疆西藏外的大半个中国。如果换作现在，放在网上老爸老妈没准成为旅行达人。

父母爱旅行，但我从没机会和时间去陪过父母旅行。而父母也乐于享受他们的二人世界。

直到2008汶川大地震，震醒了我。意外会毁灭一切。活着，才能感受到一切。没有1，后面还有什么呢？

汶川地震第二年是我老爸老妈的金婚纪念日。我老爸老妈向来讨厌热闹的事，旅行可能是纪念金婚的最好方式。

我就问老爸："最想去哪里？"老爸说，最想去看看青城山和都江堰，老妈说，我想去九寨沟。

做旅行安排。于是有了第一次陪父母旅行。

陪老爸老妈从北京出发，到成都、青城山、都江堰。都江堰依旧，让人不得不佩服当年李冰父子治水的大智慧。

然后去九寨沟。在机场，看到大家都在吃防止高原反应的药，赶紧给老爸老妈买上两盒，把药片吃下。那时的九寨沟，因为地震影响，游客稀少，但景色依旧。九寨沟的水仿若梦境，应了九寨归来不看水之说。

黄龙最上端的钙化彩池群，海拔3900米。那些池水宛如五彩珍珠镶嵌在原始森林中，漫步池边，无数块大小不等、形状各异的彩池宛如盛满了各色颜料的水彩板，蓝绿、海蓝、浅蓝等等，艳丽奇绝。仿佛仙人撒落在群山之中的翡翠，诡谲奇幻。

在最美丽的黄龙彩池边，因为一点拍照的小事情，我和老爸大吵一架，说了我从来不敢说的话，导致要分道扬镳。

我一直敬畏老爸，那次吵架是第一次也是最后一次。

从黄龙下来，直接去松潘古城。松潘古城是松赞干布接文成公主入藏的地方，那个高原小城安静古老，又透着一丝与世隔绝的味道。晚上，老爸高原反应加剧，第二天一早，匆匆离开到重庆。

在重庆，呼吸着山城充足的氧气，我为老爸老妈举杯庆祝了金婚。

老爸还想去看看"高峡出平湖"的三峡大坝，于是给他们买了长江邮轮的船票，送他们坐上船，而我要回京工作。

转身，眼泪不知何时流了下来。

谁说父母和子女，此生不是一场渐行渐远的缘分呢？

唯有珍惜在一起的分分秒秒。

带父母出去旅行的小建议：

1. 订好行程，时间不要太紧张，不要打卡式旅行。

2. 要和父母提前谈好旅行条件。父母节俭，年轻人则喜欢舒适享受。旅行途中安排好的事情，不要总去比较价格，不然，心情会很紧张。

3. 既然是子女带父母出游，旅行中要求父母尽量听从子女安排，临时有事大家民主商量。

4. 旅行是和父母亲近的最好方式之一，也是子女对自我成长的精神探索。

5. 旅行，一定要给父母带上各种药物，身体健康，安全归来是最重要的。

订好旅行规则，旅行就会顺畅、愉快很多。

如果你有时间，不妨陪父母来次说走就走的旅行。陪父母旅行，是和自己的过去和解。

为什么旅行，每个人各不同

1

我向往旅行，是因为中学时看了三毛的《撒哈拉的故事》，被三毛的奇特经历和优美文字所吸引，可能每个少女心中都有一个梦，而当时我的梦就是希望像三毛一样流浪远方。

于是陆续买了三毛所有的书，最喜欢的是《撒哈拉的故事》《梦里花落知多少》两本文集。

一直是三毛的粉丝，后来她最爱的荷西去世，自己也跟着伤心落泪，三毛的一举一动牵动着我年轻的心，直到她最后自杀。

世人总是觉得她自杀是件叫人惋惜的事，但当时我却觉得她离去可能是最好的选择，因为她的人生就像罗大佑为她写的《追梦人》的歌词所说"痴情笑我凡俗的人世终难解的关怀"，生无可恋，死也无惧。

她的故事作为一个童话留在人间。后来有很多和异国人结婚的女孩，也写文章，文笔也不错，但再没有一个人能写出那么脱俗的文字。因为三毛不是凡人。

后来，作为三毛粉，也去她曾经生活过的一些地方看过，但没有了三毛的那些地名，只是一种符号而已。

2

喜欢旅行，向往旅行，但其实在35岁之前我没有出过国，也没有去过太多地方。因为忙着工作，没有时间。

在35岁前，唯一一次最长时间的所谓旅行就是大学三年级的湘西写生，老师带着我们两个班凑起来的八个学生，在20多天的时间里走了湖北、湖南、四川、贵州四省，去了20多个地方，除了在省会城市转车外，我们基本都是在穷乡僻壤里写生。回到学校，每人瘦了十斤。

大学时期的那次旅行一直在我记忆中保留到现在，每个细节都很难忘记。

记得那次写生第一站是张家界，那时张家界刚刚开发，交通不太方便，因为我们时间紧，老师又安排了很多地方，所以我们不能走回头路。

以前我是个不擅长运动和行走的人。到张家界第一天，每人背着画夹和所有的行李就走了整整一天山路。

第二天早晨起来要继续走到火车站，我长那么大从没走过那么多的山路。我和老师说："我走不动了，在这里等你们可以吗？我不想走了。"老师说："必须走。"

没办法，只能咬牙继续走，因为才出发，如果跟不上就没有以后了。坚持走完那天后，竟然再也不害怕走山路了。

每人都有自己的舒适区，在舒适区待久了，就觉得自己就这样。旅行，其实是在挑战每个人的那个舒适区，让你在陌生环境里重新发现自我，"哦？原来我也可以这样。"

3

由于大学毕业后工作一直很忙，属于基本没有假期的那种。

最后一间打工公司老板要把我唯一的春节假期也剥夺掉，春节是我陪父母的唯一时间，我决定辞职。

辞职后自己做公司更忙了，好歹可以随时抽时间陪陪父母。但是还是没时间去旅行。像三毛一样去流浪的梦总觉得没条件去实现，总觉得每个生意机会都不能放过。挣够钱再去旅行，其实，也因为没有看过更大的世界失去了很多更好的生意机会。

那时我的公司想在帝都找块地投资建个练习场，和某乡的书记联系很久。书记知道我是美院毕业学画画的，有一天就说："我带你们去看个地方，现在刚开始开发，有些画家在那里，你们可以考虑租一栋楼，每平方米两毛钱可以租给你呢。"然后带我们去看，那个地方就是现在的798艺术区。

那时的我虽然美院毕业，有些经济实力，但没有出过国，更没看过国外的艺术区，是个不折不扣的土老帽，所以看到798那些老旧的砖楼时，直接拒绝。现在798艺术区租金是多少帝都的人都应该知道。

这就是当时没有怎么旅行过，没有见识的我的真实的"两毛钱的故事"。

798艺术区就是将国外的艺术区形式搬到国内的。而当时在那里最早租厂房的一批人基本都是从国外回来的。

旅行带给你的见识不是立刻生效。旅行中所见所闻会印在你的生命里，不知何时就会蹦出来和现实偶尔契合一下，带给你深深的惊喜。

　　生命不可以重来，但是任何时候开始都不晚，从现在开始，带着家人孩子，随时准备来一次说走就走的旅行。

在旅行中的遇见和再见

1

在波兰格但斯克老城里闲逛。

走在老城摩特瓦河边，女儿一直在念叨去我们酒店前面的翻斗乐玩，左缠右缠。

那个翻斗乐场地，不大，滑梯也很小，就是有魔力在吸引着她。

很快，和一个小男生玩到了一起，男生在滑梯上做各种怪动作吸引她的注意，逗她开心，嘴里说着："Look me！"女儿咯咯笑。

小男生的爷爷在旁边看着两个孩子玩得好，满脸喜悦。

我则坐在旁边发呆。

波兰的儿童翻斗乐都是直接铺细沙或者小石子，基本不用塑胶垫。无论再小的翻斗乐，都会有沙子、滑梯、秋千三种标配。

他们俩一直玩了两个多小时，可能小男生的妈妈打电话过来叫他们回去吃饭，两个人才恋恋不舍地告别。

小男生一步一回头地看女儿，女儿也没有心思再玩了，也要回酒店。可是旅行中的遇见都是很短暂，看到她伤心我竟然也跟着有些伤心。

我鼓励她："去和小男生拥抱下，做个告别吧。"她走过去主动拥抱了小男生。

路上，我问女儿："你为什么那么喜欢玩翻斗乐?"她说："每次都能找到好朋友一起玩。和好朋友一起玩就开心。""妈妈，以后我还会遇见他吗?"

我以前曾经告诉过她：再见有时是永远不再相见。但今天我用沉默做了回答。

有的缘分只有两个小时那么短，又如何能再遇见?

2

我和我老公李同学就是在旅行中遇见，然后再见，最后又走到一起。

那时我刚刚彻底告别职场，刚从中央美院蒋采蘋先生重彩高研班结业。准备开始过我画画旅行的另一段人生。姐姐给我介绍了一位资深驴友做伴，说我们以后可以一起去旅行。

我和杨姐旅行第一站就是云南，在云南旅行时认识了后来成为我老公的李同学，后来我和曾一起旅行的杨姐再未见面。

我和李同学在教育程度、家庭背景、经济状况方面都有很大的差距，还是姐弟恋。我父母尊重我的选择。我们在其他众人都不太看好的情况下结婚生子走到现在。

虽然生活中也会有磕磕绊绊，但好在都彼此珍惜远隔几千里的遇见。

所谓命运就是如此吧，听从自己内心的声音，自会遇见你该遇见的。

3

汶川地震后的那年我陪父母去九寨沟玩，看到一条藏式披肩，很喜欢，但是觉得自己披肩已经很多，犹豫一下没买。

老爸看我犹豫的样子，催我去买，说："喜欢就赶紧去买，以后我们可能永远不会再来这里啦。"

我听了父亲的话跑去买下，至今已十年，再没去过九寨沟。

那个披肩竟成为我的最爱，一直用到现在。冥冥中我们和每件物、每个人的相遇都是注定的。

不能保证每次的遇见都是善缘。但既然是注定，就接受它，无论好坏。

互相不欣赏可以不见。人生短暂，利用有限的时间和欣赏自己、志同道合的人在一起岂不更快乐？

如果一个人，从小时候就知道结善缘，珍惜每一个遇见，当她成年时心中一定是满满的爱和幸福的回忆。

在每一次遇见里学会分辨，学会观察，和对自己善意的人做朋友，远离敌视自己的人。

每个人的言语里带着每个人的性格。只有学会细致地体察别人和环境，才可以避免所有的危险。

希望每一次的遇见都如初见，每一次的遇见都能心生欢喜，为了以后的再见。

与北京香山的无数次约会

1

在北京住了将近二十年，大概爬了几十次香山。这个次数不算多，因为有些香山迷们，每年爬365天。

以前认识的一个公务员朋友，家住昌平，每天爬香山。

即使他每天早晨8点必须到办公室，也不能阻止那颗热爱爬香山的心。他和妻子还有一帮香山迷无论刮风下雨，每天早晨4点起床必爬香山。爬完山，回到家，还能包顿饺子，煮着吃完，才不慌不忙地去上班。他们爬香山的速度你自己去算算吧。

我不是爬山迷，但是对于曾经久居北京的我来说，只要在北京，每年必须去香山几次。

从北京市中心开车到香山不堵车的话，一个小时肯定到。现在开通了西郊小火车，和地铁无缝对接，直达香山。在一个两千万人口的首都，有座可以随时想爬就可以爬的山，是件很幸福的事情。

2

香山之所以让人迷恋。除了因为春天的桃花红，杏花白，秋日的满山红叶外，还有很多历史与故事深藏在山中，吸引着人们去靠近它。

在香山旁边的植物园里，有18世纪伟大的文坛巨匠曹雪芹纪念馆。曹雪芹晚年移居香山，在这里创作了驰名中外的不朽著作《红楼梦》。他在那里度过了生命最后的岁月。

从植物园曹雪芹纪念馆出来，出大门，坐小火车或者徒步沿着缓缓的山路向上走，在树荫掩映的山脚下，还可以去看看建筑大师贝聿铭设计的香山饭店。香山饭店原是康熙皇帝避暑行宫故址。贝聿铭的设计让这里重换新颜，并且成为中西合璧建筑的典范。

提起香山，必须提下历史悠久的双清别墅，双清别墅曾是乾隆时静宜园的一部分，被八国联军焚毁，熊希龄又重建。蒋介石曾在双清别墅驻留，毛泽东从西柏坡离开后直接到了香山的双清别墅，在1949年开国大典前他一直住在那里。

碧云寺和后来修复的琉璃宝塔都是到香山值得一去的地方。

到香山，一定要爬过鬼见愁，登顶香炉峰。晴天的日子，站在香炉峰，能看到北京城的全景，甚至清晰到每条街道，每个建筑。在你眼前，巨大的城市忽然变成积木似的，罗列在面前，那一刻，即使作为异乡人，你也会感觉到北京有些亲切，好像张开怀抱在欢迎你。

坐在香炉峰顶，徐来的清风吹干汗水，遥望北京城，你会觉得在这个城市所受的那些苦又算什么呢？人生有如爬山，爬同样的山，看不同的风景，有不同的感悟。

这也可能是很多人喜欢爬香山的原因之一吧？

3

喜欢香山，也是因为喜欢那些散落在香山周围的餐馆和咖啡厅。

在香山开各种商店的人以来自全国各地的外地人居多，他们因为对香山的喜爱，索性租个店铺，卖些吃喝用品，就落在这里。那些老北京人就成了他们的房东。

香山附近有几家很有特色的餐厅，以老北京味道为主，装修得也是古色古香，宫廷味十足。

爱猫人士最喜欢去雕刻时光咖啡厅，进到咖啡厅，几只猫占据咖啡厅最中间的一个长沙发，仿佛它们就是主人。有人进来，眼睛抬也不会抬上一下。

咖啡厅的装饰也是以猫咪为主，靠垫上，海报上，眼光所到之处都是猫，脚下也时时有几只小猫在嬉戏打闹。

从香山下来，有时会在那里吃个西餐，味道还算正宗，有时在别处吃过饭，只点个蔬果汁，坐上两三个小时，发呆、看书、看猫、看孩子，觉得人生岁月如此，足矣！

关于北京胡同的那些记忆

1

回北京办事，又住在安定门大街旁边胡同里的主题酒店。

酒店坐落在一个由工厂改造的艺术区里。除了酒店，还有西餐厅、咖啡厅、主题餐厅、办公区。

从酒店出来我们去胡同外面的餐厅吃饭。我和李同学边走路边聊天。

我说："这边酒店涨价涨得厉害，去年订还是300多元一晚，今年涨了好多。"

李同学说："是吗？我还以为很便宜呢？"

我们的谈话被旁边一位大妈听到，说："这两条胡同的住宿是这一片最贵的，出了胡同主路两边的酒店都比这里的便宜。"

我们问："为什么？"

大妈说："都是被外国人炒的，好多外国人在这几条胡同买四合院。住在这边酒店的也多。"

我们住的酒店有很多外国自由行的游客，没想到我们赶了个时髦。

北京人去国外炒房，外国人到北京炒房，世界本大同。

2

对于北京胡同最早的记忆，是姑姑家位于北京东四三条的四合院。

我姑姑家住在东四三条，从东四三条胡同进去200米左右就到了。那个大四合院，已经住进很多家人，变成大杂院。

进院门，是条狭长窄小的土路，两边都是各家搭建出来的房屋。走上几十米，看到一棵开满紫色小花的丁香树，就到了姑姑家。

姑姑家是一大间东西向的房子，北边有一个小小的厢房，房子前面的院子种满各色的花，春天满树丁香花开后不久，姑姑最喜欢的牡丹花也开始绽放。

姑姑喜欢种花，花缘很好，别人扔掉的枯死的花，她拿回家，种到盆里，不久就长得枝繁叶茂、生机勃勃。小时，父亲带我去姑姑家玩，每次都是带株新品种的花回家。

再后来，去姑姑家，那个院子越发狭窄，姑姑就随女儿搬到楼房里，从此我也再没去过东四三条的四合院，听说四合院重新规划改造后，房子宽敞漂亮了很多。

姑姑已经离世，只留下关于她和四合院的记忆和想念了。

3

大学毕业后到北京的第一份工作，是在四合院办公。面试的老总很担心年轻女孩的我不喜欢四合院，小心翼翼地和我说着办公地址。

那时的北京一套一进的四合院才二百多万人民币。大部分年轻人都喜欢在写字楼里上班，气派又有面子，到北京怎能去灰突突的四合院里上班？但是我却喜欢胡同里那份宁静和生活气。

公司的四合院坐落在安定门内鼓楼后面的国旺胡同里。

推开院门，左边是一棵一人双臂才能抱过来的国槐，树下有一个自来水龙头，砌了一个水泥池围起来。槐树大大的树冠像一把大伞，遮住了整个小院。

那时正值春天的一个周末，白色的槐树花落了满满一地。

一下子喜欢上这个院子，喜欢那棵大槐树，上班的日子，每天一早抢着在院子扫地的人总是我。

我们的办公室正对院门，坐北朝南，是一个大开间。我的座位正对着院子里那棵大槐树。因为是驻京办事处，所以只有几个人在这里办公。办公室左边是我们几个外地女孩的宿舍，右边是厨房，可以搭伙做饭。

在四合院办公的日子短暂美好，短暂到只在里面工作一年，就搬到了位于东三环的京广写字楼，以后再无缘去国旺胡同看看那个院子。

后来的工作基本上都在北京的郊区奔波往返，离北京的胡同、四合院越来越远，四合院的价钱也从几百万涨到上千万、上亿。

有些人、有些事注定活在回忆里。如梦幻影，若隐若现，谁敢说今天不会变成回忆呢？

如果这样去泸沽湖玩，一定不会失望的！

1

对于泸沽湖有很多赞美之词，但是如果你抱着满腔热情，抱着旅行打卡的目的去那里，真的会让你很失望。

泸沽湖不是一个适合短途旅行的地方，如果经过几个小时的飞行，又坐上几个小时的汽车，起起伏伏的山路已经把你折腾得晕头转向，每人花上一百元进山门票后，看到狭窄的两车道乡村公路，看看那分布于丛山之间的湖水，住一晚就离开这里，回丽江或者赶往以后的行程，你一定会说："泸沽湖一点也不好玩儿，不就是一个水洼洼吗？"

停留时间太短，泸沽湖的好，你都还没看到，肯定很失望。

2

泸沽湖还有许多不完善的地方，比如环湖公路上虽然有厕所，但却不能用，只能去借用客栈或饭店的厕所。

自由行进景区后，没有公共交通工具，环湖要么包车，要么骑自行车，要么租电动摩托车，从安全性上讲，建议选择价格不低的包车。

泸沽湖的景点环湖而建，比较分散。那些古老的村落像一粒粒珍珠镶嵌在泸沽湖的脖颈上，云南境内的大落水、小落水、普洛、蒗放、里格，四川境内的洼夸、左所，虽然都是环湖的村庄，但在每个地方看到的是泸沽湖不同的面貌，正应了那句话：横看成岭侧成峰，远近高低各不同。

这些村落的居民有些以汉族为主，有些以摩梭族为主。每个村庄都带有各自不同的气息。

3

当你选择不同的季节去泸沽湖，每次至少住上三四天时，你才会了解泸沽湖真正的美。

泸沽湖就像一位深藏山中的少女，她是羞涩的，她的美丽需要你静下心来，靠近她，才可以慢慢体会。

春天的泸沽湖干燥多风，漫山遍野、遍布村庄的苹果花、桃花、杏花、梨花，还有些许樱花，让人春心荡漾。

夏天的泸沽湖潮湿而多雨，但是分外凉爽，晚上睡觉必须盖棉被。如果幸运的话，总能在雨后看到大大的、横跨天际的彩虹。

秋季的泸沽湖是丰收的季节，泸沽湖的苹果和苹果干香甜美味，一吃难忘。还有各种蘑菇、菌子都是当地真正的土特产。树叶也呈现出花般的色彩。

冬季的泸沽湖，可以在湖面上看见从遥远的北方飞过来过冬的成群的野鸭和红嘴鸥，在码头喂喂红嘴鸥，体会天人合一的感觉。

你看，不同的季节去泸沽湖会带给你不同的体验。泸沽湖的美哪里是你几天可以全部体会到的呢？

4

如果你去泸沽湖没有待上十天半月，没有去上几次，仅去一次还是匆匆的话，那你一定会失望而归。

如果你已经准备好时间，不妨在旅游淡季时在泸沽湖住上一段时间，去村民家吃吃酒，做做客，上山亲自摘摘苹果。你一定会看到一个不会让你失望，只能让你难忘的泸沽湖。

在路上，动物情缘

1

可能和遗传有关，女儿是个特别喜欢动物的孩子。

她喜欢的动物，无论大小、美丑，有萌系动物小狗小猫，也有平时大家不感冒的动物如毛毛虫、青蛙、蜥蜴，只要是动物她全部都爱。

她一岁多回泸沽湖奶奶家，正巧奶奶家的猪妈妈刚刚生了一窝小猪，小猪长得小巧玲珑，哼哼唧唧的，很可爱。奶奶就捉了一只抱给她。自从那次抱了小猪后，她就学会了猪哼哼。

看来，人和动物要保持适度距离，不然可能会互相影响。

2

夏季回泸沽湖，女儿捉了一只毛毛虫，放在纸杯里，说要把它当成宠物养，要看它变成蝴蝶。

她带着毛毛虫去爬山，杯子掉到地上，毛毛虫爬走了，害得她伤心很久。

看见萌系猫更是走不动路。村子里一家客栈养了一只猫，猫妈妈生了一窝小猫，第一次去那家客栈玩，她和猫妈妈玩了很久。但那些小猫看到她立刻消失得无影无踪。因为没抱到小猫，女儿心心念念还要再去一次，直到和小猫有了亲密接触，才算放下。

艾略特说："动物是最可亲近的朋友，它们从不提问，也从不指责。"可能正因为如此，女儿才觉得无论青蛙还是毛毛虫，都有一种亲切吧。

为人父母是否应该对孩子更多一些和言细语呢？值得自己反思。

3

客栈里的旺财是她最好的朋友，每天早晨旺财都会跑到二楼叫她起床，听到走廊里嗒嗒的跑步声，一定是旺财。

打开门，旺财总会矜持地在门外站一会儿，得到邀请后才会进门。女儿见到旺财总比见到亲妈还高兴。但我并不介意。

因为自己小时候也如此。记得我最早的一只宠物是只白色的小鸡，叫大白，为了防止我们姊妹三人吵架，妈妈准许我们每人认领一只小鸡做宠物。那只白色的母鸡我一直养到它非常大，有时总抱在怀里带它去遛弯，还会给它洗澡。它后来的命运我有些记不清了，但终归没能走出鸡的命运。

后来家里一直养猫，直到现在。

有一个把鸡当成宠物的妈妈，女儿把毛毛虫当宠物也就没有什么新奇的了。

爱因斯坦说："挖掘我们心灵深处的慈悲，拥抱万物生灵，接受整个大自然及其美丽之处，这样我们就可以完成我们释放自身的使命。"

动物真的可以让我们身心放松下来。爱动物，人，也变得轻松有趣起来。

4

去欧洲，印象最深的是人与自然的和谐相处。良好的保护动物的习惯，和政府的重罚是分不开的。

听说一个在德国留学的中国学生，用法棍打晕了一只天鹅，拿回租住房炖着吃了，他把鹅毛扔在垃圾桶里，被邻居举报，抓起来拘禁并罚款，刑满释放时被驱逐出境。

所以，在欧洲，动物对人并不害怕，人对动物也不构成威胁。彼此都是自然的一部分。

一次别人捉了只小野鸭，用绳子捆住它的双腿，放在一个桶里，要送给女儿玩，女儿急得脸红脖子粗，拎着桶就往泸沽湖湖边走，要把小野鸭放了。

路上遇到我，我帮她把野鸭腿上的绳子解了，抱在怀里，陪她去湖边放野鸭。

野鸭开始还挣扎，越靠近湖边越安静，它可能知道要放它回去了。

到了湖边，女儿的爷爷正好在那里，于是爷爷抱她去船上，一起把野鸭放到湖里。

野鸭一个猛子扎到水里，我们以为它受伤了要沉底，却看见它在很远的水面露出了小脑袋。越游越远。

5

泸沽湖每年冬季都会飞来很多野鸭，到此过冬。有些在春天不飞走，留在这里养儿育女。

我们虽然解救了一只野鸭，却无法帮助更多，因为我们并不常住泸沽湖。

虽然泸沽湖管委会也明令禁止打野鸭，但是泸沽湖太大了，每年都会有一些飞来过冬的野鸭，春天时再也不能飞走，因为它们已经成了某些人的盘中餐。

纪录片《迁徙的鸟》，拍摄了候鸟们每年要经过数十万公里的飞行，不惧艰难险阻，年复一年，同一条航线，飞到同一个景地过冬的情景。过冬的地方对它们来说是另一个家。它们以生命为代价往返于故乡和家乡之间。

每每在冬季，看到泸沽湖水面上一群群野鸭们，我仿佛看到了它们在长路漫漫的迁徙途中的每一步艰辛。

佛祖说："每个对所有生灵都有怜悯感的人，是一个高尚的人。"

我们不能保证自己绝对成为有钱人，但努力做个高尚的人还是很容易实现的，从爱护身边的每个生灵开始，让它们和我们平等地拥有这个世界。

泸沽湖的花花世界

1 幸福精灵——珊瑚樱

去泸沽湖旅行除了看山看水，看风土人情外，泸沽湖其实也是一个植物种类极其丰富的地方。

而我，喜欢泸沽湖，除了因为喜欢那里纯朴的人们，还有那里的山山水水、花花草草。

到泸沽湖，路边，院落，到处都是竞相开放的花儿，再阴郁的心情也会灿烂起来。

泸沽湖每家每户都喜欢养珊瑚樱，可能由于它既喜阳又耐寒的原因，和泸沽湖的气候脾气秉性相和合，于是彼此都轻松。

记得小时候我家院子里也种过珊瑚樱，红彤彤的圆果挂在枝头，很招小朋友们的喜欢。后来，搬进楼房，家里就没再养。

珊瑚樱象征着真实的亲情与长久的幸福，又名幸福精灵。看见它，心底不由升起小小的甜蜜与喜悦。

2　水性杨花——海菜花

秋季的泸沽湖湖面上，远远望去白花花一片的是水性杨花。其实它的学名叫海菜花。主要生长在云南、贵州等地。

因为云贵地区把湖泊都称作海，于是叫海菜花。

据说它是一种对水质要求极高的植物，只要水面有污染，它就会死去。

在泸沽湖划船，摘了一把水性杨花，想拿回家画画写生。没想到从湖边到家里十多分钟的工夫，花已经枯萎。放在水盆里，不忍它的生命就此结束。

第二天一早，去看它，已经开出几朵新的花。到中午完全盛开。下午时却又凋谢。

如此，每天都有新花开放。虽然没有根，却顽强地活着。

它的生命力如此强大，有一点水就可以生根、发芽、开花，怎会叫它水性杨花呢？

我们，是否也应该像这花儿一样用美丽的微笑，去面对人生的一切呢？

3　有毒请远离：一把伞南星

泸沽湖李同学家的后山下，山泉水流过的地方自然形成一条小溪，上面搭着一块木板权当小桥。

小溪边开满野花，只有这株垂下的硕大果实吸引了我，在一片小野花里，红色的果实分外耀眼。

叶子像雨伞一样遮挡在花的上面，仿佛在保护着自己的珍宝。

但是这个珍宝却有毒。

一把伞南星又叫山苞米，由于长得像玉米，偶尔会被人误食中毒。它成熟后毒性最强。

虽然有毒，但它的花语却是温暖，不解。

每次去后山经过都会多看它几眼，去写生半天，就是不敢碰它。

它越成熟，越璀璨动人。直至有一天，花儿不知被谁折断扔掉，消失不见。心里竟有些失落。它被扔到哪里去了？

好在画下了当时的初见。

在路上，四天四城

1

2018年9月，回国四天，每天一个城市，北京、天津、保定、容城，那些记录着或长或短生活的大大小小城市。

忙着办理积压已久的事情，见久未见面的亲人朋友，国外的好友微信问我："回国感觉怎样？"

也有国内未见面的友人微信问："为何好久没更文？什么状况？"

每天在路上，开车。每天办理四五件事，实在没时间更文。

终于可以短暂休息下，整理下这几天的心情。

回国，很高兴。

城市和人们都欣欣向荣，活力十足。而我所见的亲人朋友们，各自在生活里自得其乐，随缘自在。

2

回国见了我的美女好友A。好友A从国外美术学院毕业回国后，一直没有停止画画，很多人因为生活改变方向，A则是在绘画的道路上一路走下来。小有成就后，还在不断给自己的人生提高高度。

她研究生毕业后，在工作中一直没有放弃学习，今年准备考博士，怀孕了仍在备考。

她曾考过一次博士，失败。但是她说："我一位好友用了六年时间终于考上博士，我也不想放弃，一直考上为止。"

要说人生有哪些难事的话，每个人都有一大堆，但我发现积极的人总是在困难里发现闪光点，并且坚持下去让那光芒越来越大。

很多时候，成功的人并不是看到希望才去坚持，而是因为坚持才会看到希望。

3

教师节第二天和好友去看望蒋采蘋先生。老先生穿一身黑衣长衫，戴一黑色布制中间嵌银的项链，精神矍铄。

蒋先生先问问我们各自的生活情况，然后开始和我们聊重彩画、美学。推荐我们读读宗白华的《中国文化的美丽精神》，也谈到宗白华的谦虚和文笔之优美。蒋先生何尝不是位谦虚的人呢？

临告别时，蒋先生请我们去看她内蒙古采风时画的少数民族肖像，说："我每次出去都不会空手而归，都要画画，你们一定要多画写生。我让你们看看我现在的画，是希望你们要努力啊！"

　　蒋采蘋先生是我的精神偶像，每次想起她、看到她，我都会充满正正的能量。

　　和蒋采蘋先生的结缘是始于十年前，那时自己由于身体原因，决定放弃生意，重拾画笔，于是报名到当时蒋采蘋先生主办的中央美院重彩高研班学习。多年过去，虽然自己作品平平，但是不放弃的念头已经扎根心底。

　　人生路上，每个人都忙于赶路，忘记了停留休息。所以有时小小的困难与挫折可能就是让你停下脚步，听听自己内心的声音，调整自己，重新思考前行的路，前方可能有更好的风景和更好的人等着你。

　　无论是生命的哪个阶段，都应心生欢喜，顺生而行，不沉迷过往，期待着最美的风景。

世界很小，生活很大

"世界那么大，我想去看看"这句有名的网络语牵动了很多年轻人的心，也带来对周游世界的向往。

但是在欧洲，很多人甚至没有出过国，更别说来到中国。中国在他们眼里就是那些叽叽喳喳的旅行团。

问去中国旅行过的欧洲人，他们都觉得中国很好，有很多好吃的、好玩儿的，又热闹，他们觉得欧洲的生活单调枯燥，很向往中国丰富多彩的生活。

欧洲人觉得外派中国的工作机会是个美差，中国在他们眼里象征着机会和财富。

像极了那句话，"城里的人想出来，城外的人想进去。"

有一北欧朋友，轻度抑郁症，得到一外派中国工作，离开北欧时他说，"我再也不要回来。"那时他还年轻。

在中国工作生活十年以后，重新点燃了生活热情的他拖家带口回到北欧的故乡，他说："我再也不想回中国。"这时他想念北欧家乡新鲜的空气、缓慢的生活节奏、安静的社会。

世界看似很大，但是每个人需要的只是一个小小的家，那个家里有爱、有温暖、有亲情。生活在哪里，哪里就是世界。

欧洲很小。几个小时的火车就已经到了另一个国家。在欧洲没出过国，就相当于一个河北人没去过帝都一样，但是这样的人在欧洲比比皆是。

旅行在欧洲历史上是贵族子弟才有能力去做的事情。现在，也不是每个欧洲人都有能力去做到的。

没有出过国并不影响他们自己的生活质量。欧洲人把自己的家庭布置得都非常精心细致，即使在森林中偏僻的小木屋里，餐桌上照样会铺上蕾丝花边的白桌布，在桌子中央摆上一束鲜花。房间里干净整洁、一尘不染。

生活在欧洲乡村里的人，很多都只是高中毕业或者职高毕业，没出过国，但是他们每天读书看报，摆花弄草，做各种手工把自己的家装饰得像是画册里的样板间，聊起世界也侃侃而谈。

欧洲人把自己的生活当作自己的世界。世界再大，他们也要先过好自己的生活。对于别人的生活，不嫉妒、不向往。

现在大家都很喜欢旅行，诗和远方挂在每个人的嘴上。

对于欧洲人来讲，诗和远方都在生活里，世界虽大，不看也无妨。

问来过中国的欧洲人，"喜欢中国吗？""很喜欢。""还想去吗？""想去，但是没钱，要攒很多钱再看是否有机会去。"转过身依然平静地过着自己的生活，没有一丝焦躁。在他们看来，别人的生活永远是别人的，过好自己的即是。

无论世界怎样发展，好像欧洲人还是传统的"老婆孩子热炕头"。

生活对于他们来讲就是全部。家庭、孩子、健康的重要性显现在社会的各个角落。

到处都是儿童玩的翻斗乐，以至于走上几百米就有一个，如果孩子愿意可以在外面跑上一天，所以欧洲的孩子运动能力都很强，个个攀爬起来像猴子，在山里长大的国人看得都目瞪口呆。

他们爱护环境、爱一切值得爱的人：幼儿园会带小朋友去外面捡垃圾，一人一副手套，让他们从小就知道保护环境。幼儿园时期就培养孩子关心公益事业，让孩子们攒硬币交到幼儿园，然后去捐给养老院的爷爷奶奶，去为养老院的人唱歌表演。

晚上、周末节假日的大街上是见不到什么人的，要么在家里陪家人，要么全家去公园里聚会。

世界就在生活里，过好当下，珍惜每一个今天，生活即是世界。

谁不想面朝大海，看春暖花开呢？

1

阳光灿烂的日子，在李同学家后院山上，拿着画笔画那些怒放的野花。四周安静极了，偶尔听到熟透的苹果或梨子掉落在地上的声音。

远处，是木墙青瓦的一户户人家。

抬起头，就会看到白云环绕的格姆女神山。而泸沽湖就像一面镜子，照着女神山不同时节的模样。

一艘艘猪槽船摇曳在湖面上。

身后是长满松柏的深山，脚下是硕果累累的果园。

春天满园的苹果树、桃树、梨树开花时，更是美得让人心醉。

有时，一个人站在后山，远眺女神山和泸沽湖，会怔神很久，觉得那是最美、最朴素的风景。

2

对于喜欢安静生活，又不喜欢逛商场，不喜欢奢侈品，不喜欢热闹的人来说，泸沽湖真的很适合生活。

如果再有一间大大的画室兼书房，每天画画、写字、看书，闲时做做农活，就是神仙也不换的日子了。

每天吃从自家地里摘的新鲜蔬菜和水果，如果不外出，生活成本可以降到很低。在这里想花钱出去都很难，因为去村边最近的超市走路都要20分钟。

这里真是躲避焦虑现实的好地方。

面朝大海，春暖花开也不过如此吧？

如果不是因为孩子的教育，我可能早就生活在这里。

理想丰满，现实骨感。村子里只有一所小学，初中要到半小时车程的永宁乡去上，高中要去一个多小时车程的宁蒗县。

3

泸沽湖，因为地处偏远，海拔较高，始终保持了一份神秘和清静。

现在的泸沽湖，虽然有从昆明、成都、重庆等地来的直飞航班，但是复杂的气候条件让航班降落有时也成了难题。

刚过去的雨季，时常会遇到阴雨多云天气，导致飞机已经到了泸沽湖机场，在上空盘旋几次都无法降落，飞机只好又返回出发地。陆路上会伴随有滑坡和塌方。时常外面的人一两天都无法进出泸沽湖。

　　而生活在这里的人们，所有的基本食品都可以自给自足，无论外面怎样，都还是慢悠悠地生活在自己的世界里。养猪、养鸡、种地。

　　而当你在这里待久了，思维会停顿，人会变得简单起来。

　　人生的活法有很多种，选择让自己最舒服的方式，才会开心。寻找自己的舒适区，在有限的生命里追求简单平凡的快乐，也是另一种让人向往的人生。

寻访古老的走婚母系氏族

围绕着泸沽湖，生活着走婚的母系氏族摩梭族。

据记载，古代的摩梭族是放牧的游牧民族。江河孕育文化。近代，他们慢慢选择择水而居，安定下来。

以前到泸沽湖，虽然也拜访过摩梭人家，但未曾深入了解其中。

近日，因缘际会，在一个秋雨细细的下午，我们和朋友们应邀去泸沽湖边洛水村阿木家做客。

阿木家是传统的母系氏族家庭，阿木和父母、姐妹们住在一起。

阿木家位于大洛水村中心。看到那高高的砖红色房子，就到了。

进院门，走过种满鲜花的甬道，尽头，一扇上面挂着羚羊角的门里就是祖母屋。祖母屋是摩梭族家里最年长女性住的房间，也是接待客人的地方，有些像汉族的客厅。

我们带去的礼物被阿木供在香火那里。大家围着火炉依次坐下。

这间祖母屋大概有五十平方米。全木结构的房子，一进门有两根柱子。阿木说："这两根柱子来自一棵大树，靠近门口的那根叫男柱，粗一些，家里的男人在那根柱子下换衣服。靠屋里面那根细一些的柱子叫女柱，家里女人们在那里换衣服。"

听着阿木的低声讲解，看着炉火上的青烟袅袅升起，升到将近三层楼高的带有天窗的屋顶不见了。

环顾四周，靠炉火的一面墙前供着香火，一面墙上挂着家里的合影，一面墙是陈列柜，摆放着电视。

照片里的女性们个个貌美如花，男性们英俊威武。

阿木说："我家阿爸是和我们住在一起的，因为以前运动时，要求摩梭族必须实行一夫一妻制，所以阿爸就一直在家里了。"

正说着，阿木的阿妈和阿爸先后进来，母系氏族的阿妈，气场不是一般的强大。

在我们聊天的时候，一桌丰盛的酒席已经摆好，阿木说这些菜全是他姐姐们做的，我对阿木说："你好幸福，一直被姐姐们照顾！"阿木甜蜜地笑了。

阿木家仍然沿袭着摩梭族走婚的传统。在阿木家见不到他的妻子。因为在走婚这种形式里，男女双方没有婚姻关系，只有在晚上男方会到女方家居住，白天在各自家中生活与劳动。

走婚意为"走来走去"，走婚是一种夜合晨离的婚姻关系。

一到夜晚，男子会用独特的暗号敲开中意女子的房门。走婚的男女，维系关系的要素是感情，一旦发生感情转淡或性格不合，可以随时分手，因此感情自由度较高。

在感情关系里，女方占主要地位，女方一旦不再为男方开门，走婚关系就宣告结束。

这种"你不属于我，我也不属于你"的古老而纯朴的爱情关系，给予男女双方很大的自由，让彼此都生活得简单、单纯。

阿木不用抚养自己的孩子和妻子，他只需要在他原生家庭里抚养姐姐妹妹的孩子就可以，十几个人养几个孩子，生活起来很轻松。

从阿木家祖母屋出来，左转是个大大的院子，院子中间是个鲜花围绕的半月牙形池塘，顺池塘边走下去，阿木家的那些房子都已经租给别人做了客栈。走进最后一栋房子，从敞开着的房门看到泸沽湖就在眼前。

我们笑称阿木："你家是大地主！"阿木也用无声的笑回应我们。

听说阿木家每年房租可以有几十万，但是阿木还在开着一辆五六十万的越野车拉客人环湖。

看到阿木在他们母系氏族里幸福地生活着，也不禁对一夫一妻制产生疑问。

一夫一妻制发展到今天，面临着越来越多的问题，有的国家离婚率高达60%以上。美国搞了一项调查，有一半以上的人主张废除婚姻制度，甚至有人预言，婚姻作为一种制度将不复存在。甚至有专家预言，走婚将是许多民族、许多国家未来婚姻的选择。

其实无论是一夫一妻，还是走婚，都应该给予对方宽松的环境及对等的尊重，还有在感情关系里的共同成长。

旺财一家的故事

旺财两岁多，是我们在泸沽湖鹿柴客栈里的一只狗。

我们泸沽湖客栈的掌柜母女特别喜欢小动物，开始经营客栈时就养了一只叫"店小二"的拉布拉多。

两年前一个阴雨连绵的日子里，旺财的妈妈带着旺财和它的其他几个孩子来到客栈门前，把旺财留在了客栈后，带着它另外的孩子离开了。

旺财的妈妈是只体形不大的流浪狗，在泸沽湖这一带已经流浪很久，由于我们客栈靠近路边，可能看到客栈掌柜母女常去遛"店小二"，知道她们是喜欢狗的人，就想把旺财托付到这里吧。

旺财刚开始来的时候，一条腿被车撞伤，这可能是狗妈妈想把它安顿到客栈里的主要原因，不然哪个妈妈希望离开自己的孩子呢？

那天，狗妈妈离去时，旺财并不追，乖乖地待在客栈里看着妈妈和兄妹们渐行渐远。

那时的旺财不过一个多月大，浑身毛茸茸的白色幼毛，黑色的小鼻头，像极一只小小的北极熊，甚是可爱。

旺财被留在了客栈。

我也曾经在两年前的微信朋友圈里讲过旺财的故事。

今年回来，旺财已经长大，两年未见，我们依然熟悉。

听说狗妈妈还在泸沽湖流浪，偶尔在外面遛弯时旺财还能看到妈妈，它们见面总是很亲昵地玩上一会儿，然后就是各奔东西，不知旺财是否想和妈妈去流浪，但它知道客栈是它的家。

由于旺财小时被车轧伤过腿，它看到汽车总是躲得远远的，或者赶紧跑回客栈。它的妈妈把它托付给一个善良的人家，它也很珍惜得之不易的幸福生活。

它后来的兄妹就没这样幸运。

狗妈妈又生了几只黑色的小狗，它仍是每天带着几只小狗在泸沽湖流浪。狗妈妈也带着小狗到客栈里看过旺财，掌柜母女看着可爱的黑色小狗，想留下，却又无处安放。

有一天，有人在路边看到一只被车碾轧得血糊糊的黑色小狗。没几天，在客栈里听到一声尖厉的狗叫声之后，另一只狗也消失在车轮下面。接二连三，旺财妈妈的孩子们都离开了，只剩下狗妈妈独自流浪。

祸不单行，狗妈妈的一条腿也受伤，跛了脚。

一只狗的命运低到尘埃里。

生而为人谈不上太幸运，生而为狗更是悲惨。

旺财的一家在风景秀丽、民心淳朴的泸沽湖都已经七零八落，其他地方的流浪狗们更是不知怎样才能得到一个残喘活命的机会。

真希望旺财妈妈可以好好地活下去，泸沽湖的人们，如果在路上看到跛着腿走路的一只流浪狗，请善待它，因为它是个伟大的狗妈妈。

熟悉的陌生人

和父母、伴侣、子女相处那么久，你真正了解他们吗？走进过他们灵魂深处吗？

最近，看了一部豆瓣上评分7分的台湾文艺电影《生生》。台湾电影一如既往地慢。电影描写了母女情，朋友情。缓慢的描述，带给人时而轻松，时而沉重的复杂情绪。

原来，至亲的父母也可能是我们最熟悉的陌生人。

《生生》拿我们一生都可能遇到的生离死别为主题，利用现今流行的手机直播连接了两个原本毫不相干的孤单家庭。

由鲍起静主演的莉莉奶奶，是个网红，她的网络直播突破了平台纪录。莉莉奶奶开计程车几十年，喜欢做直播，网名叫"不超过100天"。当知道自己肺癌四期，活不会超过100天后，她开始直播自己最后的生活。

她不愿麻烦事业上是女强人却仍单身的女儿，于是希望用直播的方式告诉女儿自己当下的生活，让女儿不必担心。

另一个家庭蔡昱生（小名生生）的哥哥刚刚去世，单亲家庭，妈妈在超市打工每天累得要死，也没时间照顾他。

生生是个小学生，他在哥哥去世后，在哥哥手机里发现：哥哥最喜欢看莉莉奶奶的直播，于是十多岁的小男生成了六十多岁莉莉奶奶的粉丝。

电影在一些家常琐事和争吵中进行下去。一如生活。

因为女儿工作忙，莉莉奶奶自己在生活中寻找乐趣。她开出租车，直到撞人被开罚单，才知道68岁不能开车。医生问她是化疗还是去安宁病房，她竟然笑着问医生："让我来住安宁病房，是否因为想多看她几次？"

人生的苦与无奈，都被她当作笑话一笑而过。

莉莉奶奶不过多指导女儿的人生，只是对单身女儿说："有什么东西丢了觉得遗憾，那就是最重要的。四十岁，你什么都有了，也没有结婚的必要，应该谈几场轰轰烈烈的恋爱。关于是否要小孩子，看心情。但是谢谢你做我的小孩。"

莉莉奶奶年轻时自己从香港到台湾，打拼起一个小家。莉莉奶奶女儿以安是区域销售经理，事业小有成就。

莉莉奶奶说："有些事情来得及，有些事情来不及了。天下没有不散的筵席，要心平气和地看待死亡。"

莉莉奶奶即使重病也希望过自己独立的生活。

她对女儿说："我喜欢你有你的人生，我有我的人生，大家都要学着放手。"

莉莉奶奶看似自私地活着，真实原因却是不希望自己重病躺在床上，让女儿照顾自己，她说："谁愿意把屎把尿，照顾你父亲我都受不了，我都想走。你更不可以。"她要死得痛快一点。

看似坚强的母女两人，先是女儿骂妈妈自私，后来莉莉奶奶病重跌倒在地上，伏在女儿身上哭，说："其实我也好怕死。"

谁不怕死呢？莉莉奶奶的坚强和远离只是不希望成为女儿的负担。

她说："没有人知道，人生怎样过才是对的，怎样才是错的。"所谓对错，哪里是自己说了能算数的？只能凭着感觉，去选择那条相对正确的道路。

人与人之间更是如此。

一生中遇到的大部分人，都是从陌生到熟悉，再到熟悉的陌生。世上最无奈的聚散莫过于此——近在咫尺，却仿佛远隔万水千山。

即使成为熟悉的陌生人，也感谢曾经的相遇与相伴，但人生，却是如何也不能再重新开始了。

第四章

那年在波兰

设想过很多次的出国旅居，从没想过要去波兰。

没到波兰的时候，看过很多关于波兰的书和电影，其中最有名的就是《安妮日记》《卡廷惨案》《奥斯维辛集中营》。波兰给我的印象是灰暗的。

但是机缘来的时候，还是没有犹豫地就去了，不想为人生设限，想看看真实的波兰是怎样的。

波兰这个国家的历史也如它的名字一样：波澜起伏。波兰历史上曾几次亡国，首都华沙也曾在"二战"中几乎被夷为平地，在华沙还有很多纪念战争的场所，如犹太人博物馆、华沙起义博物馆、华沙无名烈士墓，还有遍布街头的大大小小的纪念碑，华沙有着太多关于战争的回忆。

波兰，华沙。除了重建的老城有着典型的欧洲建筑外，其他的地方大多是在国内常见的方块形建筑，如果不是行人车辆稀少，或者偶尔驶过的有轨电车，还以为回到北京的80年代。

在波兰的中国人不到两万人，华沙大概有五千中国人。因为波兰的中国人太少，路上看到黑发黑眼睛的中国同胞，都要聊上几句，很是亲切。

在波兰旅居期间，我们带着孩子基本走遍了波兰全境主要城市，留下了各种各样的记忆。以下的文章记录的是在波兰生活的日常。

波兰是一个不大的国家。从首都去任何边境城市坐火车只要四五个小时，那时越发觉得中国的地缘辽阔，越发想念自己的祖国。

在华沙，你好吗？

朋友晓云到华沙的第二天手机就丢了。前一天我刚和她说过华沙治安很好。

手机是在存放肖邦心脏的圣十字教堂里面丢的。手机放在儿童车后面袋子最下面，上面放了很多衣服，儿童车就放在教堂里面墙边，然后几个人去参观教堂，回来时发现衣服都被拿出来放在旁边，手机没了。

他们找到教堂的神父想看监控，不允许。

晓云开玩笑地问神父："上帝应该什么都能看见，为什么没有帮助我看好手机？上帝去哪里了？"

神父说："世界上每个地方都一样，有好人也有坏人。"

修女过来，听说晓云手机丢了，很伤心，赶紧安慰朋友并且联系警察报案。

波兰的治安相对法国、西班牙、意大利那几个国家好多了，但是只是相对而言。

波兰人有些冷漠，对于外来移民礼貌而客气，但也没见到他们对自己人太过热络。

波兰不是移民国家，街上走的行人以金发碧眼为主。

我来华沙后，很多朋友问我好吗？习惯吗？

我只能说还好，在慢慢习惯和适应。

每个地方都有不完美之处。世上只要有人就有烟火气，哪里有人间仙境？

华沙空气好；绿化程度高，60%以上的绿化面积；食品欧盟标准；物价便宜，尤其房价不高。

生活简单，在社会体系内做好自己的事就好。

人少，安静。华沙只有二百多万人口。

孩子教育成本低：上私立学校费用比国内低；兴趣班费用低，一节课50元人民币。

以上都是和帝都比较后的感受。

说了很多华沙的好，不好的方面就是对华人有些歧视和敌意。

歧视是不分年龄的，幼儿园里偶尔也会有一两个对中国小朋友很不友好的孩子，但是大部分波兰孩子都是很友善的。

华沙一位中国朋友的孩子上公立小学，班里有学生对她孩子说不好听的话，很排斥中国人。后来这位朋友一年内陆陆续续给她孩子换了三所小学。

上学要碰运气，有对中国友善的学校就是好运，不友善的话只能直接换学校。

华沙也有专门开设汉语课程的私立学校，推开教室，全班金发碧眼的小朋友一起和你说声"你好"，也是件很开心的事。

国外有好也有不好，和国内一样，只是看你需要什么了。

国外不是天堂也不是地狱，只是人间。

但是，最重要的是记住神父说的话，"世界上每个地方都一样，有好人也有坏人。"

从一个公园开始喜欢上一座城

位于市中心的瓦津基公园（肖邦公园），是我们到华沙后去的第一个景点。

去过很多各种特色主题的大公园，但是没有见过哪个公园，是把历史、艺术、自然如此完美地融合在一起的。

因为肖邦公园，开始喜欢上华沙这座城。周日的公园门口有卖孩子玩具的推车，公园入口的最高处耸立着高达5米的铜铸肖邦雕像。因为每年6月至9月会在这里举办向肖邦致敬的各种音乐会，所以得名肖邦公园。

波兰和世界各地的钢琴家，以能在此演奏肖邦的乐曲为荣。肖邦是波兰的象征，华沙城市里到处都是肖邦驻留过的影子。黑色大理石的肖邦凳上面有个按钮，按下去肖邦的钢琴曲就会回荡在耳边。

周日的上午，公园清静寂寥。

中国大道笔直地贯穿公园。关于中国大道的介绍文字，做成铜牌摆放在路边。

每次进门松鼠都会蹦蹦跳跳地迎上来，松鼠仿若肖邦公园的精灵，给大人尤其是孩子们带来欢笑。时常看见小孩们喂食松鼠的情景。我有一次在肖邦公园的一棵大树下画画，松鼠直接跳到我的本子上。那场面现在想起来都让人嘴角上翘。

肖邦公园的松鼠冬天和春天与人比较亲近，因为食物少，到了夏天，果实多的时候和人就相对疏远些了。

公园里散养着几只孔雀，你如果手里放些吃的，它们会一点也不害怕地上来吃，倘若没有食物它们会生气地冲你叫上几声扭头就走。

春天鸟儿大部分飞走了，留下小鸟们相依为命在这里慢慢长大。总能在公园里见到两只结伴出行的小鸳鸯和小野鸭，它们在公园里形影不离，应该是爸爸妈妈飞走后留下的留守儿童了。

沿着中国大道走下去，会看到中国风格的中国园，亭子灯笼小桥流水石狮雕梁画柱。亲切感十足的中国元素，中国园向右转就到了水上宫殿。

水上宫殿又名瓦津基宫。原是皇室官员住处，现在是国宾馆之一，梅希莱维茨基宫在水上宫殿东侧。从1958年到1970年，中美总共在这里举行了135次会谈。

1970年1月的第136次会谈，为基辛格访华铺平了道路。

在宫殿的旁边，公园的露天歌剧院在南面，是个圆形水上剧场，建成于1793年。

肖邦公园里的西餐厅也是国宾馆之一，平日里也对外开放。中午12点才开始营业，公园里洋溢着安静祥和的气氛，除了鸟儿们的低语再无其他。

带孩子出国留学，你想好了吗？

现在带小朋友出国上学是个越来越热的趋势。

话说不能输在起跑线上，争得孩子同意，我也不能免俗地曾经带着孩子加入了出国留学大军。

出国后，才发现在一个地方旅行和生活，是两个概念。

我家小朋友从小和我们一起到处旅行，也去过国外很多地方。带她到波兰，她喜欢上华沙，问她离开北京可以吗？她说可以。但是当我家小朋友在华沙上幼儿园后，她开始想回国，回北京。

华沙只有200多万人口，没有北京的繁华和热闹，到处都很空旷，没有熙熙攘攘的人群，看上去比北京落后几十年的样子。但是有很多原生态的森林公园，每个公园都有供孩子们玩的游乐场，游乐场的标配是沙池、秋千、滑梯、攀爬架。我家住在肖邦公园附近，随时可以走路去肖邦公园喂小松鼠。

孩子只要不上学，她每天都很开心。

小朋友的不快乐是从上幼儿园开始的。

孩子在国外上学，首先面临的是语言挑战。

小朋友上的私立幼儿园，规模不大，但在华沙学校排名里可以排到第十位。是以波兰语教学为主的幼儿园，每天有一个小时英语课。我们认为在那里生活一定要学习当地语言，就把她放在这所学校。整个幼儿园只有她一个亚洲人。她们班的教室叫"蜜蜂教室"，每天只有四五个学生，上完本班课程后，基本就是混班上课了，小班大班在一起玩了。

上幼儿园她遇到的第一关就是语言问题。虽然她在帝都幼儿园学的英语派上了用场，和班里的小朋友基本靠英语交流，虽然班主任很好，但是老师用波兰语教学，她有些不适应。听不懂波兰语，她很迷茫，开始怀疑自我，怀疑人生。

所以，去国外上学不是每个孩子都可以适应，公立学校的孩子出国适应力反而会更强些。

其次，东西方教育方式不同，孩子适应起来需要漫长的时间，尤其是在国内教育体制里表现越好的孩子，出国后适应得越慢。

她在北京那间双语幼儿园是个很受欢迎的人，她和班里所有小朋友都是好朋友，老师们也都非常关注她喜欢她。

在华沙的这个幼儿园里，其实园长和老师对她也很好，她的作品总是陈列在学校展柜上，去幼儿园附近的养老院献爱心还让她献花。

但是，在华沙幼儿园，班里老师不会特别表扬也不会批评某一个人，小朋友都是平等的，除非小朋友犯了原则性错误，一定要道歉。

小朋友在北京幼儿园整天被夸"棒！棒！棒！"，在华沙没有受到重视，心里自然会有落差。

她开始自我否定，不自信，不想上幼儿园。我和孩爸开始给她做心理疏导，让她发现自己的优点：譬如她会说中文，幼儿园其他小朋友不会讲中文，她可以教大家中文。事实上幼儿园老师总是特意让她给小朋友用中文背数字。

语言不通，习惯不同，可能给小朋友带来了压抑和委屈。在帝都女汉子似的小朋友在游乐场被一个叼着奶嘴的小小男孩揪下了头发都要跑到我的怀里大哭一场。我送她去幼儿园时她永远是用泪汪汪的眼睛看着我，路上又找很多理由，希望我带她回家，可以不上幼儿园。又回到了在帝都三岁刚上幼儿园的那个阶段。

所以，带孩子出国上学，也考验孩子父母的心智，如果父母心智不够成熟，可能父母、孩子同时崩溃。但是你若坚定，孩子便坚定。

第三个是饮食习惯。国外吃饭，基本上都是冷餐，一日三餐基本上都是凉的，即使孩子心理上能接受，但是中国胃也会提出抗议。

刚开始上幼儿园，我们让她一日四餐都在幼儿园吃，上幼儿园第二天她就吐了，所有吃的东西全部吐掉，小朋友们开始躲她远远的，我们忽视了问题的严重性，仍然让她坚持上幼儿园，第五天时，她开始感冒发烧，每天晚上做噩梦惊醒，每天都哭，好像她从小到大都没做过这么多噩梦没哭过这么多。心病加上感冒，吃了一周抗生素才恢复。

我们的铁石心肠软了下来：早、晚餐让她在家里吃，给她做些中国面条、熬些粥，吃点热馒头，下午会比较早去接她；她的情绪才慢慢平静下来。

好在小朋友把我当作她的好朋友，她在幼儿园的喜怒哀乐都会讲给我听，我们也会根据她讲的慢慢帮她分析开导她：自己开心快乐最重要，不要在意别人如何看待自己。

在国外读书是孩子寻找自我的过程，越是国内受到老师表扬多的孩子出来后好像越是不容易适应，不容易找到自我，因为已经习惯了活在旁人的眼光和评价里。

带小朋友来华沙读书后，我才深切地感受到为何有好多在国内优秀的大学生，出国读书得了抑郁症甚至自杀。旁人都是看到其外表的光鲜和美好，但是内心深处可能是深深的恐惧或失望，但是当最亲的父母不在身边或者无法理解时，失望就变成了绝望。

人，一旦绝望就会自我毁灭甚至毁灭他人。

所有的心理学家都是从七岁前的成长轨迹去寻找成年后行为原因的。

为人父母，都希望能陪伴孩子渡过所有的难关，给他／她一个快乐的人生，所以，是否出国并不重要。在孩子未成年前，如果送孩子出国，父母一定要陪在他／她身边。

夏日暖阳下的肖邦公园

华沙的肖邦公园（瓦津基公园）是我们最常去的地方。

盛夏的肖邦公园，没有蝉鸣，一片静谧，只有在浓密树荫里散步的鸽子、孔雀和大鸟，还有林间跳跃的小松鼠。

即使在伏天的中午，大树遮天蔽日的公园里也是凉爽的。

1944年希特勒为首的法西斯曾经对华沙进行大轰炸，华沙几乎被夷为平地。园里的参天大树应该都是轰炸以后华沙重建时种下的吧？

夏天的肖邦公园，是动物们的天堂。儿童游乐场那边有个自来水龙头，公园里玩的孩子或者游人渴了可以直接在水龙头那里喝水。

水龙头下面有个两尺见方的水泥池。夏天水池里总是蓄满水，在旁边的长椅上坐上半个小时，就会见到蹦蹦跳跳来喝水的小松鼠和小鸟，甚至见过大鸟跳进水池里洗澡，洗完澡扑腾扑腾翅膀，抖抖身上的水，飞走了。它们已经知道这水就是为它们准备的。

春天里出生的小鸭子和小鸳鸯们都长大了，脱掉了怯生生的模样，在河边的草地上踱步。

公园里安静得只能听到鸟互相打招呼的声音。

肖邦公园不仅是动物的天堂，也是孩子们的乐园。

中国大道旁边不远处有一棵侧倒在地的大树，三个大大的枝干分别以倾斜45度、60度、80度的姿态倒向地面，伸向远方。

这棵大树仿佛巨人一样卧倒在地上。孩子们最喜欢在它身上爬来爬去。小些的孩子可以爬那个45度的树干，七八岁的大孩子们则麻利地爬上那个80度的枝干。总能看到一帮像猴子似的孩子以各种姿态挂在大树的身上。大树都是慈祥地接纳下来。

孩子也最喜欢这棵大树。每次到肖邦公园都会去树上吊上一会儿。

距大树不远的地方就是皇宫遗址博物馆、露天剧场、餐厅，那里相对热闹些。

夏天的肖邦公园，到处随意放着一些帆布躺椅，有的人带上书和水，在树下躺上一天。公园里到处是坐在躺椅上看书的人。

草地上总能见到穿着泳衣做日光浴的人，她们趴在地上看着书，把整个后背露给太阳。

妈妈们带着七八个月大的孩子，在地上铺块防潮垫，把孩子放在垫子上趴着，小小的宝宝抬头四周张望着，看着这个新奇的世界。妈妈则拿本书在旁边静静地看。

6月到9月的肖邦公园，每周日的下午在园内开阔草地上都会有小型露天音乐会，在肖邦铜像前更会有来自世界各地的著名钢琴家的钢琴表演。

钢琴表演的舞台就在肖邦铜像旁边，拾级而上，走向白色凉棚下的钢琴，舞台三面环水，湖水的周围盛开着此起彼伏的玫瑰花，而听音乐的人们就席地而坐，坐在那一丛丛的玫瑰花里。

夏日暖阳高照，花丛中，闭上双眼，听指尖在琴键上滑过，偶尔吹过的一阵清风，让肖邦的钢琴曲回荡在耳边，冲进心扉，让你对肖邦公园有了更加热切的依恋和神往。

任何事物在赋予了艺术含义后就直击心灵，永再难忘。这可能就是艺术的魅力吧。

给我扛大米的是波兰画家

1

在波兰生活时，加入了华人们自己建的各种微信群。有一次在微信群里买了一位上海朋友的大米，托朋友送到家里。

开门后，一个波兰年轻人扛着50斤一袋的大米笑嘻嘻地看着我。朋友站在一边。

一来二去，知道波兰人叫迈克，以前是个画家，家里三代都画画，家里人都是在波兰小有名气的画家。

迈克以前也画画，他的前女友已经是华沙小有名气的当代画家了。迈克给我看他前女友的画，很当代，早期作品更唯美些，现在作品更自我，可能有名气后画画可以更放松些。

迈克以前画画，但是现在喜欢玩上了音乐，并且好像玩音乐玩出了些名堂，出了几张唱片反响还不错。平常给华沙各日本料理店配送食材来养活自己。

他这身份：画家、音乐家、食品配送公司合伙人，跨度有些大，但看他转换得也还轻松。

2

在华沙时，去一间比较大的拍卖公司参观，这家拍卖公司位于一栋坐落在街角的现代建筑里。

一层大厅里正在做拍卖预展，以17或者18世纪的油画为主，当代的只有很小的一部分。拍卖价格和国内相比都不太高，起拍价大都在几万人民币左右。

当代艺术家的作品更多的可能是放到小型拍卖公司兼画廊里去寄卖。

在欧洲，虽然也经历过战乱，但近代毕竟只是"一战""二战"两次，所以历史上的艺术品保留下来还是很多的，不像国内经历多次运动后，历史上的艺术品已经七零八落。

而人们对于艺术品的态度也更像我们穿衣吃饭一样，成了生活的一部分，没有那么神秘也没有那么高高在上。生活里的每个人可能都有艺术家的一面。

作为创作艺术的人没有了那么大成名卖画的压力，反而容易画出好的作品。

3

在英国长大的影星张曼玉，在著名影星身份之外也做装置艺术，签约唱片公司玩音乐。

2010年，与艾萨克·朱利合作完成的装置艺术品《万重浪》被纽约现代艺术博物馆永久收藏。

2014年，签约独立音乐公司摩登天空，从而进入乐坛。参加了北京、上海两地草莓音乐节。

2015年，为《恋爱中的城市》创作并演唱了主题曲。

2016年，发表首支正式单曲《Look In My Eyes》，独自作词，参与作曲编曲。

2017年，成为美国电影艺术与科学学院会员，拥有奥斯卡奖评委投票权。

那些曾经讥笑她五音不全的人也应该闭嘴了。

艺术，本来就是一件轻松自我的事情，表达自我就好，无所谓好坏。

付出真实感情去创作的艺术，一定是能感动自己并感动他人的，就比如凡·高的那些画作。

艺术之间触类旁通，不知道何时此类艺术就会激发彼类艺术的灵感。

放轻松，就会迸发出真正的艺术灵感之火花。

华沙亲子游的最佳景点

提起欧洲亲子游，很多人想到的是去法意瑞西班牙，大家都不会想到波兰华沙。我也如此。波兰好像游离在欧洲之外似的。

来华沙以后，才发现华沙真是一个适合带着孩子，慢慢休闲的好地方。物价非常便宜，社会治安非常好，不像在其他地方每天提心吊胆担心丢东西。

肖邦公园又名瓦津基公园，是我最先推荐的。因为我们住在公园附近，肖邦公园是我们去得最多，百去不厌的地方。公园是免费的。如果上午去得早，刚进大门，小松鼠就会跑到中国大道上来和你要吃的，但它们很挑食，只吃核桃。华沙人实在是太爱它们了，所以等中午来时它们一般都已经吃得饱饱的。

肖邦公园里还有很多鸳鸯、野鸭、放养的孔雀，据说还有人看到过小鹿。公园里还有对公众开放的翻斗乐。可以带孩子去看看肖邦雕像。夏天每周日上午都会有露天免费音乐会。女儿的最爱就是带上一堆核桃仁去喂小松鼠。

去完肖邦公园，可以选择一个周日去肖邦博物馆，周日博物馆是免费参观的。要领门票换张卡，里面试听肖邦音乐很多是要刷卡的。

肖邦博物馆曾经整修过，现在是欧洲最高水准的个人传记类博物馆之一。

收藏品超过500件，包括肖邦用过的钢琴、手稿、信件、文件、与他有关的绘画和雕塑等。

肖邦博物馆是非常注重个人体验的博物馆，女儿5岁在里面看得也是津津有味。

哥白尼科学中心是欧洲最现代的科技馆之一。我们是去了三次才买到票。两次周末一早去全天的票就已经卖完了。第三次平日顶门去，也只是买到了下午13：40才可以进去的门票。大部分华沙人都是在网上提前订票的。

哥白尼科学中心旁边有一些音乐的装置艺术，如脚踏音乐键盘，孩子非常喜欢，但一定要仔细找才会发现。旁边靠近华沙大学图书馆，图书馆的花园是免费开放的，有个小园林。或者去旁边的维斯瓦河畔去看水、看海鸥。

哥白尼科学中心布局非常紧凑。也是很注重个人体验。所以每天才会限流。大人孩子在这里面都可以玩得很嗨。尤其有一个关于地心引力的项目，红黄两块丝巾在上面盘旋翻转，不只有科学性还很有艺术美感。小朋友最后一定是玩这个玩到闭馆。

很人性化的一点是一层有个5岁以下儿童的免费翻斗乐，可以让小小朋友在里面玩。

哥白尼餐厅的冰激凌很好吃。强烈推荐！

如果带小朋友出来玩，每个城市的动物园我们是必去的。华沙动物园也很好玩儿。其实里面更像是个大公园，孩子可以随意跑、玩耍。还有一个大型免费的翻斗乐。

华沙动物园都是一些常规动物，但是我在这里第一次见到了猫头鹰。另外孔雀是放养的，有时抬头发现门上站着一只孔雀，很有意思。

最后就是华沙老城了。选择一天的时间在老城里看看圣十字教堂，看看华沙美人鱼，看看华沙大学，在黑色肖邦长椅边，按下按钮，听听肖邦音乐看看那些随性想看的，都是很美好的事。

华沙的夏天

华沙的夏天，好像是调皮的小姑娘，刚刚还是晴空万里，一朵云彩飘过，眨眼工夫，就下起了雨。

当你刚撑起雨伞，不过一杯茶的时间，太阳又得意扬扬地出来了。但人们好像早已习以为常它的多变。

华沙的夏天雨水充沛，大部分雨下在晚上，像极了十多年前的北京。

那时的北京，每每晚上入睡后一场雨就不期而至，早晨则雨过天晴，第二天如果不是看到路边一些小水洼，还以为夜里做了一场雨的梦。可惜现在的夏天已经不是那时的夏天了。

华沙的夏天如果不是下雨，总是阳光灿烂，碧空如洗，好像是在补偿阴云笼罩的寒冬。

偶尔，中午的最高气温也会升到30摄氏度。早晚的空气中透着凉爽，有时还需要穿件薄外套，像北京的春秋两季。

进入伏天，空气中开始略微带些湿气，有一丝觉察不出的闷热，提醒我们这些异乡人伏天到了。

前一段时间加拿大魁北克省的高温和潮湿天气导致70人死亡，都是因为房屋没装空调。而华沙大部分家庭里也不装空调。

夏天，在华沙，都是把阳台的门和窗敞开通风，窗户上不装纱窗，偶尔会有一两只苍蝇飞到屋里，巡视下又飞走了。基本没看到过蚊子，也没太被咬过。

华沙的夏天不像北京那般闷热，倒有些云南高原的感觉，但又少了高原反应和苍蝇蚊子。

华沙人很珍惜大自然给予的舒适夏天。随着夏天到来，只要是允许日光浴的公园、河边，很多人脱掉衣服，穿着比基尼日光浴。

街上的摩托机车也多起来，不时听到轰轰疾驰而过的摩托车发动机的声音。幸运的话，还会看到车技表演。

有一次，我们刚从华沙军事博物馆出来，宽敞的街道上车辆稀少，突然看到一辆行驶的摩托车后轮着地，前轮抬高到几乎90度，就那样一个轮子行驶飞驰着消失在我们视线里，我们当时看得目瞪口呆，好半天才回过神来。

这可是在华沙市中心的最主要街道之一上的随机表演，怎么可能？但在华沙的夏天被我们看到了。

上帝是公平的，漫长的冬季和极夜之后，等来的是美好的夏天和极昼，即使晚上10点钟天色也还明亮。

而华沙人并不滥用，晚上10点之后，即使天色还亮，人们也都早早回家休息和家人团聚。

沉闷了一冬的华沙，在夏天变得活色生香起来。

波兰的仲夏节

夏至日，太阳在北回归线以北的北温带地区照射时间最长，波兰人也认为这一天是最有生命活力的一天，每年的这一天都是波兰的仲夏节。

华为是2018年华沙仲夏节比较大的赞助商之一。

华沙仲夏节的庆祝主会场在老城旁边的喷泉附近。往那边走，渐渐听到了震耳欲聋的音乐声。

露天小舞台主要是表演波兰民间舞蹈的地方。前面摆了三三两两的躺椅，可以随意看上一会儿。

仲夏节的主要节目就是花冠，戴上自己编的花冠，美美地拍上一张。以前的传统是只有少女才可以戴花冠，现在无论未婚还是已婚的都可以戴了。

看到穿着波兰民族服装的少女，感觉穿越了一样。

花车里及周围的花是赠送的，她们会把花送给孩子们，让孩子们插到一个巨大的花环上。

仲夏节还有一个节目是编花冠，据说在波兰有些地方还有一些专门编花冠的比赛。

编花冠的花全部是免费的，准备好各种材料，等着你去编。有老师专门教的。

唱歌、跳舞，仲夏节是一年当中最快乐的一天。

表演区和餐饮区是分开的，看完表演可以去餐饮和食品售卖区吃饭，有各种好吃的。

下午17：30，主会场旁边的道路开始禁行，要准备把巨大的花冠放到维斯瓦河里去，游人们也可以把自己做的花冠放到河里去了。

各种船在维斯瓦河上等待花冠。

掌声响起来，花冠离开岸边。以前的说法是花冠如果顺利漂走，预示着恋爱顺利，如果花冠被水草挂住，则有不顺利的预示。

花冠安全地漂在了维斯瓦河上，仲夏节的活动也过去大半。晚上继续演出，然后以放烟花结束仲夏节狂欢日。

我们没有等到，提前离开，仲夏节再见。

疯狂的华沙博物馆之旅

5月19日是华沙博物馆之夜，大部分的博物馆在这一天或者下午5点后免费。一直到零点或凌晨3点关门。

华沙是博物馆扎堆的城市，可以免费看很多博物馆。听起来很让人兴奋。我们也想体验下。准备参观完巧克力工厂然后再去看三四个博物馆。

计划赶不上变化。第一站就改变了全程安排，本来要先去参观巧克力工厂。

没有预约的队伍排得很长，据说可能要排2个小时。排了一个多小时，晚上8点半放弃排队。

去了老城，每个博物馆前都排长队。放弃最初的计划，决定随心走走看看。

老城一反平日的宁静，到处是年轻人和带孩子的父母。

华沙大学开放，夜晚的华沙大学门前也是排队参观的人群，门内的小广场上在放映露天电影。摆放的椅子可以随便坐，路上看到排队的一定就是博物馆了。但我们害怕再排队了。

经过华沙起义博物馆，博物馆门口摆出了宣传长廊，可以戴上军帽和军官合影。古董摩托车，有时光倒流的感觉。

博物馆内灯火通明，召唤着人们进去参观。已经接近午夜12

点，大街上到处还都是人群。参观一家博物馆才不负今日。

去华沙国立民族学博物馆看看，门口没有人排队但进去后要排队。全部是古代各民族文物还有东方文化，古代文物展厅布置得很有艺术性，用一个个木质盒子垒成展架。

带着5岁孩子逛到夜里12点多，对我们来讲是够疯狂的了。但是午夜的大街上还到处是带着孩子、兴致勃勃看博物馆的父母们。他们好像已经习以为常。

看似冷漠的华沙人玩起来，还挺嗨的！

钢琴诗人肖邦和风流作家乔治·桑的爱恨情仇

华沙，到处都有肖邦的影子。在华沙旅居，曾去过几次肖邦博物馆，有感写篇肖邦和乔治·桑的故事。

1　肖邦博物馆

华沙作为音乐之城和肖邦之城最具代表性的就是弗里德里克·肖邦博物馆。在肖邦博物馆里能找到肖邦所有的音乐。

博物馆的设计非常注重交互体验，是欧洲最现代化的生平博物馆。馆内有肖邦乐谱的真迹、信函，肖邦的亲笔签名和曾属于他的物品。博物馆里到处弥漫着肖邦的钢琴曲，扣人心扉。

肖邦最后使用的钢琴。肖邦去世时别人为他画下的肖像画。

博物馆陈列的两把椅子是肖邦生前亲自购买与收藏的，没有花纹的鸽子色的椅子是肖邦生前在法国购买，据说买的时候就是古董，肖邦很有艺术眼光。

在肖邦博物馆里，有个展柜专门陈列肖邦和乔治·桑的往来信件和信物，介绍他们之间的感情交往。通过看多媒体设备可以了解肖邦和乔治·桑的感情故事。

专门介绍乔治·桑的电视片是以大文豪雨果对其的评价开头的，"在我们这个时代具有独一无二的地位。其他人都是男子，唯独她是伟大的女性"。

2　相识

肖邦，伟大的、天才的波兰音乐家、作曲家，他写练习曲、圆舞曲、前奏曲等各种舞曲二百多部，其中大部分以钢琴曲为主，所以称为"钢琴诗人"。

因为他伟大的艺术成就，现在有以他命名的小行星、机场等诸多名誉。

乔治·桑是法国著名小说家，巴尔扎克时代最具风情、最另类的小说家。她写了很多作品，就像她有很多情人一样。她为"表达自己而写作"。她的爱情生活丰富多彩，身边总是围绕着一批追求者。甚至曾经同时有四个情人，在19世纪也算是惊世骇俗的女性解放先驱了。

电影《一曲难忘》深刻细致地描写了他们两个的爱情。

肖邦和乔治·桑的爱情不是一见钟情式的，刚开始见面时，纤弱、儒雅温柔的肖邦对叛逆的作家乔治·桑没有一点好感，甚至是有些反感的。而乔治·桑当时也被许多青年才俊追求，也没有把比自己小六岁的肖邦放在眼里。

那时的肖邦年轻英俊、气质优雅，人称"肖邦小姐"。而乔治·桑则是矮个子，粗壮结实，因此也有人戏称她是"乔治·桑先生"。

但是，因为两个人都是水象星座，慢慢接触次数多了，乔治·桑隐藏在强悍外表下的温柔一面显现出来，属于水象星座的密语吸引了肖邦。肖邦发现只有和她在一起，他才可以倾诉最真实的自己。

3   相处

他们相识以后保持了九年的同居关系，肖邦的作曲生涯也达到了他个人生命的最高点，是肖邦鸣唱"天鹅之歌"的岁月。

1839年到1843年夏天，肖邦都是在乔治·桑位于家乡诺昂的庄园里度过的。期间肖邦创作了大量作品，包括波兰舞曲《英雄》。

乔治·桑和肖邦最著名的同居地点，应该是如今已经是旅游胜地的马略卡岛，二人在瓦尔德摩撒隐修院住了很久，那里视野开阔，能看到地中海特有的彩霞和蓝雾。

在那里乔治·桑给了他最初的掌声和热烈的恋情，肖邦在这里写出了著名的《水滴》，而乔治·桑则写下了《在马略卡的一个冬天》。

同居期间，乔治·桑为肖邦精心安排了一场场音乐会，帮助肖邦名扬巴黎。

4   分手

华沙起义失败，很多人被捕面临死刑，肖邦的老师、朋友们都要拉他加入帮助解救爱国人士的行动。肖邦在反复思考下，决定去世界各地巡演筹款，遭到了乔治·桑的反对。

因为乔治·桑断定肖邦是世间少有的音乐天才，并且现在他早已病恹恹的，再投入爱国战斗，无异于慢性自杀，因此竭力劝阻他。但肖邦心意已决，而乔治·桑尊重肖邦的选择，将他扫地出门。

离开了乔治·桑的肖邦到柏林、罗马、维也纳、斯德哥尔摩……一个又一个城市去巡回演出，以所得钱款支援爱国者。结果很快病情加重，终于在巴黎的一次演出中摔倒了。

1846年11月两人分开后，肖邦的身体日渐变差，1849年10月即去世。

5　诀别

临终前，肖邦想见乔治·桑最后一面，托人请她，可是她厉声拒绝：这下你们满意了吧！世上还有什么东西能弥补他的伟大的生命吗？世界上永久失去了一个天才！

分手后他们再未见面。39岁的肖邦不久后去世。乔治·桑得到肖邦去世的消息也是泪流满面。

乔治·桑在肖邦去世后又活了将近30年才去世。

乔治·桑说自己"懂得怎样毫无保留地给予，怎样不留遗憾地失去，怎样不卑贱地获得"。

实际上她也是这样做的，她虽然风流，但没有因为感情而影响了自己的写作，相反每一段感情都成了她创作激情的动力。

她珍惜每一段感情，在每一段里都是真心付出、燃烧自己，却不燃尽。失去时擦干眼泪，勇往直前，绝不回头。在每一段感情里她都是绝对的主导者。

她用自己的才华征服了那个时代很多的艺术文学界才子。直到今天，即使她只是肖邦情人之一，在肖邦博物馆里也被放在了一个很重要的位置。

永远保持自我才会找到自己所需要的。人生是一段不断探索的旅程。无论天才或常人，都会有被别人所左右的时刻，如何保持一颗不动摇的心，才是最重要的。

华沙老城广场的玩火人

夏季的华沙，像一个褪去厚重冬装的年轻女子，妩媚迷人。

老城广场的夜晚，来自波罗的海的风吹散白日的浮躁，越发清爽起来。那里是除肖邦公园以外我们在华沙去得最多地方。

老城广场的玩火人吸引着孩子，每周都要去看两三次玩火。

最初，老城广场只有一拨玩火人，他们两男一女，每晚固定在老城广场纪念碑下表演。

两个男生看上去不像波兰人，其中一个总是带着一副黑面孔人脸面具，长得高大强壮。好像是三个人里面的领导。另一个男生文弱些。

从来没见过男生们开口说话，所有的开场白与结束语都是交由女生说。

女生留着金色短发，身材瘦高，凹凸有致。她是整场表演的主角。

女生应该学过舞蹈，她在舞蹈性很强的表演中加入了火的情节。

每次的表演20分钟。伴随着神秘的音乐，三个人各举一个火把，在表演场地四周打上灯光，意味着表演正式开始。

女生最拿手的是转呼啦圈，她可以把点着燃烧的火苗的呼啦圈，从腰部一直转到脖子上，然后又转下来。

我们刚开始看时，每当她转到脖子上，心情会紧张到极点，总是担心那燃烧的火苗烧到她美丽的脸，还好，我们看的时候她从来没有失手过。

黑漆漆的夜里，除了老城广场上餐厅灯光和路灯外，就是这明亮的火光了。

第二个出场的一般都是面具人，他戴着面具的脸没有表情，晚上直视总是有些吓人，我们都是跑到侧面去看他演出。

他总是拿一根燃满火苗的长棍，长棍上只有手拿的位置没有火，站定后，第一个动作就是把长棍向高空抛去，长棍上的火"轰"的一声散射开去，燃烧到夜空上去了。

围观的人们不约而同地一起"哇"地惊叫起来，还没醒过神，火棍已经到了他的手里。

最后一位出场的就是那位默不作声的男生了，他总是两手各拿一个火把，而他的舞蹈动作里也是阳刚中带着柔美。

此时，那个女生开始拿着帽子向围观的人收取小费，每收到一位的小费都会鞠躬感谢。如果去看一定要准备好小钞。

上面三位的节目每晚必演。

也会有其他一些玩火人在广场上出现，有一个玩喷火的表演每次出现都能吸引走一大部分观众。

一个独来独往的中年男性喷火人，晚上会不定期出现在老城广场，他把脱口秀和表演掺杂在一起，每次都引得观众大笑，我们虽然不懂波兰语，只是看他的表情也是很开心。

他先是表演几个小魔术，最后压轴的是喝上一口汽油，嘴里喷出一大团火，引来一片叫好。然后就是大家给小费，表演结束。

他的表演更随性些。每次表演结束空气中都弥漫着浓重的汽油味。

广场上偶尔会有一些玩火的新手表演，三两个人一起，在去往老城广场的路上，圈起一块地方，放上音乐，再放一顶收小费的黑帽，就开始。

玩火新手最大的问题就是表演过程中，因为不熟练，火把总是熄灭，表演总是中断，观众们很有耐心，并不笑，安静地等着重新开始。

看来在玩火表演中保持火苗始终燃烧，也是技术活。

玩火新手只是偶尔在老城出现下就不见了，可能回去还要多加练习。

火，是很危险的，熟练的玩火人对火并不害怕，他们也很少失手，应该是很了解火的特性，分寸掌握得很好。每天和火在一起，知己知彼，彼此了解，有所畏惧，所以就能和平共处。

了解火的性格，知道了燃烧和熄灭的分寸，就不会伤害彼此。

生活中何尝不是如此，不能多一分，也不能少一分，把握得刚刚好，一切就能都美好。

看到老城广场的玩火人，让我想起了北京的老天桥，天桥以前也是玩火、杂耍的地方，现在都消失了。只有在华沙老城才能看到这么市井、接地气的表演了。

有故事的华沙科学文化宫

到华沙几个月，无数次从科学文化宫附近经过，但从未靠近过它。在晴空碧日的一个上午，我们决定去探访它，这处见证了历史巨变的建筑。

科学文化宫是苏联时期的建筑，高231米，是华沙最高的建筑。号称"斯大林的注射器""俄罗斯的蛋糕"，1989年东欧剧变，柏林墙倒塌苏联解体后，科学文化宫就成了波兰人比较排斥的地方。

科学文化宫是在第二次世界大战结束十年后竣工的建筑。它的成功是在"二战"后废墟的包围中建立起来的。曾经设计了很多很多莫斯科摩天大楼的首席建筑师列夫·拉德内夫，将俄罗斯式、巴洛克风格与哥特式细节相融合折中，运用在一座钢结构的大楼上。他与波兰建筑团队及来自斯大林的"礼物"3500名苏联工人一起建造了在当时非常华丽的大楼。

对于热爱和痛恨它的人来讲，科学文化宫象征了曾经被毁坏的华沙和被苏联政府强加的复兴。它还提醒着人们，这个国家被民族主义天主教徒和自由主义者之间的宗教战争所裹挟的共同历史。

这座承载着近现代波兰历史的建筑，虽然坐落在华沙市中心，但是从外面看好像已经繁华不再。就像这个矗立在门口的雕像一样，有一点点落寞。

科学文化宫四周雕刻着许多米开朗琪罗男性裸像风格的雕像，包括天文学家和数学家哥白尼、先驱的物理学家玛丽·居里、浪漫主义诗人亚当·密茨凯维奇，以及许多理想化的模范工人雕塑。

岁月易逝，江山无常。只有这些建筑和雕塑与天地自然如往。

门口那些钢铁铸的雕塑应该是那个时代的产物吧。

门口的这些长桌长椅看上去好亲切，从陈设的反差应该可以感受到社会的反差。

也有人说科学文化宫应被视为一次含蓄的道歉。苏联政府为了自己所谓的"社会主义大家庭"，不择手段操纵的选举、拘留甚至死刑，尤其是针对波兰家乡军成员的死刑判决，历史又怎能是道个歉就能忘却的呢？

无论如何，大门入口依旧气势宏伟。

上顶楼看看华沙全景，排队的人有些多。门票成人每人20兹。

上到30层，大厅里那些豪华的吊灯诉说着往日的辉煌。

这个红墙很入画，很多人在它前面拍照留影。

楼顶四周是没有玻璃的圆拱形高窗，即使在温暖的初夏站在上面也有些寒冬般的清冷。不建议冬天到楼顶来。

从每个窗户望出去，都可以看到华沙的全景。看到老城在远远的地方。

这边是完全的新城。

为何感觉现代建筑无论设计得多么独特，还是不如那一栋栋红色屋顶的砖房子呢？

环四面走廊的墙壁上是以科学文化宫为主题拍摄的摄影展。其中一张照片我很喜欢，拍出了科学文化宫的历史感。

摄影展旁边还有餐厅。

每个角落都放着可以坐下休息的帆布椅，但是太冷了，几乎没有人坐在上面。

　　楼上转一圈下楼，不知为何心里有些许沉重呢？但是看到这辆老款巴士，心里一下释然了。

　　岁月的长河里，无论什么都是一粒石子。

　　坚守好自己应该坚守的，其他交给岁月就好。

出发，去琥珀之都格但斯克

1

休假季，华沙火车站里总是见到很多背着旅行包结伴旅行的年轻人。

每次经过火车站孩子都说我要坐火车，我要去旅行。

心动不如行动。买车票，去号称琥珀之都的格但斯克，一座千年古城。

早上8点，坐公车去火车站，公交车上都是打扮得工整精致的上班族，看他们年轻勃发的样子不禁也想起了自己朝九晚五的穿职业装上班的时光，竟有些怀念。

而今，孩子还小，我的两鬓却已有霜。看着车上20多岁的年轻人，想着眼睛就有些湿润，赶紧戴上墨镜。

孩子在旁边说："妈妈，你看他们怎么回事？打架了。"孩子的话语把我拉回了现实。

原来，公交车靠站，有一对中年夫妇下车，刚好有一辆出租车经过公交车旁边，差点儿撞到他们。

他们彼此都吓到了，出租车司机在对中年夫妇大喊，说了些不好听的话。中年夫妇也不示弱，女方也在对出租车司机大吼。老外吵起架来也很凶。

女士被和她同行的先生喊走了。

孩子看得出神。我和孩子说："出租车开车时应该注意前方，公交车停靠时，他要注意避让行人。那两个人下公交车时应该看看左右，有无车辆，再下车。这件事他们都有错，看待一件事情应该从双方去考虑。"

孩子在那里和我说，应该怎样怎样的，好像在说规则。

我说："虽然社会有规则，但有时事情不是全部按照规则去做的，所以，出现问题不能一味抱怨别人，也要总结自己是否有问题，会总结的人才可以少犯错误。"

旅行是教育孩子最好的时候，因为都比较放松，都是实际案例，会比较容易记在心里。

平日在家你和她讲道理时，她认为你在说教，很难听进去，5岁的孩子已经开始逆反。

学会辩证地看世界、分析问题后，再遇到问题孩子就会及时反观自己，不纠结了。

2

作为一个高龄妈妈，真希望在孩子小时候，还能陪伴她时，一起去经历各种欢笑和悲伤，告诉她自己所知道的一切，甚至代替她吃各种的苦。

但人生的路，最终还要自己走，人生的苦，还要自己吃。

在波兰时，孩子说牙疼，就预约了牙医去看牙。

因为自己小时吃糖太多，牙齿不好，从初中就开始补牙，知道牙痛很难受，所以对孩子的牙齿很在意。孩子牙齿一直不错，直到5岁她还没去医院看过牙医。

告诉她看牙之难受，给她看过补牙视频，她竟然没有恐惧，反而有些好奇，"我好想看看补牙是怎么回事。"

带她补牙，她没有一丝恐慌，还有些期待。

预约的华沙儿童牙医诊所，坐落在一栋公寓的一楼。前台帮我们查了下预约单，带我们进了诊室。一位戴眼镜中年牙医过来给她检查，先是用英语问孩子喜欢看什么动画片，把动画片调好，他才开始看孩子的牙齿。

医生说有四颗牙被蛀了，可以先补两颗，但看情况。她如果抗拒就先补一颗。

看着自己喜欢的动画片，孩子全程没有哼一声，补完一颗后，医生、护士，我们几个大人相视一笑，松了口气。继续补第二颗牙。

补完牙，医生打开一个不起眼儿的抽屉柜，里面分割成很多小格子，格子里放着孩子们最喜欢的棒棒糖、贴纸、气球等，他告诉孩子可以挑选四个喜欢的东西，送给她做礼物。

孩子挑了自己喜欢的气球、贴纸，美滋滋地离开了牙科诊所。

这时，另外一个房间传来一个男孩子的大哭声，直到我们离开那哭声仍然没有停止。

作为母亲，看着她去经历一些你不希望她经历的事情，真是痛苦，但有些苦她好像乐意去体验，你所谓的痛对她好像是一种快乐。

活着就是场生命的体验，每个人从出生之日起，在体会一年四季、花开花落的同时，也希望去体验未知的世界，那种深切的来自内心的渴望，很难去阻挡。

教给她尽可能多的生存技能后，就放她尽管去奔跑，去看世界，希望能如她所愿般精彩，终不负生命一场。

3

下午到格但斯克吃完饭，孩子要吃冰激凌。便到冰激凌店。吃完，她还要喝水。

我们就鼓励她自己去店里买，我们在外面等。我拿了20元给她，说："如果你自己去买，买完水剩下的钱就归你了，算是奖励。"

她犹豫下，还是没有决心自己走进商店，说："那我不喝水，也不要钱了。"

"真的，你可以再想想。以后你总是需要自己买东西的。"我诱导她。

"那我应该和她说波兰语还是英语？"她问。

"都可以，你可以两种语言放在一起说，她能听懂。"我给她演示了一遍该怎样讲。

"你没问题的，你看，我们就在这里等你，你能看见我们的。"看她有些动摇的样子，我赶紧继续说服她。

她说："好吧，我自己进去买水。"她深吸一口气，不回头地跑进冰激凌店里买水。一会儿拿着两瓶水和找回的零钱，满脸喜悦地跑出来。

我们击掌为她庆祝在国外第一次自己去陌生的店里买东西。

旅行，对于成年人是新奇的，对于孩子更是新奇，在旅行中抓住每一个给孩子成长的机会，她愿意，家长也轻松，何乐不为呢？

难忘的琥珀之都格但斯克亲子行

从格但斯克回到华沙很久了，想起格但斯克还是会心生向往，那个有海有河，遍布博物馆和古老街道的小城。

号称琥珀之都的格但斯克，是紧靠波罗的海波兰最北的城市。

如果带孩子旅行去格但斯克是个不错的选择，有海有河有船，有历史有很多博物馆。

1 索波特（Sopot）海滩

到格但斯克一定要去海滩的，因为格但斯克是个海滨城市。于是约了一辆优步，出发。

半小时车程，穿过一片茂密的森林，就看到了水天一色。躺在海滩上晒日光浴的人比下海的人多。海滩上赤条条一片。

北纬54°22′的海边即使在炎热的夏季，中午海水也是凉的，跳进冰凉的波罗的海需要勇气。

孩子看到一帮游学的小朋友在老师的带领下下海，才咬牙跑进海里。

海滩好像不是为了游泳，更是为了大家的狂欢。儿童水上滑梯，尤其是巨大的儿童蹦床，在蓝天大海下，带给人强烈的视觉冲击。蹦在上面白云触手可及。

沙滩上还有免费的沙滩排球和健身设施，生活轻松，浪漫的方式就会很多。

每一处的海滩都标了数字，容易记忆。不同数字的海滩有不同的主题和风景，有一处海滩，特意在河流的入海口截了一处水潭，很多孩子在那里玩水。

海边树林的另一头就是用餐休息的地方。

下午回城，打优步，看到司机就在附近绕圈，正在犹豫是否取消，司机电话过来，叽里呱啦一堆波兰语，说不会说英语。我直接把车取消了。

哪里都有不良司机，接单后会觉得不合适，以不会英语为理由让客人自己取消。

正在发愁如何回老城，索性走走看，转过街角，竟然看到电车站。司机直接卖票，三个人9.5兹坐回城里。

旅行中途总是会徒生些小感悟，我们自己找回城这件事，多像我们的人生，有时感觉实在没路可走，只要再坚持下，又会柳暗花明，绝处逢生。

强烈推荐坐格但斯克海滩到城里的电车。电车先是穿行在树林、灌木丛中，然后就是穿过很多小镇，可以慢慢看风景。一个小时路程直接到中央火车站。孩子很喜欢。

2　格但斯克动物园

带孩子出门，超喜欢小动物的她一定要去动物园的。

格但斯克动物园距老城有些远，在中央火车站坐6路有轨电车后再换乘一次公交车，可以直达动物园门口。

因为有了以前去波兹南动物园坐公车迷路的经历，所以后来去远些的地方时都是打优步，因为城市都不大，每次几十元的车费省了不少麻烦。回城时顺着人流去坐公车很省心。

格但斯克动物园依山而建，保留了山上的大部分树木，号称是动物生活最舒适的动物园。动物舒适，人转起来就比较累。

动物园进门就有小火车，我们先坐小火车转了一圈，下来后再慢慢走。

其实格但斯克动物园没有北京动物园动物多，但是动物们状态不太一样，就像不同地域的人有所不同一样。

狮子园很大，树荫茂密，需要用望远镜才能找到狮子。刚生的四只小狮子，懒洋洋地躺在树荫下睡觉，偶尔伸个懒腰，打个哈欠，简直要萌化了。

陪着猫猫转上一圈，算是了却她的心愿。

3　黑珍珠号海盗船

本来计划去琥珀博物馆和考古博物馆，但是去找琥珀博物馆的路上，却直接走到摩特瓦河边，岸边停靠了很多船只，可以带游人出海，看摩特瓦河风景。

女儿远远看到一艘海盗船便直奔而去，海盗船名叫黑珍珠号，是仿照《加勒比海盗》里的船建造的。于是一家三口上了海盗船，票价成人45兹一位，儿童30兹。船上大部分游客是老师带着夏季游学的孩子们。

两岸风光一步一景。

终点站是一个重要的军事关口，也有一大片海滩。海盗船到了那个小岛，放下游人，就离开了，我们可以用船票做任何时间的船回城。

这个小岛是"一战"时的一个重要战场，现在还留有战壕，岛上的小商店卖的玩具大部分和战争有关，比如防毒面具、刀、枪等。

简单走走转转，我们早早往回赶，想着要去那两个博物馆。回程的船上，人少了许多。船舱里有一吉他手在弹唱，我们坐在二层的甲板上，迎着潮湿的海风，听着略带伤感的歌声，那一刻，觉得人生如此，足矣。

4 考古博物馆和琥珀博物馆

从海盗船上岸后，进城门后就看到了圣玛丽门，这道城门兼堡垒现在是考古博物馆。在孩子的要求下，我们买了博物馆全票，直接被请到塔顶看老城全景。爬到顶楼双腿已经开始打战。

从孩子六个月大开始带她出来旅行，旅行中我们都会听取她的意见。

考古博物馆不大，展品也不是很多，主要是墓葬展品。展有波美拉尼亚地区从史前到中世纪的考古文物和少量非洲地区文物。

这是第一次带孩子看考古博物馆，她看到那些墓葬骷髅竟然不害怕，我和她讲了生命，讲人死后身体就是这样一种状态，讲到珍惜现在，也讲到如何通过考古发现的这些文物。她认真听，我认真讲，但愿能有一点点知识留在她的记忆里。

中世纪时期的欧洲，有一条从波罗的海向南纵贯欧洲大陆直达罗马的"琥珀之路"，大量精美的琥珀制品从波罗的海沿岸城市源源不断地往南运送，格但斯克便是琥珀之路的众多起点之一，因其盛产琥珀和精美的琥珀加工制品而被世人冠以"琥珀之都"。

琥珀堪称"波罗的海钻石"，形成于4000万年前，世界琥珀产量的90%以上都集中在波罗的海沿岸地区。

琥珀博物馆（Amber Museum）在皇家大道最西端，是由监狱塔改建，是老城内欣赏和了解琥珀及琥珀制品的绝佳去处。这些美妙绝伦的琥珀看得人眼花缭乱。

里面还有关于琥珀形成的多媒体视频，可以通过触摸屏选择，其中一只蚂蚁如何变成琥珀的动画小视频拍得很生动。看了几遍，看琥珀的形成顺便了解下沧海桑田之变化。

琥珀博物馆在监狱塔楼上，沿着旋转楼梯一层层走上去，是一个个展示琥珀的小房间。

想象中琥珀博物馆应该很大，但其实真的很小。考古和琥珀两个博物馆可以半天全部看完。

带孩子旅行，就是带她感受现在和过去，感受时光的微妙，在时光的长河里，有些东西消失了，有些留下来，看似重要的每个人其实都是一个沙砾。

5　格但斯克历史博物馆和海洋博物馆

格但斯克历史博物馆以前是市政厅，离我们住的地方很近。爱逛博物馆的我们习惯性地去逛了一下。

很多政界名人都来参观过格但斯克历史博物馆。

去市政厅一定要爬到塔顶去看下，可以看到金门前面的皇家大道。

去完历史博物馆我们去了海洋博物馆。

格但斯克海洋博物馆就在老城绿门外面，左转沿河边走不远就到了。

海洋博物馆不大，三层的小楼。设计上非常注重孩子的体验，带孩子可以买全馆通票。先从三层看航海的基本知识和军舰小模型等。

二层是孩子海洋体验中心，根据票上时间进场可以体验一个小时，航模、潜水艇都是猫猫感兴趣的，中间工作人员还组织孩子从二楼绳索隧道爬到一楼。

里面还有乐高玩具，港口货物搬运等，一个小时不能全部体验完，下一批人就要进场了。猫猫说下次还要再来。

6　格但斯克国家博物馆

在格但斯克的最后一天我们去了格但斯克国家博物馆，攻略上说在格但斯克郊区，要坐车去。

我们是从老城走路过去的，走路不到30分钟。格但斯克很小，国家博物馆其实就在老城的外面。

有必要说一下波兰国家博物馆有意思的一点就是，它们把华沙国家博物馆的职能进行了一些分散，重要艺术品分别收藏在波兰几个不同的大城市的国家博物馆中，这可能和"二战"期间受到的侵略有关系。从这方面看，波兰是个很有忧患意识的国家。

国家博物馆是一老式两层砖墙建筑，先走楼梯上二楼看镇馆之宝《最后的审判》，一幅命运多舛的名画，这幅画是佛兰德斯画家汉斯·梅姆林（HansMemling）所画，作为博物馆的镇馆之宝，这幅画被单独陈列在一个展室，以彰显其与其他画作不同的尊贵地位。

绘画史上米开朗琪罗创作的《最后的审判》最为有名，但是这幅画比米开朗琪罗创作的同名画早70多年。

这幅画命运坎坷，几易其手，很不容易才回到波兰（这幅画的经历表述太长，此处省略，感兴趣的可以去百度），它被单独放在一个展室的玻璃柜里，一个长椅放在画的正对面，可以让你坐下来好好欣赏。旁边展架上有关于这幅作品的英语、波兰语介绍手册。

人们都坐在长椅上静静欣赏。因为我给猫猫讲过一些圣经故事绘本，她对这些有所了解，所以她对这幅画所表现的内容非常感兴趣，我一一给她讲过。

国家博物馆其他部分展览的都是15、16世纪油画，还有些版画。那时艺术家画得就如此精到，让现在的我们有些汗颜。

一楼的展厅是一些有历史的浮雕，简单略过。大概两个小时转完。

带孩子旅行，我很喜欢带她去看各种博物馆，她刚开始很排斥，觉得博物馆没有意思。后来我就会提前做些功课，告诉她每家博物馆的特点。她慢慢就接受并且喜欢上逛博物馆了。

不同博物馆带给她不同的认识，去考古博物馆让她了解历史，琥珀博物馆了解地球沧海桑田变化，去海洋博物馆了解船是怎样建造的，去国家博物馆了解绘画艺术。回家后很久，她还在问我考古博物馆的一些事情。

7　其他

格但斯克绿门外面，在一个狭小的场地上竟然有摩天轮，带着女儿坐了一次。

晚上在紧靠摩特瓦河的一家船上餐厅吃饭。好吃不贵，吃饭时看到一对情侣开着快艇在拍婚纱照，还有赛船训练的人从水上划过。

格但斯克的特色餐面包汤值得推荐，去了一定要尝尝。

旅行，我们向来是在一个地方住上几天，看上几个有特色的博物馆，再逛逛动物园，其他的就是随心了。

紧靠格但斯克的格丁尼亚也很好玩，由于时间关系我们没有去。

有时，旅行中留些遗憾反而更有回味。

一起去波兰故都波兹南过五一

在国内时，五一假期基本上从不出远门，工作时从来没有休过假期，不工作后是怕堵。

但是，波兰人少，心想五一肯定不会有太多人，女儿又想出去玩，就从华沙坐火车去了波兹南。

波兰五一也是放假的。但是华沙火车站大厅里没有见到熙熙攘攘的人群。

从车窗望出去，路边开满油菜花，仿佛时空穿越到了国内。

波兹南是最早统一波兰的波兰王朝故都，中世纪时曾是繁华的贸易中心。现在是波兰最大的工业交通文教和科研中心之一，也是波兰最具经济活力的地区。

波兹南火车站离老城很近，从火车站到老城走路最多半个小时。如果行李不多，可以走路去老城，边走边看风景。

走路去老城的路上可以看到波兹南事件纪念碑，旁边是波兹南事件纪念馆。

过纪念碑不远就到老城了。老城很小，走马观花的话一天就可以看完，但是如果想深入了解老城就需要住两三天慢慢体会了。

上午可以先去国家博物馆，门票成人是10兹。主要是19世纪和20世纪的波兰绘画，也有西欧其他国家的名家作品。

在国家博物馆看完艺术品出来，几分钟就到了老城广场。

五一假期的广场上很热闹。

有让小朋友喂山羊的。一只白山羊一只黑山羊。看这场景哪里的父母都是一样的，为了博小朋友开心一笑，什么都可以尝试一下。

有打扮成小丑给小朋友做气球的。

还有唱歌的。女生嗓音动听，男生伴奏也默契。

还有好多人在市政厅前等着正午报时，12点时塔楼上的小门打开，两只金属山羊会相互撞击羊角12次。刚好拍到了撞在一起的那一刻，撞完12下后广场上响起了掌声。

在这里终于见到了人山人海，可能全波兹南的游客都集中在了市政厅前看小羊顶角。

市政厅是老城广场上统治性的建筑，是典型的文艺复兴风格。但是五一闭馆。

老城广场是各条道路的交叉口，博物馆以广场为中心分散在四周。

从老城街区向南两个街区，看到粉色的巨大巴洛克建筑就是圣斯坦尼斯洛斯教区教堂。教堂建于1651—1732年，17世纪修建的祭坛宏伟且精致，是波兰不可多得的巴洛克精品。

据说开放不定时，我们去时正巧开放着。里面金碧辉煌。

下午可以去老城里的波兹南皇宫逛。这座宫殿竣工于1910年。门票免费，但也要在门口领取门票。

"一战"之后，波兹南大学数学系学生们曾在这里破解了德国军事密码代码。"二战"期间，这座城堡被改造成希特勒的官邸。顶层可以看到波兹南全景。老城和新城相比，好像老城更有味道些。

现在，皇宫则成为了波兹南的一处文化设施，对外展示皇室的日常及各种用品，可以看到很多中国瓷器，很亲切。

从皇宫出来，走几分钟可以去市中心的老啤酒厂购物中心。看到红色砖墙的巨型房子就到了。

五一假期购物中心休息不营业，多亏我们是4月30日提前去逛了一圈，5月1日想再进去吃饭时吃了闭门羹。顶层有很多餐厅，其中一家简易自助餐厅，好吃不贵。

购物广场外面有儿童翻斗乐和成片大草坪，大人和孩子都能找到自己的乐趣。

逛累了，老城的路边到处是咖啡厅，精致小巧，很可爱。

旅行的有趣可能就是在行走的过程中可以发现很多小的惊喜和新奇，那是旅行攻略里无法找到的。

商店关门了，小朋友隔着玻璃却发现了在商店柜台上睡觉兼看店的小猫。和小猫隔着窗户好一阵子说话。

波兹南还有很多好玩儿的地方，比如还有很多博物馆可以去看，在波兹南的考古博物馆里有埃及的木乃伊，还可以去马耳他湖，或者坐蒸汽小火车，或者去教堂岛。

旅行，如果用心看和体会，每一处都是风景，哪里是几天可以看完的？

时间有限，其他的只能留待下次。

五一去波兹南旅行，每天15000步的丈量貌似辛苦，但是看到那么多美景美物，心中还是充满了喜悦和快乐。

旅行之所以如此吸引每一个人，可能就是因为苦和甜参半才有回味吧。

初见"小矮人之城"弗罗茨瓦夫

听说弗罗茨瓦夫有很多小矮人后，女儿就整天要去弗罗茨瓦夫找小矮人，还总是问我："那里的小矮人和白雪公主里的小矮人一样吗？"我说："去看过才知道。"

从华沙到弗罗茨瓦夫坐火车要五个多小时，飞驰而过的路两边大部分是绿油油的农田。

我们担心坐过站，结果提前一站下车。醒过神来，火车已经开走，三个人在空荡荡的站台上大眼瞪小眼，正在想怎么办。

一位微胖的波兰中年妇女走过来，用波兰语和我们说话，我一边用英语回她，一边心里打鼓，判断着这人的来路？因为听说欧洲也不安全。

她没有带行李，只背了个单肩皮书包，穿着件及膝的碎花连衣裙，卷卷的披肩发，不施粉黛，很朴素。

她看出我的戒心，问我们是否提前下错站，是否应该在老城下，我们可以跟她走，她把我们送到去老城的车站。我正犹豫，李同学说走吧，反正荒郊野外的。

我们和波兰人一边走，一边聊，她说她在这边上班。

我们穿过一个涵洞、一条公路、一片小树林，远远地看到电车站，她说我们要去那里坐车。

她正在电车站帮我们看班次和时刻表，要做的20路电车来了，门刚开，她把她的包放在长椅上，冲上去问电车上乘客是否到老城，得到肯定回答后，她招手让我们一家三口赶紧上车。我们匆忙说声"谢谢"。

她好像就是上帝派来帮助我们的精灵，突然出现然后又不见。

人生最好的旅行，就是你在一个陌生的地方，发现一种久违的感动。

上车，坐定，买票。

旁边带孩子的夫妇直接帮我们点进英文界面，我们等着出票，他们说不用，直接用银行卡买完就可以。

快到老城，告诉我们要下车，一起下车的人还把我们送到老城附近。

初到弗罗茨瓦夫，还没看到小矮人，已经感受到当地人的热情和善良。

弗罗茨瓦夫是波兰的第四大城市，是仅次于华沙的第二大金融中心，又被称为"小矮人之城"。

据说在很久以前的欧洲森林深处，生活着一批善良友爱的小矮人，个子矮小只有一尺高，他们团结友爱，不畏恶势力，小矮人的正义形象铭刻在当地人心中。

1981年，弗罗茨瓦夫理工大学学生抗议管制，就扮成小矮人的造型，很受民众欢迎，也促进了社会变革。

东欧剧变后，小矮人终于可以正大光明出现在街头，为了纪念他们，1991年政府用铜铸造了首批11个小矮人，安放在各个角落。从此民间对矮人的热爱越来越盛，自发并且陆续在很多地方摆了自制的小矮人。

到弗罗茨瓦夫老城，听朋友的建议先去买小矮人地图，不期然在卖地图的商店门口就有一个小矮人，女儿很兴奋，拍照、玩了很久，有了第一个发现，看看地图上还有200多个小矮人没找到，自然不能停止。

去酒店的路上又找到几个。矮人各式各样，有在银行工作的矮人，有在邮局工作的矮人，还有消防员矮人，每个矮人也就是20厘米高左右，有的甚至更小，但是雕刻得相当有功力，每一件都是很好的雕塑作品。

我问女儿："你看的小矮人和你想象中的矮人一样吗？"她说："不一样。我想象的矮人生活在大森林里，周围没有这么多人。"我问："你失望吗？"她说："失望。"我说："人的想象和实际有出入。要及时调整自己想法，不能总活在想象里啊。"她似懂非懂地嗯了两声又去前面找小矮人。

生活就是似梦还真，真真假假，似假却真。不执着，安于当下最真实。

无论女儿觉得怎样，我倒是因为那位送我们到电车站的好心人，对弗罗茨瓦夫有了特别好的感觉，那种感觉像春风、像暖阳……会伴随着我们这几天的旅程甚至铭刻心底。

谢谢你，不知名字的好心人。

去弗罗茨瓦夫动物园海洋馆，体会禅修

1

本来在弗罗茨瓦夫玩的时间就短，两个大人不想再去动物园。到达第一天买了地图，女儿一眼看到地图上的英文ZOO，指给我们看，只好决定第二天去。

周一，弗罗茨瓦夫动物园门口售票处排长队，三人票120兹。进园，直走，远远看到一座黑色主体的现代风格建筑，排了几百米的长队，在波兰从没见过这阵势。

原来是海洋馆。肯定要去。因为去看了波兰几个大城市的动物园还都没有大型海洋馆。队伍行进速度也还可以，半小时进馆。

进门，没有觉得太特别，简单的色彩和规整的框架结构，反而显得有些落伍，这个海洋馆才竣工没几年。

顺着人流单向走，慢慢步入下沉空间，光线暗下来，开始看到两边玻璃里蓝色的海水和鱼儿，渐入佳境。

前行，穿过精心仿造的赭褐色山洞，前面出现几层石头的看台，对面整面墙是海洋鱼类展示空间，坐在看台上，看那些鱼儿们在水里游来游去，感觉是个放空自己的好地方。

再往前，分别是鲨鱼、海象的海洋空间。大大的玻璃窗正对几层石阶，可以坐下静静观看，发愣。我发现，很多独自参观的成年人在那里坐的时间最长。

2

我以前一个人时也是最喜欢往海洋馆里跑。水柔软、温和，带给人沉静和反省，很容易让人放松。

心情烦闷时去北京动物园海洋馆，待上一天，在凝视鱼儿时发发呆，出来就开心了。

后来，北京海洋馆做得越来越商业化，就只带女儿去过一次。

好像弗罗茨瓦夫的海洋馆不太一样。

进门没有看到商店，海洋馆色彩也不夸张，一切都是按照艺术和美学思维在设计。

我开始对这个海洋馆的设计产生兴趣，我觉得海洋馆的整体设计师一定了解东方文化，再加上动物园旁边有个日式园林公园，应该是借鉴了日本园林里的"枯山水"的禅意吧。

你看，从开阔的海洋展示区走下去，又陡然进入一条并不长的海底隧道，从蓝色的海底隧道出来，眼前又明亮起来，远远地看到从天而降的一道瀑布，朝着瀑布直奔过去，又豁然开朗。

瀑布从一个假山石的悬空走廊一侧直流而下，像是水帘洞，人们从洞里穿过。

瀑布下，一潭碧绿的池水，瀑布遥对着一棵枯树，枯树上庞大的枝干像一把伞张开去，上边站着一只叫不上名字的水鸟，在一个空间里做出了辽远苍茫的感觉。

仿若一幅画，也仿若仙境。人们都纷纷在这里拍照，不喜欢照相的我也禁不住拉着女儿拍上几张。

看过的海洋馆很多，这样有艺术感觉的还没见过。

从这里出去上楼，是餐厅，餐厅把企鹅区和海豹区一分为二。企鹅区比海豹区更大一些。看企鹅们在那里扑通扑通跳水，心情从沉静一下子变得明快起来。

看完企鹅，建议直接下楼，推开一扇隐蔽的门，进入一条长走廊，可以通过玻璃窗看到海洋馆设备间，另一面墙上展示了海洋馆的建造过程。

出来，再上一层，推开一扇门，进入热带雨林区，水上有枯树，水底是生机益然的鱼儿，四周都是郁郁葱葱的热带植物，空气潮湿而闷热。推开门一阵凉风吹来，顺路走下去，在要出馆时看到一个纪念品商店，小小的，蜷缩在一角。

3

看完海洋馆，我们三个人还沉浸在里面，哪里也不想去看了。

我越发觉得设计师一定借鉴了枯山水的缩小意识、减法美学、禅宗思想……

已故苹果创始人乔布斯等西方社会成功者对日本传统文化的盛赞，让枯山水这一作为文化与美学结晶的庭园形式，早被广泛应用到各个方面。

西方人在生活中，也有很多不解和困惑，有些困惑确实是可以被东方文化，比如瑜伽、禅修化解掉。

如果说，禅修现在已成为一种流行的生活方式，那么枯山水，便是让普通人身临其境，触摸到禅宗内核的空间。

海洋馆设计里加入禅的内容，所以才吸引那么多人前来。禅是有魅力的。

美好的事物总是吸引人想要去靠近它，甚至融入其中，探究更多的奥秘。

人的烦躁，其实都是来源于自己烦躁的内心。安详禅、生活禅，各种禅，实际上就是让人学习在生活工作中保持静中观察，慢慢就有了定力。有定力就可以无畏风雨。

一个海洋馆，并没有号称世界最大的什么项目，但是放一些艺术美学进来，也是别有不同，莫非海洋馆也分土豪和文人吗?

每个孩子和每个城市的真正相遇都是在动物园

对于孩奴的我来说，每次出行首先要考虑的，是这个城市是否适合小孩子玩。

五一选择去波兹南的原因之一，是那里不仅有动物园，还有奢华的大象馆。

可能喜欢动物是孩子的天性吧，尤其是自家孩子看到动物就走不动步。

于是波兹南行程的第一天，就是去波兹南动物园。

由于导航错误，不仅没有坐上环马耳他湖的小火车，还迷路闯进了森林。即使在假期森林里也是人迹罕至的样子，偶尔可以见到骑车经过的人，像我们这种在里面散步的人很少见到。

动物园就在这墙的里面，真想直接跳墙过去，微信里走了上万步，连动物的影子都没见到。

五岁的孩子有些走不动了，对父母产生了怀疑，开始不停地问："什么时候到啊？你们还能带我去动物园吗？"

旅行是个考验耐心的事情，其实我自己也开始有些急躁，但是我不想抱怨，因为我不希望以后当孩子遇到问题时抱怨。耐下心来对她各种鼓励，或者带她发现森林里新奇的植物，比如这株大蘑菇。看看在森林里可以发现什么。

终于到了动物园，动物们的活动空间都很大，每座动物馆之间离得都有些远，要顺着这条路走下去。

这些鹳受过伤不能飞了，在疗养。简单围着两米高的网格护栏，任动物自由生长。

一只鹳估计伤养好了，飞到路边告示栏上旁若无人的样子，小朋友们排队和它合影。

一只胖熊放养在一大片森林里，中午的波兹南很热，动物们都休息了。

一直走下去看到的豪华建筑就是大象馆了，确实奢华。大象馆外面的活动场地也非常大，大象心情好时可以跑上几圈的。为了模拟草原的景观，大象馆附近的树少了很多。风吹过来时阵阵黄土飘到脸上，餐厅像是非洲草原的茅草屋，感觉像是到了非洲。

餐厅吃饭价格还算公道，三人吃饱吃好150元人民币左右，有炸鱼排鸡块沙拉薯条和饮料。

太饿了，来不及拍照食物直接进肚子啦。路的旁边修剪成草原。

走完大象馆动物园就看了一半，动物园免费的摆渡小火车来了。中途下来小朋友要去看昆虫，我则坐在路边看这只大肥鸟。动物园动物种类虽然没有帝都的多，但是好像是另外的一种体验，这里真正是动物的天地。好像比帝都的野生动物园还要野生。

人倒是排在了其次似的，远远地与长颈鹿隔河相望。快到动物园出口时，看到这个翻斗乐。花17兹（34元人民币）小朋友可以玩上一天，小朋友剩下些不多的精力可以在这里放空掉。

逛完动物园，对于孩子来讲波兹南之行已经圆满。

有一句名言说道："人类在对待低级动物和处理人与人之间关系问题上，总是存在着相似之处。"孩子，希望你用对动物的仁慈之心，对待你遇到的每一个人。

这是你要的浪漫吗？

晚上和朋友约了一起吃晚饭，餐厅在肖邦公园的另一头，我们要穿过肖邦公园走过去。

路上，远远见一对恋人手拉手迎面走过来，男生高大，上身穿着灰色西服，女生娇小，穿着同样灰色的连衣裙。看到他俩甜蜜的样子，一种温暖涌上心头。

李同学说："他们好浪漫啊。"艳羡得一直看他们从身边走过。

我冷冷地说："原来你也那样浪漫过。难得的是可以永远这样浪漫下去。"

恋爱的时候想不浪漫都难，一起生活久了，尤其是有孩子以后，想浪漫真难。

正说着，大滴雨点伴着轰隆隆雷声落下打在头上。

"我本来想带雨伞，但是没带。"李同学说。

"想带雨伞就要带上，我没想到所以才忘带。"我气哼哼地说。

李同学把他的冲锋衣脱下来搭在我和孩子头上，"拿衣服当伞吧。"

我当仁不让地把衣服遮在头上。

雨越下越大，公园里除了大树没有任何遮挡。我们先到路边的一棵茂密的树下避雨。

我们三个人都躲在冲锋衣下面，雨水顺着头顶的冲锋衣落下，落到地面很快汇成了小河。

树下干燥的地面很快形成了小水洼，孩子蹲在地上拿着小木棍玩水。

我们看着雨愣神。前不着村，后不着店的，安静得只能听到雨声。

"怎么样？现在浪漫了吧？"没有人回答我的问话。好在雨快停了。

华沙夏天的雨，来得快，去得也快。一会儿雨渐渐小了。

到了餐厅，朋友还没到。我们也轻松下来。

我不甘心地又问了一句："刚才觉得浪漫吗？"

李同学说："倒是浪了。"他的头发全都被打湿了。

在树下避雨的那个场景我觉得分外浪漫。

随着成熟长大，有许多生活的定律和习惯，每天循规蹈矩，时间久了就会觉得无趣，偶尔忘记些什么，那些忘记的东西，没准儿会给你带来一些小惊喜。

慢慢地学会不再抱怨，接受生活中的那些小小的意外，因为你不知道那意外背后会冒出怎样的浪漫。

快来看，华沙城管来了

我们在华沙租的公寓在四层，客厅有个大阳台，阳台临街。楼下一层有个小小的家乐福便利店。

家乐福便利店的正对门的地方，从夏天樱桃收获的时候就停了一辆卖水果的小货车。

这种卖水果蔬菜的货车在华沙很多路边都有，早晨开门卖货，下班后关门，晚上车就停在那里，并不开走，这种车更像是个商店。

我家楼下的这辆水果车刚开始只卖樱桃，大大的樱桃才8兹（兹是波兰货币，1.76元人民币相当于1兹）1公斤。每天一早满满的几筐樱桃，刚到下午就卖完了。

后来，这水果货车里摆的品种越来越多，除了樱桃，还卖草莓、树莓、蓝莓、李子、苹果，还有了西红柿、豆角之类的蔬菜。蔬菜筐分几排摆在车前面的空地上。

家乐福便利店里的水果蔬菜比波兰本土的小瓢虫、小青蛙超市贵，本来去他家店里买东西都是应急，门口有了这么便宜新鲜的蔬菜水果，大家自然不去店里了。

城管前一阵子也过来查过几次这辆水果货车，但是看完文件之类的，应该都合法，就走了。

周五早晨，李同学在阳台叫我："快来看，城管来了。"因为知道城管来查过他们几次，也没有什么动静，我就没动。李同学继续说："赶紧来看，这次动真的了。"看他急吼吼的样子，我挪到阳台一起往下看。

这次来了4个城管，还开来了一辆货车，货车紧挨着这辆水果车停着。一个城管拿着文件夹在登记，一个城管在拍照，两个城管在往他们的货车里搬水果。

看摊的是个中年女士，刚刚上班摆上水果，城管就来了。她站在旁边看着他们搬水果。

路上的行人不时从他们身边经过，对旁边的这一切竟然看也不看一眼，就走过去了，没有一个围观的。只有我们3个中国人站在阳台上看着楼下。

我们以前在北京石佛营的家附近，曾经有一个特别大的菜市场，在菜市场里卖菜和水果是要交管理费的，于是就有些人开着货车在菜市场的路边卖，尤其是周末，在外面卖菜的比在里面的人不少。

于是城管就来执勤，每次城管执勤的时候看热闹的人都围得里三层外三层。场面也都很紧张。

我们在北京是从不看热闹的，到华沙却看起了热闹。

再说华沙城管，后来的几箱水果，他们用一种透明薄膜整箱包起来，然后拍照片的城管上来每箱仔细地拍照，再搬到车上去，全部搬完，地上还散落了几根豆角之类的，城管拿扫把清理干净。

然后负责登记的城管上来让摊主签字，开车走人。

这水果蔬菜可能只允许在车里卖，是不能摆在车外面去卖的吧？

整个过程，安静有序、文明礼貌地结束了。

　　我这不喜欢凑热闹的人也津津有味地看到城管走。

　　有序的社会一切都是有序的，都遵守规则，都轻松。照章办事即可。

　　错了就是错了，错了认罚。一切都有理有据。记录、拍照、签字一个不少，几箱水果蔬菜也被城管们认真对待了。

　　华沙的城管，你若善意，我也真诚。

华沙公交车上，偶遇赤脚大仙画家

晚上从华沙 Arkadia 商场坐公车回家，车上摇曳暗淡的灯光让人昏昏欲睡。

中途停车，上来一位高高大大的男子，正好站在我对面。

我忍不住偷偷从上到下打量他一番，30 岁左右，光头，带一副普通黑框眼镜，身材挺拔，穿一件已经不是白色的背心，上面零星着一些彩点，背一个旧旧的军绿色大帆布包，腋间夹着一个没绷画的小画框，应该是位职业画家吧。

他光着脚，看那双脚应该是光了很久的。

我碰碰身边的李同学，让他看赤脚大仙。在山里长大，小时一直光脚到处跑的李同学也看呆了。

一会儿，女儿旁边的座位空出来，我坐过去，低声告诉她看赤脚大仙，她立马兴奋了，问我："他为什么光着大脚丫？他难道没有鞋子吗？"车厢里其他人对画家没太关注，只有我们三个中国人在偷偷盯着人家光脚丫看。

赤脚大仙可能感觉到来自东方的目光，他从包里拿出一个小速写本，又从书包拿出一个笔袋抽出一支笔，在幽暗的车厢里画起来。

我家那站到了，下车。

三个无聊的人还在讨论赤脚大仙。

我调侃着："你们看，人家画家多有艺术范儿，像我这种家妇范儿的人是当不了艺术家的。"

"再看看人家那精神，公交车上还在画速写。"

记忆中自己在车站画速写还是考大学的时候。

画画的，一般都有些自己的小个性，小爱好。

国内画家也是如此，蓄长须，留长发，穿着邋遢，是标配。画画圈广为流传的一句话："远看是要饭的，近看是美院的。"

而一位女老师对女画家们衣着的评价是："为什么女画家们，无论打扮得多美丽，都感觉有些风尘味道呢？"

画画的人都有些个性，个性突出的人在穿着打扮上就越发突出。大学时绘画系一位 1.85 米高的男生，总是穿一灰色长袍，怀抱一古琴，从美院那栋白色的上百年教学楼前飘然而过。场景至今难忘。

那位男生也是个性得很，毕业后考雅思去国外上学经商挣钱，在同学们都想拖家带口出国时，他卖掉了国外的房产，杀回国内，画画、做公司、写剧本、拍话剧，折腾得风生水起。

有勇气在生活中另类的人，在事业上也总是不走寻常路。

当然也有很多绘画大师是谦和而低调的，他们本身早已功成名就，但还是谦谦君子模样。

外表怎样，是一个人性格的表现，并不能代表每个人所有的成就。

画家，也是普通人，有人张扬，有人低调。

第五章

大理新移民日记

年纪越大，越相信叫命运的东西。

听自己心的声音，在繁华红尘中找寻属于自己的一席之地。

在大理，现世安稳，岁月静好。这个小城因为它的包容和人文，吸引了世界各地、全国各地的人定居到这里。

大理，不仅有美景美食，还有很多可爱亲切的人。在大理生活，让你感叹祖国地大物博的同时，更是希望祖国越来越强大，这样才有了我们可以随意择地而居的自由。

和平年代的自由，是建立在祖国繁荣昌盛的基础上的。

这尘世的幸福很简单，于我就是择一方净土，独守一份宁静，陪孩子平安地长大。

所谓的焦虑都是自己内心躁动使然。你若安静，世界便也安静下来。

尘埃落定，去大理看春暖花开

1

每个人都希望有个圆满人生，心想事成。希望每一段路都没有白走，希望每一个过往都不会变成曾经。

只是，冥冥中，任何一种结果可能都是宿命，只有随缘接受到来的尘埃落定。

从2018年9月回国，奔波，忙碌，等待着一个结果。在等待的过程里，结果是什么已经不是特别重要，因为，无论结果如何，生活都会继续下去，只不过改变了一个方向而已。

那个结果终于尘埃落定，我们却无喜也无悲。

无喜，是女儿曾经很喜欢欧洲，不能去没什么可高兴的。

无悲，是因为女儿自从去云南泸沽湖玩了一个月后，又狂热地喜欢上了云南。她现在最想去的是大理，不再是欧洲。

尘埃落定，无论去哪里都让人心生向往。

女儿第一次去欧洲就喜欢上那里，于是我们带孩子加入儿童留学大潮。欧洲十个月，上学后语言交流的障碍，文化、饮食的不同，身在其中，让她知道了看到的美好并不一定是真正的好。

女儿在3岁时曾经去过一次大理，大理的上关风、下关花、苍山雪、洱海月，她都一一体会过，那种诗情画意的感觉不输于欧洲的风景。

大理于我是《天龙八部》里美丽的大理国。

一切都是最好的安排。

2

我最后一次也是第四次高考，因为只想上美院，压力很大。专业课考得还好，但考文化课时，重病，输完液才能去考场。父母都觉得我肯定与美院无缘了。

高考的文化课分数下来，一分不多一分不少，正好卡在河北省高考提档线上。

学校的老师说："你的文化课分数有些悬，要么你去美院问问，看看可否有希望？"

那时大病过后、历经四次高考的我，心想，随缘吧，爱怎样就怎样，大不了在县城里上班，也是一生。

在等录取通知的日子里，时间在稀里糊涂和高高兴兴里过去。直到有一天我出门，刚到家，父亲告诉我美院录取通知书来了，我听了好像既没过于兴奋也没太多喜悦。

就是突然觉得无论怎样的结果，都是注定。

3

在外奔波多年后，我回县城，和在县城里的中学好友艳见面。好友艳在县城机关里做行政工作，中学时因为我们都喜欢写诗成为好朋友。

虽然生活在不同的地方，但现在我们仍然喜欢写作，艳还是喜欢写各种韵律诗词。不同的是我身上多了沧桑，好友身上多了安逸。

尘埃落定之时，无论结果如何，都感谢那些相遇过的朋友，愿牢记那些相遇时的美好，愿不悔那经历过的共同时光。

去大理，在风轻云淡的日子里，守着一份安详平静，与家人相守，看春暖花开，不算最好也还算理想。

人生的路，起起伏伏，尘埃未定的日子还会很多，接受尘起，等待缘落。

为何不再去欧洲上学，而是选择到大理

1　2017年带孩子去欧洲上学

怎样让孩子更快乐地成长，可能是困扰着每个父母的问题。

这个问题从2016年开始，也一直困扰着我和孩子爸爸。

孩子小时，我们带孩子去云南和海南过冬天，每年一半时间漂在外面。

孩子马上面临上小学。我们想找一个适合孩子成长的环境安定下来。我们也希望让孩子在上小学前多些体验和尝试。

2016年考虑过到大理定居。但因缘际会，2017年让我们先选择了去欧洲。

原因是在2017年7月应女儿混血小闺蜜一家邀请去瑞典玩，在瑞典旅行20天后，女儿喜欢上欧洲，再加上她的小闺蜜也要马上搬回瑞典，所以我们把到欧洲上学作为首选。

瑞典的生活成本很高，也不是移民国家，后来正好有朋友办理波兰工作签，我们一家2017年11月去波兰和西班牙考察一个月后，女儿喜欢上了波兰。我们也被波兰的艺术文化氛围和低成本高质量的生活所吸引，再加上波兰的社会治安比法国和西班牙都好很多。

于是我们在2017年12月举家搬到波兰华沙，居住在肖邦公园附近。

一切好像看上去都很美。

2 背井离乡的孩子快乐吗？

波兰首都华沙的森林覆盖率很高，有70多个公园，一个接一个的森林把华沙穿在了一起。每个公园里都有免费的孩子游乐场。

我们到华沙后，就给女儿联系学校。波兰的幼儿园学位很紧张，公立幼儿园都没位置。以融入社会为前提，我们给女儿找了家讲英语和波兰语的学校。

波兰不是移民国家，整个波兰只有两万多华人，女儿上的幼儿园里只有她一个中国孩子，其他孩子都是金发碧眼的波兰人。

女儿英语基础还可以，和幼儿园里小朋友以英语交流为主。但老师都是用波兰语交流，本来在北京幼儿园里生活得快乐无比的孩子，有些蒙。她坚强的个性还是让她坚持了一个星期的学习，但很快就是重感冒、结膜炎，开始断断续续地生病。

可能孩子有心结时身体也会反抗。当女儿身体恢复好的时候，她开始对去上幼儿园产生抵触，每天在去幼儿园的路上，都会对我说肚子疼、头疼之类的，就是不想去上学。

不上学时，带着她去各种游乐场和森林里玩，看各种展览，她又是高兴的。

在北京时她最喜欢去上幼儿园，但是到了波兰，她开始厌学。她总是问我："为什么班里只有我一个人是黑头发？别人都是金色的头发？"我们解答完，也不能完全解除掉她的困惑。

女儿觉得国外好玩儿，但是上学不好玩儿。她想念北京的幼儿园，想回国。

孩子太小时出国，她自己母语的根基还没打牢，就接触太多的异国文化，可能让她对自己身份的认同产生了困惑。

大家总说孩子小，出国适应力强，但是当她没有独立思考能力的时候，我们借她不成熟的思想把自己的意愿强加给了她。

她其实不快乐！

当女儿在华沙上了两个多月幼儿园时，我在瑞典的闺蜜一家到华沙找我们玩，于是那家波英双语幼儿园就再没有去上。

后来，在华沙我们联系上一家老城附近的三语学校。

欧洲本身就是多语种通行，上三语学校的孩子以外交官家庭的居多，方便孩子跟随父母工作调动。学校从幼儿园到高中，有多种语言组合：中波英、法波英、西波英、德波英，都是语言沉浸式教学，每种语言讲一天半左右，学习每种语言的时候从教学到日常交流全要说那种语言。

女儿去中波英三语班试读了一天，当时上了半天中文半天英文。她喜欢上那所学校，我们也为她支付了学费。

但是2018年9月5号回国，到云南后，她就再也不想出国去上学，也不想去上那所波兰三语学校，她迫切地想到大理上学，因为她3岁多曾经到过大理。她喜欢大理。因为这里都讲中国话，又每天蓝天白云的。

从国外回国后，她有了祖国的概念，她说："中国这么好，为什么要出国呢？"

当我们还可以去欧洲其他国家时，我们听从了孩子的意愿，选择到大理。

现在看来，在国外读书对孩子是一项很大的挑战。越是在国内受到老师表扬多的孩子出国后越是不容易适应，不容易找到自我，因为已经习惯了活在旁人的眼光和评价里。

带女儿到华沙读书后，我才深切地感受到为何有好多在国内优秀的学生，独自出国读书得了抑郁症甚至自杀。旁人都是看到他们外表的光鲜和美好，但是他们内心深处可能有深深的恐惧、失望或者迷茫，尤其当父母不在身边或者不能被理解的时候。

3　到大理是最好的安排

我们很快决定到大理，在国外游荡近一年以后，我和李同学统一了思想，让孩子在大理完成基础教育，起码让她真正快乐地成长，当她深深地了解中国这片土地后，根牢牢地扎在这里后，她将来无论去哪里，可能都不再会感到迷茫和无助了。

来大理旅行几次以后，我们一家人都投入了大理的怀抱。

就是喜欢大理那种小情小调，喜欢那些古旧的房子，喜欢轻吟浅唱的酒吧，喜欢看放松慢生活的面孔，喜欢看遍布在各种角落的花草，喜欢看穿着民族服装自在的当地人，喜欢大理古城里那几间爱书人开的小小书店，更喜欢大理的包容和人文情怀。

最重要的是有教育理想的老师们为孩子创办的各种学校，让女儿能接受到不亚于北京的教育。有了这么多喜欢，促成了我放弃20年的北漂，选择漂在大理。

无论喜欢一个人或者一个城市，都是没有理由的，凡事都讲究缘分。有缘，一切都是美好的，平凡的事情都被镀上了金光。无缘，看彼此百般不顺眼。喜欢不强求，别人说些讽刺的话，那是无缘，不回就是。乐得过得糊里糊涂。

有人问我：为什么选择的是大理？回答：这里有我需要的一

切，有我孩子和家人需要的一切，生活在这里，心甘情愿。

有了喜欢，过的每一天都是笑着醒来。

在岁月的长河里，在自己短暂的生命里，能在喜欢的地方过好自己的小日子，管好自己，照顾好家人，仅此而已。

穿越迷雾，开车3000公里去大理

2018年11月26日，大雾。

早晨6点多，我的老爸老妈已经在厨房里忙着为我们准备早饭。

今天我们要从雄安出发，开车去大理。

早已查过黄历，宜和忌里都没有"出行"两字，应该可以出发吧。

大雾，阻止不了我们一颗将要出发的心。

最后整理行李。

去过云南十几次，从来没有勇气开车回去。每次从北京回云南之前，都计划和李同学开车去云南，信心满满，最后总是放弃。

3000公里的路程，还要翻越崇山峻岭，在山区开车，对于在平原长大的我来说天生有畏惧。

勇气不常有。

这次，决定搬家去大理，必须把自家的车开过去，没有选择。

本来想路上边走边玩，开上十来天，但给女儿预约了参观学校，不能再耽误时间。

李同学担心我和孩子开车累，他强烈要求自己开车过去，我和女儿坐飞机过去。

他一个人开车总是让人不放心，两个人轮流开总要好些，只是辛苦了5岁多的女儿。

但，人生总是苦多乐少，吃点苦也是应该。再说女儿也对长途开车充满了期待，让她知道想象和现实的差别，也是一堂很好的人生教育课。

我们计划用3天时间开车到大理古城。导航地图预计34个小时走完3000公里。出城走京港澳高速一直向南。

第一天计划早晨8点出发，开车到晚上11点，从雄安到湖南常德，第二天从常德到昆明，第三天从昆明到大理。

计划永远赶不上变化。浓雾，高速封路，等到9点雾仍然没有散去的迹象。

出发。

按照导航走国道，大小车们在高速入口排起长龙。等了一会儿，还没有通行的可能。

掉头，走国道。没有国道的导航，一直指引着我们往封闭的高速开去，导航上高速明明是绿色，到了又是封闭。

我们像无头苍蝇在徐水、保定转圈，到中午12点还在保定境内。平静的情绪开始变得有些焦躁。

快到另一高速口时，看到路边有一古香古色、青砖青瓦的餐厅，直接开过去。

美食永远是让人放松的不二法门。

酒足饭饱，我和李同学分别看导航图，商量，决定改变行程，不走京港澳，改走沧榆高速。

事实证明，决定正确。感谢沧榆高速入口的那位工作人员，沧榆高速虽然也封路，但是根据每辆车的情况放行，我们是远途车，不走大广高速，所以也让我们开入了高速主路。

下午2点，我们正式进入沧榆高速，转入京港澳高速。

一路大雾，车开到河南境内，才看到一颗红彤彤的太阳挂在树梢。

　　直到出发前一晚，李同学还在问我："你真的决定我们要搬去大理吗？要放弃在北京的20年生活吗？"

　　我坚定地说："是的。"

　　我要穿越迷雾，去3000公里外的大理看太阳。

开车3000公里到大理，带给我的感受是什么？

1

开车3000公里到大理，带给我的感受就两个字：受罪。

如果，一定要把这件事情冠上些意义，那就是还有一些路上的胡思乱想。

这次从北京出发到大理，我和李同学轮流，一个人开车，另一个人就看路。

本来计划第一天开车到常德，但是大雾封路，导致原定开10个小时高速，只开了5个小时，晚上7点时，路过郑州，李同学还要开，我说："都累了，今天早些休息，就近下高速住到郑州机场附近吧。"

结果从郑州下高速时，进入缓冲带，听"砰"的一声，觉得不对，赶紧停路边，下车检查，发现后车胎瘪了一个。李同学换备用胎，后又去汽修厂补轮胎，一番折腾下来已经是晚上10点。

第二天本来计划开车到湖南怀化，但是下午我发现导航里去怀化要离开杭瑞高速，多走几十公里山路。

进入湖南怀化，两边是漆黑连绵起伏的山脉，要开始漫长的翻山越岭。

　　为了不耽误时间和安全，我们于是决定在高速路边沅陵的一个小镇就近休息。

　　第三天早晨出来，上高速，开始庆幸我们前晚没有开车去怀化市，庆幸提早在进山前住下。高速很窄，还要穿过很多隧道。不熟悉，再加上开夜路，很危险。

　　就像人生的路，发现自己的人生走错了方向，停下来，直面错误，及时止损，还会挽回，停下就是进步。

2

　　到大理路程四天，没有一天能完成计划好的行程。

　　反正每天都在离目标更近一些，着急又有什么用？也不能把车扔在半路，飞过去，就慢慢开吧。

3

　　长途旅行，是测试人性的绝佳办法。不然，为何说想和谁结婚，先去一起旅行看看。

　　我们一家三口，每天闷在一辆车的密闭空间里，确实有些烦。大人一个开车，一个在后座陪孩子。

　　不好的事情是：孩子在车里各种折腾，不睡觉，第二天就有些咳嗽，第三天就要感冒的前奏，晚上赶紧给她吃了点药，各种连哄带骗、威胁利诱地让她多睡会儿。第四天感冒基本消失。

　　好的事情是：在长途旅行里，她告诉了我们许多以前没有告诉我的小秘密。

路上，我和李同学也会吵架，吵完，就是沉默，然后让结果说话，总是事实胜于雄辩。

有时我很累也很烦，但无处躲也无处藏，我的办法就是睡觉，把眼睛用围巾一蒙，说声："我要休息。"在围巾后面就是我的小世界。

第一次开3000公里去一个地方，觉得急着赶路太辛苦。所以，奉劝各位不要动不动就开车旅行，如果没有大把的时间可以消耗在路上，还是坐飞机或者高铁更舒适。

如果非要长途开车，试试也无所谓，有些小建议，供参考：

1. 一定要多带些水果，尤其梨子、柚子等去火水果。长途开车容易上火。

2. 一定要提前做好分段的时间规划，并且有备用方案。

3. 带孩子旅行，一定要让孩子在车上多睡觉，可以增加抵抗力。

4. 带孩子开车旅行，一定要准备让孩子可以小便的容器，一般山路上服务区间隔都非常远。

5. 带孩子开车长途旅行，顺便可以教育孩子：坚持、忍耐，顺便随机再讲些人生小道理，在车上比较容易接受。

途中，亲眼看见，我们后面一辆要超过我们右边大卡车的轿车，已经超过大卡车，但是距离没计算好，差点儿撞上我们前面的一辆小轿车。

那时我们的车，被夹在三辆车中间。

估计超车轿车司机判断失误。

路上，不能有错误发生，安全与否往往是一瞬间。

人生也如此吧。人生的那份答卷，总是要交上去，不能太急，急了会写错；也不能太慢，慢了写不完；不能太多错误，错误太多……

移居没那么难

1

写了一系列大理的文章后，偶尔会有人留言说也想到大理生活，想了解一些情况。

换个城市生活，不是说的那么简单。要有颗有勇气而不安分的心。

无论在国外旅居还是在大理定居，我们碰到很多朋友都是换过几个国家或者换过几个城市生活，搬个家都像家常便饭。

带着孩子来大理生活的家庭，很多都是北上广走了一遍后，选择了大理。

如果你从小就没离开过自己生活的城市，或者很少出去旅行，却想移居到别的城市，可能愿望很难实现。

2

三八节那天，李同学在大理的老表请我们吃饭。我们去晚了，到餐厅，已经有三桌吃饭的客人，都带着老婆孩子。

李同学老表大学毕业分在昆明，在昆明安家置业，后来带着老婆移居大理，做某电脑品牌代理四年，在大理开了三四家专卖店。

孩子们很快地玩到了一起，我也和餐桌上的女眷们聊了起来，原来大家来自全国各地：湖北、湖南、山东、山西、河北、天津等，就是没有大理当地人，大家都说："大理人太佛系。"

他们在下关做各种各样的生意，很多人移居到大理已有十来年，有些人的孩子小学毕业后，又要带孩子回原籍读初中了。

生活的变动，对于他们已经习以为常。

我们有时就像是蜗牛，背着房子，好像哪里也不能去。却羡慕着鸟儿飞翔的自由，鱼儿水里游的轻松。放下执着，其实你也能像鸟儿和鱼儿一样自由自在。

人生无非是舍得二字，懂得舍得就没有什么不能放下的了。活着，每样东西都不属于我们自己，就是到最后，身体也要彻底失去，了解了这些，一切都无可挂念。

每个地方，看上去都很美。想移居，重要的是想清楚自己想要什么。

想挣大钱，想享受好的医疗条件、教育条件，就去北上广，机会最多，条件最好，各种高端人群都在那里。

想生活舒适，就去三四线城市，办个事情都在半小时以内的车程里，非常方便，但是最好不要生病，教育也会逊色许多。

去国外呢？在国内换个城市生活，尚且有不适，何况去国外？

3

在大理，孩子生病，久病不好，总是半夜惊起，托朋友找了大仙。朋友妈妈带我们去大仙家。

大仙是白族人，五六十岁，人长得白白净净、大眼浓眉，年轻时应该是个美女。

大仙上下打量一下我和孩子，就开始和朋友妈妈哇啦哇啦地说起来，云南话我能听懂一些，但不知道她们说的啥话？我云山雾罩了很久，好不容易等她们说完，朋友妈妈给我用普通话翻译了一下。我顺便问朋友妈妈："阿姨，你们刚才说的是白族话吧？"朋友妈妈点头说是。

感谢在全国推广普通话的政策，在国内挪个地方生活，相对容易些。

人生是不断地选择，知道自己要选择什么的时候，一切都变得很简单。

就像现在的我自己，我就是喜欢大理这个小城，生活方便、不塞车、不限号、气候干燥、空气质量相对较好，大人孩子起码不用每天戴口罩，足矣。

大理医疗肯定不如北上广，所以保重好身体很重要。至于教育，孩子现在上的学校她很满意。夫复何求呢？

如果想国内移居或者移居国外的你，还在纠结中，试试断舍离。

我们是亲爱的路人甲和路人乙

1

决定搬家到大理前，与北京同一小区的好友辉吃饭告别，辉问我："你们去大理有认识的朋友吗？"我说："没有。"她接着问："你们去大理住哪里？"我说："先住客栈，再慢慢找学校、找房子。"我的回答让辉很诧异。

换一个城市居住必须要有认识的人吗？未必。因为你所认识的人，也不能完全保护你，而那些路人也不会不帮你。

每次到大理，都住在洱海门里面东玉路上的"云游客"客栈，那个客栈对于我们来讲就是大理的家。

云游客客栈是一座三层小楼，每层只有几间客房，客栈门口是一株花开茂盛的三角梅，走进院门，穿过石子砌成的小路，一座长一米的小桥通到客栈的前台。

三层的榻榻米房外面有一间玻璃顶阳光房，一个长桌一个长椅，简单朴素，四周摆满了多肉植物盆盆罐罐。

这次搬家到大理，直接在云游客订了半个月。

订好后就和店里的轩轩互加微信，到大理已是晚上，轩轩一直等我们，给我们找停车位。

云游客虽然换了老板，但对于我们却一如既往地亲切。知道我们要长住大理后，轩轩推送她们客栈大理老板娘微信给我。我们一天不到就成了朋友，而猫猫小朋友更是和客栈里的姐姐哥哥们玩到一起，成了好朋友。

因为我们住的时间久，客栈的负责人阿坤更是送我们一晚免费房。

写这篇文章时，轩轩已经辞职离开大理，结束她的游荡，回到她青海西宁的家，我们曾经是亲爱的路人甲和乙，在记忆里留下彼此的真情和感动。

2

在大理的每一天都有与路人甲和乙的相遇经历，这些相逢让我充满了感恩和感谢。

我的美女房东把我拉进小区里各种二手群，让我们在一周之内完成了对大理的初步了解。

女儿学校老师把我拉进学校各种社群，让我很快了解了学校情况。

各方面认识的朋友，都在帮助新来大理的我们。

现在，女儿开始了在大理的学习。

3

有时，更喜欢路人甲和路人乙之间的那份不问出处，不问将来的单纯。

买二手家具时，群里推荐了开三轮车的张师傅，张师傅去才村码头找到我，帮我把家具装车。张师傅又黑又瘦，看上去50岁左右，实际60多岁。我坐他的车回家，我们一路聊天，张师傅给我讲大理的历史，听说我们来大理定居，他直说好，说他家就在我们小区附近，欢迎我们有时间去他家里做客。

我开车曾几次看到壮年大汉抬着沉重的实木棺材的情景，一次是在古城往214国道走的路上，两次在通往苍山的苍山大道上。每次看到那情景都很好奇，纳闷他们为什么不开车运棺木，而是要抬呢？

我问他："张叔叔，大理现在火葬还是土葬？"张叔叔说："农民可以土葬，但如果选择火葬会发给1000元奖励金。公务员必须火葬。"

张叔叔说："开车运一个是不吉利，没人喜欢拉，另一方面没面子，孤老户才没人抬的。平日活着在村子里维护下的人情，死后都用上啦，必须16个壮年男子抬，8个人抬也不吉利，必须双数抬。"

张叔叔用手指着左侧的苍山，说："你看，山上那些白色的都是坟地，抬棺木不容易，走平路都很累，山路又滑又陡，要爬到半山腰去。体力一定要好。"

快到村子时，他说："你租房子的这个村子不错，旁边那个村子差一些。你看房子盖得都不一样的。"

人老了真是一宝，啥事都知道。张叔叔帮助拉东西，从他那儿还能了解到大理很多风土人情。

　　大理的生活节奏很慢，每个人都有时间和你聊天，于是我知道了那位编彩辫的阿姨来自鹤庆，那位早晨卖煎饼果子的大姐来自山东，卖水果的男子来自山西，那家我们总去吃的自助餐早餐厅，在古城里还有间客栈。

　　我们就这样彼此偶遇，不介意分享彼此的一点小秘密，也愿意在彼此的生活里留下小小的身影。

　　嗨，我们是亲爱的路人甲和路人乙。

活色生香的大理生活

1

我最喜欢赶集。大理的集市比较有名的有三月街集市、银桥集市、湾桥集市。

本来要去三月街赶集，但是上午9点多的三月街上空空荡荡，只有苍山大道的路边停放了很多大巴。看街上没人，我赶紧看看集市的日期，原来我们提前了一天。

集市没开，就在三月街逛一下吧。三月街也有固定商户，卖大理特色和土特产。

和李同学走进一个人群拥挤的商店，原来大巴上的人都在这里买翡翠。我们简单看下，赶紧出来。不远处是一家卖扎染品的商店。因为家里需要买几块桌布，走进去看了起来。

白族的扎染很有名。2006年5月20日，白族扎染技艺经国务院批准列入第一批国家级非物质文化遗产名录。

扎染古称"绞缬"，是中国一种古老的纺织品染色技艺。到大理一定要了解些扎染。因为大理白族扎染显示出浓郁的民间艺术风格，从一千多种纹样里浓缩了千百年来白族的历史文化，折射出白族的民情风俗与审美情趣。

再加上我在大学学的是染织专业，曾经学习过扎染的一些简单方法。谁也拦不住我去扎染店。进店，听着店员的介绍，我的脚有些挪不动步，李同学只顾看价钱，他一直催着我离开。

扎染店里的商品价格相比大理的物价水平确实贵太多，但对一二线城市的人来说还是便宜。

在扎染店里看了一圈，店员陪着我在辛苦地介绍，我也越来越觉得不买块扎染布都不好意思跨出店门。

最后终于买了一块一米长，150元的扎染粗布美滋滋地离开。

李同学在远处等着我，狠狠地对我说："那些店都是宰游客的地方。"

我突然才清醒过来：我不是游客了！

2

农历初九，是大理三月三的集市。

平时冷冷清清的三月街两边停满了车辆，沿路摆了很多摊位，最大的摊位群在三月三商品街的下面。

商品街是游客去的地方，街道一如平常，路上见不到几个人。

集市上却是人头攒动。所卖物品囊括了生活中所有。

我特别喜欢赶集，到了集市上，看什么都新鲜和兴奋。李同学嘲笑我说比他们村里女孩还憨。

集市卖得最多的是茶叶，各种各样的茶叶，装在朴素的布口袋里，大气、豪放。不像城市里的茶叶店，茶叶们都被精心地放在茶叶罐里，买的时候，小心翼翼地取出一点点放在秤上。

云南是著名的茶叶产地，茶叶在这里好像成了生活的一部分，放在布口袋里，很接地气。

除了茶叶多，辣椒也很多，并且现做现卖。因为辣椒气味呛鼻，所以放在了市场最边上。

三月街集市上卖东西的人都不推销，等你自己走过去，问他价钱，他才会告诉你。卖不卖都不着急。

女儿要买一个阿姨的粽子，我说买10个，卖粽子的阿姨看我们是外地人，担心我们吃不惯，就让我们先尝一个，觉得好吃再买。

逛集市的感觉很放松，不知不觉买了很多东西，为了更融入当地生活，我坚决要买个背篓，把东西都装进去。

李同学不愿意让我买，他说他从小在山区长大，背够了背篓。我说我来背，他才同意。

背着赶集买到的东西，满载而归。真心喜欢这样活色生香、柴米油盐的生活。

走几步，离开集市，周围突然安静下来。看到一对拍婚纱照的年轻人，大红色的中式礼服与古老的建筑相得益彰。

这，可能就是大理让人着迷的一个原因吧。生活在这里，随时可以感受到时空的变换与穿梭，让人不禁沉浸其中。

苍山，我喜欢远远地看着你

1

娃娃北京幼儿园的好朋友一家，来了场说走就走的旅行，空降大理。

尽地主之谊，陪同。

朋友问我："你们登过苍山吗？""没有。"

每天看着苍山，已经很知足，为啥非要登上去呢？就像生活在珠穆朗玛峰旁边的人们，没有必要一定去爬珠穆朗玛峰一样。

"去过崇圣寺三塔吗？""没有，我们去得最多的是古城。"说完这话，自己觉得很羞愧，作为一个大理新移民，来大理生活3个月，竟然没去过苍山。

朋友已经怀孕5个多月了，带着孕妇去登苍山，想着都后怕，但是看她不怕，我也没啥好担心的。

托朋友福，在2019年终于和苍山来了次亲密接触。

2

登苍山，有感通寺索道，还有从天龙八部城那里上去的洗马潭索道，还有几条其他索道。

洗马潭索道比较有名，但我查过攻略说洗马潭索道封闭，朋友老公坚持要上去看看，于是开车上去，从11月开始到4月底索道只开到七龙女池。

既来之，则安之。坐缆车到七龙女池。

缆车咿咿呀呀地翻过了一座山峰，早熟的杜鹃花稀稀落落地开在树林深处，粉色、白色，偶尔一抹鲜艳的红色杜鹃映入眼帘，心里掀起一阵阵小小的惊喜。

远看洱海，像一个盆景，藏在山洼里，青白世家的白族民居密布在洱海周围，鲜黄色的是早开的油菜花，淡绿色的是菜地。

离雪山越来越近，少了一些神秘，多了一些一目了然的直白。

翻过一座山峰，缆车开始下行，七龙女池到了。

3

出缆车站，是一片方方正正的空地，空地上散放着一些长凳，供游客休息。西面是雪山，东面是洱海，洱海在两个山峰之间勉强露出一些影子。然后就是无声的各种松树和杜鹃花紧靠在周围。

我们三大两小决定下山向七龙女池出发。刚走了几步下山台阶，我的孕妇朋友说："我不下去了，你们带孩子下山，我在休息区等你们，不然我担心出问题。"

事实证明，她多亏没下山，不然她怎样回来，是个难题。

一路台阶，全程1.5公里，在海拔2900米的高原爬山，我也是很佩服自己的勇气。路上各种指示牌提醒游客：慢慢爬山，注意高反。我真担心自己高反晕倒。

看来生病一般都是吓死的，不是真正病死的。

路上时隐时现的杜鹃花带给自己一些小欣慰，孩子们早已在前面跑得不见踪影，只有我拖着一颗老心脏在后面慢慢挪。

开始听到了潺潺的流水声，朋友老公说："快到了。"下山的路越发陡峭起来。

看到了依山而建的龙池，龙头吐着水，龙尾盘在山间。

远处一条银带从山间倾泻而下，在低处汇流成一汪汪潭水，这就是七龙女池。

4

七龙女池位于苍山的马龙峰和玉局峰之间。相传这七个水池是洱海龙王七位龙女淋浴休息的场所。每年夏天，明月高照的夜晚。她们都背着父母到这里洗澡，直到拂晓才回到洱海龙宫。

每个女儿身材高矮胖瘦不一样，所以水池大小不等。七位龙女淋浴时，苍山就飘起玉带云，据说是她们的腰带解下来连在一起变成的。七龙女池是苍山神奇的叠泉飞瀑景观。

没有看到龙女，只看到池子，多少还是很失望。

上山路上，不断有下山的人问我：景色怎样？我说：还好。去看看吧。有时候有些风景，看了后悔，不看更后悔。

风景和人一样，距离产生美。

所谓"不识庐山真面目，只缘身在此山中"。说明距离太近，就领略不到事物的整体美。如果距离太远，又看不清事物的细微之处也难以欣赏事物的美。保持适当的空间距离是必要的。

我更喜欢远观苍山，看云雾缭绕、白雪皑皑，神秘而宁静，带给人无穷的想象。

走千万遍，也不厌倦的214国道

中国最美的国道有227国道，317国道，318国道，213国道，214国道（滇藏线），219国道。

在大理，走得最多的是214国道。

214国道，起点为青海西宁，终点为云南景洪的国道，全程3256千米。214国道经过青海、西藏、云南，穿越了皑皑白雪到蕉叶摇曳的热带风光，强烈反差与对比鲜明的气候带，组成了一道完整无缺的植物垂直分布带谱。

娃娃的学校在214国道旁边，我们也住在214国道旁，每天接送娃娃都要走214国道。

大理下关到上关的214国道限速40或者60迈，并且任凭再好的车也不敢开得太快。

大家车速都不太快，正好可以边开车边欣赏美景。

沿214国道去学校，左边是苍山，右边远望是洱海。

冬春季节的苍山十八峰上，罩着皑皑白雪。有时顶着绵绵细雨去上学。

刚出门，看不到苍山山顶，山峰隐藏在阴云里，雨淅淅沥沥地下着，越往南走，南边的天色越亮，黑云也逐渐被亮丽的白云所代替，慢慢天空亮起来，这里的雨停了，绿的山，白的云，五颜六色的花都在清晨里笑盈盈的。

如果早晨8点出门，214国道上几乎没什么车，偶尔可以看到几个当地人牵着或者骑着高头大马从路边走过，"嗒嗒"的马蹄声打破了早晨的宁静。

牵马或骑马的人穿着朴素，倒是那些马昂首挺胸的，长长脖子上伸着酷酷的脑袋，脑袋上一双炯炯有神的大眼睛，肌肉结实、身形匀称，鬃毛闪着油油的亮光。

他们是去索道那里上班的，每天晨出夜归。

每当在214国道看到马儿们，看到旁边行驶而过的牧马人、奔驰、宝马那些豪车，总有种梦幻的感觉。

从学校回来的时候，看路边花开，冬樱刚开完，春樱又开始次第开放，绿油油的田，金黄色油菜花后面是白色为主调的白族民居。

每天走的10公里214国道，看天气变化，体会从雨天到晴天；看人、看车、看花、看世间风景。

生活里有千般风景，纵使一生的行走也不能看完。安住自己，随顺地接受生活的给予，一条214国道走下去，已经足矣。

草长莺飞，一路向北

早晨，开车送女儿去上幼儿园，照例走214国道。连续几日的晴天，苍山上的雪快融化完，路边的春樱在陆续开放。春樱树的另一边是已经收割过几次的菜地。

突然，坐在后座的女儿说："妈妈，你看，那里有很多燕子，昨天早晨爸爸送我去幼儿园就看到了，你说它们在干什么？"

我从驾驶座右边窗户看出去，通往银桥镇路边菜地的天空上，密密麻麻地有很多移动的黑点，是燕子。它们一会儿聚到一起，时而低空盘旋，时而高空飞起。好像有成千上万只。

我从小到大也没见过这样的景象，按照常识回答："春天到了，可能鸟儿们在集结，要回到北方去了。它们在向这片土地做最后的告别。"

不知怎的，说着这话，看着那些在低空跳舞，好像在举行仪式的燕子们，我的眼眶竟湿润了，涌起一阵心酸。好在戴着墨镜，好在女儿坐在后座。

谁知坐在后排座位上的女儿说："妈妈，我好想哭。"声音里带着哽咽。

莫非是母女连心？

春天百花盛开，本来是喜气洋洋的季节。

我只能沉默。真想掉头去拍张照片，或者站在田边看看它们最后究竟怎样？但上学不能迟到的声音提醒我：走吧，走吧。

于是，已经被社会改变，漠视春生夏长的自己，开着车一直向幼儿园方向驶去。

心里却想着，这些燕子会飞到我北方父母家楼下的燕子巢里吗？路途遥遥，有各种不可知的变数，它们在冬天会安全地返回大理吗？

候鸟们南迁北移，历经重重危机，只为了寻找一个温暖的地方生存。

我们不也如此吗？为了新鲜的空气，为了孩子的健康，从全国各地迁到大理，希望孩子们在这块土地上能茁壮成长。

人的迁徙有原因，候鸟的迁徙也有理由。

候鸟春季迁徙到北方，是因为北方地区夏季的昆虫量比南方地区丰富，同时北方地区天敌较少，天敌的捕食压力相对较低。动物的本能让它们即使付出失去生命的代价，也要飞。

搬到大理的外乡人，也是有着迁徙习惯吧？和几个家长闲聊，她们都是从北上广来到大理的，但是在来大理之前，都曾带着孩子在几个城市生活过。

候鸟是飞往固定的北方和南方，轻易不会改变。在大理的外乡人们，此时在这里，彼时却不知在哪里？二手群里，每天都有人在甩卖家居物品，离开大理。新来的人很快就会将物品抢光。

"草长莺飞二月天，拂堤杨柳醉春烟。"趁春光正好，赏花、看景正当时。无论选择到哪里生活、居住，我们还都在这古老的地球上，欣赏着同一个春天。

偷得浮生半日闲

1　偷得浮生半日闲

刚到大理的一周，每天一早离开客栈，开车出去看学校、看房子，看了所有从古城到学校的214国道沿线的新房旧房，每天晚上七八点钟才能回到客栈，大人累孩子更累，女儿每天跟着我们东跑西颠，有时在我们谈事时就靠在旁边睡着了。

好在，所有的苦没有白受，到大理一个月后，终于定好学校和房子。

终于有时间慢下脚步，看看风景。

上午出洱海门，去旁边的水库大堤上，水库没有太多水，一半做了停车场。大堤有两米左右宽，是遛狗的好去处，也曾看见过有人遛马。我们是遛遛孩子。

从大堤下来，回古城，沿人民路一直走下去。

上午10点的人民路清静异常，一半店铺还没有开门。

大理是慢生活的好地方，喜欢这样的节奏。

走到博爱路时，路边有一个"甜食屋"The sweet tooth的小店，我们点了百香果慕斯、巧克力曲奇、百香果饮料和咖啡，甜品吃起来口味非常正宗。

店员说老板是美国人，这家店开了十四年了。我问："是老板做的蛋糕吗？"她说："老板雇了几个聋哑人，亲自教给他们做蛋糕和饼干。"

原来如此。

出来旅行时间久了，总有一些直觉吸引着我，去走进那些有故事的地方。

半日清闲，听闻几句感人有爱的故事，也是收获吧。

大理，之所以吸引人，可能就是因为有这些奇人异事、大爱之人的存在。

2 我们的大理食堂

想家，一定是想妈妈做饭的味道。妈妈的味道永远难忘。

选择住在大理，因为在大理有一家餐馆，做饭就是妈妈的味道，漂泊的日子里，我们把那家餐厅当作我们的食堂，无论白天在外面如何忙，晚上至少要去她家吃一顿饭，这就是坐落在大理东玉街上的"文记酒家"。

文记酒家外面没有任何霓虹灯，只在路边摆了一个小小的路牌。店铺装修简单朴素，摆了几张转盘圆桌，装修风格好像还处在90年代，但她家的生意却好得异常。

我们一家吃货每次到大理古城，都选择住在文记酒家旁边，因为吃饭方便，最喜欢文记酒家的油炸排骨。

喜欢文记酒家不仅是因为饭菜好吃、量大、干净、食材好、经济实惠，还因为喜欢看到文记酒家的老板文阿姨。

文阿姨60多岁，身材不高，戴副小框架眼镜，见人总笑眯眯的。酒家是文阿姨的家族店，每天她迎来送往，不光招呼客人、负责点菜，厨师休息时还要去后厨炒菜。

文阿姨以前在昆明，1979年来大理后，就在大理一中的老师和学生餐厅做饭。她从七岁开始做饭，喜欢了一辈子，以至于退休后也没闲下来，自己开了餐厅，掌勺做饭。儿子儿媳说不让她做，但她一天也待不住。

在大理这么久，每天去她的酒家吃饭，我们一家三口进门都要找文阿姨，在店里看不见她时，竟然有些心慌。文阿姨不忙时，我们都要和她聊会儿天。

人与人之间的感情真是奇妙得很。

在人生地不熟的大理，因为文阿姨的文记酒家，有了家的味道和家的亲切。

3　大理大学之樱花

在正式到大理定居前，曾来过大理两次，久闻大理樱花盛开之美丽，从未亲见。

刚刚搬家到大理时，每天基本都会从大理大学门前经过，抽空得缘近看樱花。

进大理大学大门，旁边有几辆十座观光电瓶车，没有人售票，驾驶座方向盘旁边，有一个二维码，每个上车的人在那里主动扫一下，自动交车费，我也用手机扫过，却不知几元，问过旁边学生，每人才一元钱。

一元钱的电瓶车费，全国可能都没这个价了吧？

还没看到樱花，对大理大学的好感已油然而起。

等坐满了人，司机慢悠悠地不知从哪里冒出来，开车，出发。全程一句话也没说，既不说买票也不问卖票，气氛轻松得很。

大理大学背靠苍山。电瓶车一路在爬坡，我们坐到终点，艳丽盛开的樱花站在路边好似在迎接我们。

听说大理大学情人湖的景色非常美，我们想寻找情人湖，一睹真容。

沿着校园一直往上走，看到一高坡，我们爬上去，却是学车教练场，这可能是我看到的最美教练场，四周绽放的冬樱环抱着它。

然后，一路下行，远远看到一片桃粉色的花在绿树后面跳跃出来，我们朝着那花走去，先是看到一个小湖，顺湖边小路走进去，眼前豁然开阔，三三两两的开得灿烂无比的冬樱，正在迎接着我们。

有的冬樱旁边银杏树伸展着金黄的叶子，柳树的叶子则早已落完。呈现三个季节的树并排站在一起，让人浮想联翩。

再往前走，是两旁开满樱花的小路。

在冬日，看冬樱盛开。于我们是兴奋和新鲜，对大理大学的学生们来说已经司空见惯。

客栈之殇

大理洱海边15米内客栈拆迁进行了快一个月了，沿着洱海边在一点点推进，据说一共要拆掉1806家海景客栈。

我一边在大理的家中平淡地看风景，一边看微信二手群里时不时蹦出客栈拆迁，物品大甩卖的消息。

前几天去洱海边一客栈拉买到的二手书架。

客栈里冷冷清清。在客栈四面落地大玻璃的房间里，电线从房顶上垂下来，张牙舞爪的线头露在外面，没有了灯的电线像个光着身子的人，无助地挂在那里，透着呐喊了许久，听不到回声的无奈。

地上的木地板都已经被撬走，小件物品七倒八歪地都放成了一小堆，看到里面正好有自己想买的，就问客栈老板可儿："这些多少钱？我也想买。"她说："已经卖出去了，等着来取。"

整个房间空荡荡，一片狼藉，我买的书架孤零零地立在那里，从它的好，能看出往昔这里的辉煌。见惯了跌宕起伏历史的洱海，在窗外平静地看着这一切，波澜不惊。

这一个月来洱海海景客栈的拆迁，随之的那些伤心落泪的故事，在漫漫历史长河里如洱海里的一颗水滴，但对于区区几十年生命的我们来说，却已是全部。

作为局外人，我已经有些不太愿意去洱海边买拆迁甩卖的物品，因为伤心，虽然和自己没关系，但我每次回来心情都不好。书架可能是我来买的最后一件家具了。

洱海边那些精心装修的客栈，家具很多是一件件从国外运回来的，洱海边的村子里路都很窄，需要再用小三轮车一点点运进来。一丝丝小美组成了一个个美丽绝伦的海景客栈。

对于喜欢美丽事物的人来说，这种把美活生生毁掉的事情让人无比伤感。

可儿的话打断了我的沉思："哎，这个书架我实在舍不得卖。刚开始做客栈我就想买个书架，外面卖1万，我嫌贵，就花6000块钱找了个师傅给我定做了一个，但又没有地方存放。明天就要来拆，还不知道明天我们住到哪里？结缘给有缘人吧。"

我说："我们到大理后，想买个书架，一直没碰到合适的，你这个书架我太喜欢了。"

可儿说："800元卖给你，真是太便宜了，还有朋友直埋怨我没卖给他呢。你和我的书架有缘。"

我们说话的时间，院子花坛里那些大株雏菊已经被挖起来一大半，门口时不时有人进来看，看到挖出的菊花刚想拿走几棵，那边有声音说："放下，这些花我已经都买了。"

来时刚走过的铺着青砖的甬路，一个黝黑的当地人，一手拿着锤子，一手扶着一根钢钉，正在耐心地一块块地撬青石板，撬好的青石板被他小心翼翼地摞在一起，他看我看他，抬起头憨厚地一笑："我家院子里正好需要。"说完，继续他叮叮当当地敲打。

客栈老板可儿平静地看着这一切，略带伤感地说："才装修完半年，亲手一砖一瓦建了它，再一瓦一木地拆了它。"

一只狸花猫在院子里悠闲地转来转去，一会儿跳到花丛里，一会儿又蹿到窗台上，发生的一切好像和它没有一点关系。

玻璃门里闪过一只美短的身影，它忧郁地看着院子里的一切，但是它并不出来，即使那门是开着的。

"那是您的猫吗？"我问。

"是，一共四只，只能先放到我朋友家寄养。这只狸花猫不是我的，但它总喜欢来我家串门。"

院子里堆着的那些东西安静地站在阳光下，静默无声，在等着新主人的领养，明天挖掘机就要来了。

明天，这里会被挖掘机推倒，清理，绿化，然后像什么都没有发生过一样。

对于当事人，这场经历会在心上留下一道深深的印痕，只能靠时间去把那道印痕越磨越浅。但会磨浅吗？

拾荒记

1

到大理一周租好了房子。虽说房子包含基本家具家电，但要达到生活标准，还是需要置办些家什。

我的房东是位人美心好的大美女，在北京工作过十年，2008年调去深圳，每次到大理旅行买套房，不小心就成了大房东。后来干脆搬家到大理，成了大理老移民。

美女房东建议我，家具还是二手的好，可能不会甲醛中毒之类的，于是她把我拉入了小区内各种二手群。

在二手群，其实大家也并不是靠卖二手去赚多少钱，除了二手房不能半买半送，二手物品都是半买半送，物尽其用，总比扔了好。

我刚入二手群就买到了心仪的单人床，定好开车去取。

卖给我们二手的人，租房子本来要做民宿，没想到赶上大理整顿民宿和客栈，小区里不允许再做民宿，如果做必须五证齐全。于是他们的房子就一直空着。现在租约要终止，必须给房东腾出空房，家具房东不要，他们也没地放，只能低价转让。

我和李同学去拉床,只要看上的物品都早已被别人买了,我们去厨房搜罗些剩下的晾衣架、烧水壶、小凳子、菜板、刀具、从大到小10个不锈钢洗菜盆等杂物,总计才200元,装了满满一车凯旋。

2

买二手也会上瘾。

在豆瓣大理二手群里看上一把吉他和电暖器,定位到才村码头取货,但是封路不能过,我们只能绕行村子里。

东拐西拐进了村,去联系好的人家里拿东西,两只拉布拉多迎上来,一只安静,一只叫,卖家说:"叫的那只,是别人在路上捡到送过来的。"

我们闲聊,看他的院子知道他开青年旅社,今年基本没营业,一直在整顿。积蓄快用完。我问他打算去哪里,他说他也不知道。反正是要走的。

他搬电暖器送我到车上时,拿着吉他恋恋不舍,说这把吉他跟了他十年,要离开大理不能带太多东西。

我看他眼里闪着泪花。

我心里也有些难过,感觉自己买了他心爱的东西也是一种罪过似的,想自己是不是趁火打劫,但是我不买走,别人也会买走的。

人生无常,是不停的断舍离,最后生命也要弃我们而去,这样想时,一把吉他可能就没那么重要了。

我们开车带着吉他离开。李同学肯定会好好爱惜他的吉他。

3

回古城路上，习惯性看下二手群，看到二手群里一家才村洱海边客栈在处理物品，群里已经在抢，立刻导航过去。

大理要整顿治理洱海边的客栈，已经很久，在2018年年底，洱海边客栈墙上到处是写得大大的红字"拆"，看到那些美丽的客栈都要拆掉，心里是满满的惋惜，难道除了拆就没有别的办法吗？

远远的看到封路，汽车开不过去，下车步行。一路都是拆完的客栈，一片狼藉。

到了那家客栈，是一栋三层的房子，从家具中可以看到它曾经的豪华。已经有几个人在那里搬家具，我也加入进去。我挑了一把摇椅，一把躺椅，两张双人沙发，一张三人欧式沙发，还有一个衣架，还有一个吹风机，八个花盆，都是九成新，才用去1500多元钱。

客栈老板脸上看不出过多悲伤，我问她："损失很大吧？"她笑着说："没办法，只有接受。好在我们古城里还有一家客栈。"

无力改变时，除了接受还能怎样呢？

生活还要继续，与其沉浸在悲伤里，不如笑对一切，寻找属于自己的那片骄阳。

买二手虽然不算真正的拾荒，但是便宜得可以忽略不计的价格，就像白捡来似的。

大冰的小屋

1

我家李同学是大冰的粉丝，因为大冰最早的畅销书里写了很多发生在云南丽江的故事，而李同学就是丽江人。

李同学买了大冰所有的书。他还想要大冰签名，于是问姐姐，说想让大冰签名。姐姐的直接反应就是："那个在台里有些怪，每次录完节目就消失的人。"

"问他干吗？不熟。"

李同学直接把要求咽回去。

大冰是个玩跨界比较高明的人，高明在于工作和玩分得很清楚，工作时玩儿命工作，玩的时候拿着手鼓走天涯。

他把自己的后路留得清清楚楚。

2

自从大冰成了畅销书作家后，他在全国各地开了很多间"大冰的小屋"，用于扶持原创歌手。他在大理也开了两间"大冰的小屋"。

前一阵子，陪李同学泸沽湖的老乡夫妇逛大理古城，老乡是泸沽湖当地唱民歌的小名人，泸沽湖篝火晚会上一般都是请他去唱民歌助兴，于是想找家酒吧进去听听歌。

别看民歌手长得黑黝黝，中等发福的身材，走在街上就是云南路人甲，但他会唱很多泸沽湖民歌，唱上几天几夜也唱不完。

人民路上的唱歌酒吧一路看过去，没一个入他眼，他说那些人唱得哼哼唧唧的，不好听。

从洱海门沿人民路一直上去，步行街旁边一个不起眼儿的小屋门前挂着一个牌子：大冰的小屋。从外面望进去，屋里黑乎乎的，只有二十多平方米的样子。小屋很小，四面墙上贴着些去全国各地演出的照片。

两层高的水泥座椅，三面靠墙而建，上面铺着深棕色的皮质坐垫。

歌手老谢坐在前面，面前桌子上摆了个高高的保温杯。我们是进门的第一批客人。

小屋里只有啤酒，我带了孩子去买鲜榨果汁，回来时，李同学和民歌手已经和老谢聊成了朋友。

3

等我买回果汁，小屋里又多了一对年轻男女。

李同学和老谢正在用云南话聊天，老谢说："很久没讲家乡话了，真亲切。"

老谢旁边放着吉他，让他唱歌，他总说："再等等。"

看上去老谢和那对情侣中的男生早就认识，因为他说："上次你去青岛我们演唱会时，还没有女朋友的。"男孩连连点头。

聊天，聊天，还是聊天。

在光线暗淡的小屋里，很容易让人放松下来，敞开心扉。

又有一对看似90后的情侣出现在小屋门口，他们犹豫是否进来，老谢说："进来坐。"他们好像被施了魔法，一步跨进来。

"她不是别人的女朋友吧？"老谢问男孩。

"不是。"男孩笑着说，拉女友的手进小屋坐下。

继续聊天。

突然闯进来一个高高大大的年轻人，"要唱歌吗？一会儿我要去总部开会。"他问老谢，老谢赶紧说："你唱，你唱。"闪出了小屋。

我们已经坐了好久，还没听到一首歌。自然不会放过听歌的机会。"听歌，听歌！"

年轻人坐下，抱起吉他，问："你们想听什么歌？"当坐在旁边的一个男生说出一个歌名的时候，年轻人说："我才十岁，你点的歌太老了，我没听过。"说完，已经抱着吉他兀自弹唱起来。

我们完全没有插嘴的机会。他的歌声，时而低沉，时而高亢，他也并不告诉我们歌名。唱完，放下吉他，飞身跳出小屋，没有了踪迹。

老谢缓缓地从门外走了进来，缓缓地坐在他曾经的位置上。小屋里主持的座位只够坐下一个人。

4

老谢应该是70后，1.85米高。云南昭通人。身上的朝气已经全然消失，剩下的只是人生的各种沉淀，除了智慧，也有病痛。他的嗓子因为长期喝酒的原因，做了手术，现在只能喝水。

我们在小屋一起举杯的时候，他总是举起他的那个大大的保温杯。

他给我们讲了他年轻时初恋的故事，为自己曾经的年轻不懂事写了一首歌《你活该》，算是用因果之说接受了自己的现在。

问老谢："你和大冰见面多吗？"

老谢说："见面多，有时他会过来给我用手鼓伴奏。没啥好聊的，就像结婚七八年的老夫老妻，你们知道。"他嘿嘿一笑，我们哈哈大笑。

大冰的小屋只卖40元一瓶的啤酒，没有其他任何可以消费的，简单纯粹。

面对大多是90后、00后的十几位听众，老谢讲渣男的故事，又唱完《渣男》的歌，嘱咐在场的男生要好好呵护身边的女生。我看到那些年轻恋人的手互相牵得紧紧的。

大冰的小屋更像是承载了年轻人梦想的诺亚方舟。可能大冰本人就是个爱折腾、执着追求梦想并实现的人。

人，总是需要些精神力量，大冰的小屋可能就是某些人的精神家园吧，聊聊天、听听歌，抚慰下自己涌动的心。

5

我们把啤酒钱放到钱箱，向老谢告辞，老谢连说："老乡，不收钱啦。"

下午5点，离开大冰的小屋，外面的天空还是很蓝，花开得正艳。那些伤感的故事、伤感的歌曲还留在心里的某个地方，时不时地刺痛一下。

娃娃说："妈妈，我听完那几首歌有些伤心。"我说："生活有时就是会让人伤心。"

泸沽湖民歌手很高兴，应该是听到让他满意的音乐吧。

在这到处逃不脱焦虑的时代，对生活不能要求太高，要求越高摔得越狠，所以大冰的小屋上面才会题写着：抱团取暖、随遇而安。

不懂礼貌的外地人

1

离开家乡，去旅行就成外地人啦，在异乡异地旅行，你是个懂礼貌的外地人吗？

在大理我曾被骂作：不懂礼貌的外地人。

去娃的学校，要经过一条长约300米的村里水泥无名路。每天无名路边都排满学校里老师和家长的车，但出行还算顺畅。

春天的大理，到处是农耕景象，耕地、施肥、种苗。

一天下午开车接孩子放学，学校前无名路上停了一辆运化肥的大卡车。卡车上卸下的肥料袋堆在路上，穿着朴素的两女一男，像是当地人，正在那里整理肥料。

车是没办法过了，我摇下车窗："麻烦您，帮我挪一下可以吗？"那个男士搬开一袋肥料，车子刚好可以通过，我在驾驶座上说了声："谢谢！"

等我接完娃，开车出来时，远远看见大卡车还在那里，我前面一辆也是接娃的车被堵在路上。我在她后面等了好半天，没有挪动迹象。车主已经打开车门，站在路上，好像一直在和两个女人说着什么。

我停下车，直接走过去，两袋肥料堵在路上，车子不能过去。一个围着红头巾，戴着一顶看不出颜色的帽子，身上也是灰灰的中年女人说："你们可以掉头从村子另一边走，为什么偏要走这边？"话里带着一百分的不满。

她站在那里一动不动，任凭两麻袋肥料堵在那里。

我知道遇到了一个心里有怨气的女人，她的怨气就像炸药一样已经扩散全身，就等一个火星儿点燃，立刻就可以爆炸。炸掉自己不说，还会炸掉几个倒霉的。

我知道今天碰到了杠精。我招呼堵在我前面那辆车的娃妈过来："咱俩抬一下。"

麻袋很沉，应该有100斤，我俩用尽力气，麻袋纹丝不动。暗暗使劲，重新再来，把一个麻袋在地上蹭着挪到一边。又挪掉另一个。我们拍拍手准备离开。

那两个女人在一边看着我们两个女人。那两个女人穿着土气，浑身尘土，拿着铁锹站在肥料旁边。我们俩则穿着长裙，干净整齐。

站在肥料旁边的一个女人突然恶狠狠地说了句："你们这些不懂礼貌的外地人！"

我和另一个娃妈应该都听到了，但是我俩谁也没有回头，也没回话，开车，带着孩子驶向214国道。驶向自己家的方向。

2

我心里真是很委屈，我想那位娃妈应该也一样吧。谁愿意背井离乡，离开自己生活多年的城市、多年的朋友呢？是谁没有礼貌呢？

在北上广是外地人，被当地人讨厌，到了四五线城市大理，还是被当地人讨厌。

在大理生活，遇到的很多白族人都很善良淳朴，偶尔遇到彪悍的也不稀奇。

每个人的今生都是前世或者现世的体现。如果一直努力，还很苦，说明福报少；如果一切顺风顺水，说明福报多，要好好珍惜，不然，福报也有用完的一天。

3

接受生活，安于现在，不羡慕别人的生活，也不虚度自己的年华，幸福才会常在。

北上广来到大理的新移民，很多都是为了孩子能呼吸到新鲜的空气，照到明媚的阳光。

在大理挣钱，肯定没有北上广容易。有些北上广家长实在不能来大理，就把孩子放在大理，让爷爷奶奶或姥姥姥爷带。而开客栈和民宿的外地人，看着迎来送往，也就是挣些生活费而已。

生活不易，在哪里都一样。只要是和人打交道的地方，就要修心、修性、修为，才不至于迷茫。

出门在外，客气为主，做个有礼貌的外地人，于人于己都开心！

飘过春节的N个设想，一定要好好的

1

我搬到大理后的第一个春节。

关于如何过这个春节，我设想了很多，想邀请朋友们到大理来玩，然后一起去泸沽湖，初十左右再去趟东南亚，因为大理距东南亚好近啊。

于是很早就开始邀请朋友来大理和泸沽湖玩。我以为我可以带朋友们好好逛逛。

一朋友带孩子如约前来，却被我记错时间，她的五天行程我只能陪她们一天，好在那位朋友本没寄希望于我，她自己安排好了客栈和行程。

她们到大理当天我开始发烧，第二天上午我带娃开车带她们环海，下午到双廊时，我已经两颊烧得绯红，走路打飘。和朋友说明情况，把她们送回客栈，我则赶紧打道回府。卧倒。

2

还有一朋友本来要带三个人和我一起回泸沽湖过春节，有事临时取消。

阿弥陀佛，多亏取消。从2月1日到2月6日，在泸沽湖我一直是生病卧床状态。照顾自己都难，如何去照顾别人？

在春节里，一个个设想陆续破灭。我把已经订好的飞往东南亚机票退掉。

春节在泸沽湖，一直在发烧、退烧、咳嗽之间反复，泸沽湖海拔高，真担心高原反应，再变成肺心病。

在一个下午又开始高烧后，家里人决定带我去打上一个小针。

泸沽湖，医疗条件虽然有些落后，但也有些神奇的乡村医生散落在民间。

于是昏昏沉沉的我被拉着去乡村医生的诊所。2月3日，去当地一个最有名的打针不错的医生那里，大门紧闭，电话联系后说去做客了。又去了另一个医生那里。打完一针，晚上立刻退烧。

没想到2月4日下午又开始发烧，再去找上次打针的医生，不在，也去做客了。又联系一王老中医，打上一针，晚上立刻退去。

2月5日，已经是腊月三十，下午两点以后王医生就不接待病人了，中午赶紧又去打上一针。

来泸沽湖多次，在这里很少生病。这次生病让我体会到一线城市和无线城市生活的最本质区别。

我不知道打的三针退烧针是什么？有否禁忌？我也不知道医生给我的一把药片是些什么药？那些药一起装在一个盒子里，只告诉我一次吃几片。我每天都在吃不知名字的药，连吃了三天。

3

每天爷爷还去山上采来草药，放在小茶缸里在火边煮沸，倒出药汤给我喝。那是我今生喝过最苦的药，喝到最后一口时，哇哇地又吐出来，看到旁边婆婆担心的眼神，不想辜负，重新再喝，喝一口含一口冰糖，把药喝完。

在一线城市不敢生病，因为生病后的医疗费可以让人倾家荡产。

在无线城市是不能生病，生病后除了当地医生简单治疗外，其他的只能交给命运。我本来是个很矫情的人，对医院和医生的选择都极其谨慎，在这海拔高的无线城市发烧，试了所有能治好病的方法，因为我知道不能治好，等待我的就是生命的日渐衰弱。

在山野间，生命的来与去都是自自然然的，没有那么多悲伤或者喜悦。

乡村里的老年人早早把自己的棺材准备好，放在自己睡觉的房间里。他们，有的可能最远只去过丽江，一辈子在儿女、田间、家里灶台间打转，但也是一生。

我们追求的轰轰烈烈的人生，和他们平平淡淡的人生，都是一生。我无法接受他们的人生，就像他们觉得我的人生无法理解一样。

这个春节的热闹是别人的，于我只是躺在床上看着窗外的那三尺蓝天。

生病，让活跃的生命静止下来，好好思考。

初一，得知自己老妈住院的消息，订了初三的机票飞回家乡。

春节，在自己和家人生病间度过，一下子觉得生命好脆弱，脆弱到你一松手，亲人就要飘走似的。

我想要放弃可有可无的友情。当一个朋友很久不联系你时，那你也不必联系啦。生命本已无多，把时间留给值得的人。

我想更加好好地爱自己、爱父母、爱孩子、爱先生，爱对我好的亲人，这些生命里最重要的人。

我想健康之外一切都是浮云，以平常心看淡烦琐之事。好好锻炼身体、好好注重营养。

对很多人重要的事情，对我来说已经不再重要。对自己重要的事情才是最重要。

一定要好好的。

元宵节，去接一只叫汤圆的猫

1

2019年正月十四从大理开车到昆明安宁，订好元宵节一早，去安宁猫舍取猫。

蓝猫死后，发朋友圈，亲人朋友们纷纷发微信关心我，我才知道58赶集淘宝上的自家繁殖、宠物店、花鸟市场、猫厂等都归猫贩子后院一类，另一类是专业的正规猫舍。

在北京家里楼下就有一家专门卖猫的宠物店，首都资源丰富体现在各方面。好在自己是个随遇而安的人，既然选择了大理的蓝天和舒适的气候，就接受现在开车九个小时买猫。

我上次在58上买到的蓝猫可能属于后院猫吧？我开始在网络上找各种所谓正规猫舍，但是几天过去，也是真假难辨，贴吧里也有受骗的人贴出经历。买到一只健康的猫需要运气。

事已至此，只能将错就错，不是说好要赔一只吗？

定位到猫舍，是安宁一新城里比较豪华的洋房小区，门口保安都知道那家猫舍，来买猫的人很多。

下电梯，就闻到了浓烈的猫味，敲门进屋，换上鞋套，孩子捂着鼻子不肯进去，说气味太难闻。

有几只猫迎上来，她才开始往里走。靠墙叠立着许多猫笼，英短、美短、布偶，各色大小猫都关在笼子里，有的大猫刚生下一群小猫，在笼子里享受着短暂的天伦之乐。有的单独一只猫关在笼子里，焦躁地踱步。也是猫国百态。

2

猫舍里猫很多，有一窝刚生下一个月的蓝猫，五六只围绕在猫妈妈身边，甚是可爱。好想抱一只回家。

猫舍主人说："太小，你不容易养活它。"

我说："我从小就养小猫，都是从一个多月开始养，从来没养死过，除了上次从您这里买的那只。不过，以前我养的都是土猫。"自己说着也心虚，因为土猫和国外猫还是有些不一样。

李同学生气地说："不养太小的，害怕再死！"

我说："要么过两个月再来取。"

孩子说："我就要今天带走一只小猫回家。"

又看中几只小猫，合适月份的都已订出去。

说话间，一家三口的心态早被猫舍主人看得一清二楚，自然心里已经有了八九分掌握。

她给我们抱来一只五个月大的美短，李同学和孩子都有些动心，连说："挺好，就是它了。"

唯有我，一直想着养一只和蓝咪一样的小猫。但是，发烧初愈，心气已被烧没。

无缘抱两三个月大的毛茸茸小猫，是种遗憾。但，哪里有那么多十全十美？选择，总是自带缺憾的。

3

　　李同学决定带这只五个月大的美短回家，他不想再开车往返近九个小时，专门到安宁来取猫。

　　猫舍主人抱着猫送我们出来，千叮咛万嘱咐："在路上随它在车里走，不要干涉它。一定要对它小声说话，不要训斥它，它的自尊心很强。给它起个好听的名字。"我们一一答应，我心想：就我这样的猫奴，它才是主子，它不欺负我就阿弥陀佛了。

　　春日的暖风吹过脸颊，猫舍主人站在小区路边依依不舍地和我们，其实是和她的猫告别。

　　开车，上路。小猫惊恐地打量着四周，它并不在车座位上待，直接跳到孩子的脚下，蹲在地上，眼泪汪汪地看着我。我却不忍心看它。它从来没和它妈妈分开过，它不知道未来要发生什么？在猫舍里长到五个月大，还从没看过外面的世界。

　　"妈妈，它吐了。"

　　它的嘴里吐出白色沫子，低垂着头，很无助。

　　我用餐巾纸擦干净小猫的嘴，然后把孩子的夏毯放在我腿上，把小猫放在毯子上，抱着它。

　　给猫舍主人打电话，回复说是小猫晕车了，别担心，会好的。

　　它的眼泪和吐的白沫都粘在我的袖子上，我要不停地用餐巾纸擦，擦完袖子擦小猫，很快，一盒餐巾纸要用完了。

　　"恶心死了。"孩子说。

　　我牢记猫舍主人的告诫，还是满脸微笑地对小猫说着话，告诉它是在去一个新家的路上。

它慢慢放松下来，慢慢竟然不吐了，闭上眼睛，休息，开始有了呼噜声。

4

小猫睡了，我们兴奋地讨论起小猫的名字，孩子不喜欢给它起英文名字，英文名字直接略过。我们起了一堆自然界里的植物名，也觉难听。

起名字，要喜庆、有寓意。

我随手翻开微信，才记起是元宵节。忽然想到了张爱玲的《小团圆》，说叫它小团圆，怎样？孩子喜欢吃汤圆，说叫汤圆才好。其实她还不知道团圆是啥含义。

于是路上开始叫它：小团圆，小名叫圆圆。我想用一文学大师的小说名做它的名字，也够有意义的，再加上元宵节到我家，团圆两字也贴切。

一路小团圆小团圆的，喊着到家。到了家里，突然觉得叫汤圆可能更好玩儿些，顺了孩子的心，于是又改成汤圆。

5

汤圆到了家里，我赶紧给它摆好吃喝用品和厕所。它也不客气，大吃特吃起来。我们看了都很高兴：这只猫可能可以活下来。

看到我对猫的精心照顾，无意中叫了汤圆一个"宝贝"，孩子开始吃醋，跑到我的面前，"不许你叫它宝贝，我才是你的宝贝。"我连忙承认错误，保证不再叫汤圆宝贝。

汤圆到我家两天，孩子和它吃醋已经不下十桩。我很佩服那些二胎妈妈在两个孩子之间的平衡。

一猫一孩我已开始筋疲力尽。

生活真是一场场的戏，以为取回猫就万事大吉，没想到好戏才开始，哪里会有演完的时候呢？

在大理，租院子记

1

从北京搬家到大理，想着应该租个院子住，不能再住公寓。于是，每天一早就出去找房子。看大理各种房子：独栋、联排、公寓、民居，一直想找个合适的老院子自己改造。

特别羡慕别人改造的老院子，一个个破旧古老的院子，在一个个有艺术设计能力的人手里，被改造得焕然一新、浪漫有趣，总会白日做梦地想自己也去改造一个。

去看过一个要转让的老院子。那个老院子是一对艺术家夫妇以每年8000元租下的，因为我要租房子，在豆瓣上的大理租院子里找到的，加了微信约好第二天看院子。

进了院子，先是一只小土狗汪汪叫着跳过来，头上戴着蓝色扎染头巾的院子主人王老师迎上来，他的妻子抱着另一只狗躺在院子中间的躺椅上。

院子四周堆满了沙子、木头，木头上满是灰尘。墙边种着一棵石榴树，据说春天开花、秋天结果时很美。

偏楼已经改造了一半，厨房里有一个大灶台，王老师说他最喜欢大锅和烧柴，厨房的墙面是石头的，他说喜欢石头的古朴感觉，于是把墙上的灰都铲掉了，他只要有时间就自己一点点勾石缝。

以前的牛棚改造成卫生间，化粪池就在卫生间的下面。

厨房的上面一间是王老师的工作室，写字画画的地方，另一间是冥想室，一张大炕占据了冥想室的一半，炕上撑着一顶帐篷。

王老师说他以前喜欢玩户外，所以在家里也喜欢搭帐篷。

整个偏楼的房间都没有安装玻璃窗户，却在外面悬挂了很多花花草草，王老师说再装上玻璃就很好啦！

冥想时，感受着直面而来的苍山洱海的风，一定是别样的感受。

我问王老师："您为何要转让这个院子，不租了呢?"王老师说："我要去种地。"

我津津有味地看着院子，同去的李同学则满脸通红地站在旁边一言不发，后来知道他是因为生气，看我兴致勃勃地看院子，像要租下来的样子。

女儿刚进院子，就召来了王老师家里养的一只姜黄猫，和猫玩是她的专长。

当时院子里场景是：一个在玩狗，一个在玩猫，两个做白日梦的人在谈论老房子改造，一个清醒的人在着急。

改造一个老院子是我的一个梦想。但不是李同学的。回城路上，李同学说他不会去住那个老院子，也不会帮我去改造。

李同学的坚决否定，我的老院子梦，暂时中断。

2

文记酒家文阿姨的女儿帮我联系到一处老院子：每年租金一万

元人民币。文阿姨帮我找了大理当地很有名的风水师一起去看。

开车带着文阿姨，去接风水师。

文阿姨说："我和风水师认识多年，她讲得都很准，当初我三万元租金租下这个餐厅院子时，我很害怕去楼上，她说没事，后来真的就不怕了。咱们接她一起看看院子，容易做决定。"

风水师家住在云上花海，文献楼附近。文阿姨下车去接，我在车上等。

远远地看到她们过来，风水师是个肤色白皙、略微发胖的中年妇女，齐耳短发，背后用少数民族专门背孩子的背带，背着小孙女。

到车上坐下，寒暄问候，出发。

到了湾桥的北甸村口，房主骑摩托车在路口等着我们。

文阿姨说："他们村里的水很好喝，房子前面就有溪水。"我们在村子里七拐八拐，到了一座古老的石头房子面前，停下。不见溪水，只见干了的河沟。

院门上贴着白纸，上面写着出租两字，下面留了联系电话。在大理有很多想租老院子的外地人，年租金一万元人民币，很便宜啦，一直没租出去，可能有些原因？

房东打开院门，风水师抱着孩子站在大门口，竟然一步也不向前走，院门正对着一排南北向二层小楼，屋门紧闭，房东也没有打开门的意思，东西两侧各有两间配房，房顶上长满了黄色的枯草。透着一丝说不上来的凄凉。

这处院子地上高低不平，看见风水师不动，本来想到院子深处看看的想法也停在那里。

"这个院子太荒啦！不安全啊。"风水师终于说出一句话，然后转身走出院门，我们也都跟着出来。

看完这个院子，我找院子的心凉了一半。

回城的路上，风水师说："那个房子和院子都不干净。"

我听完，一身冷汗，心是彻底凉了。心想：多亏请了风水师。便宜出租的院子肯定有这样那样的问题，太贵的院子又觉得不值得。人生自没有完全的便宜可占。

人，真是执着的一种动物，明明可以清净，却要折腾。

放下执着，随喜清净，租院子也要看缘分。

3

看了十几个院子，有的房间太多，不适合小家庭居住，有的太旧，有的适合做客栈，看了张社长家的院子，觉得都是刚刚好。和张社长约时间签了租房合同，大理院子梦终于要实现。

张社长家的房子断断续续盖了一年多。院子坐落在村子中间，院墙外有从苍山上流下的溪水经过，小溪只有一尺宽左右，清澈无比的溪水叮咚从墙外流过。

进院门，左边有个小水池，可以养上几尾鲤鱼，种上几株睡莲。水池的旁边靠近墙角的位置用石头围上，可以种些蔬菜。

进院门的右边，是一个垒高的长条形花坛，我们计划搬过来后种上几株玫瑰花，让它们爬满院墙。

院子是典型的白族院落，除了花坛、水池，院子里还可以停放一辆私家车。大小正合适。

整栋房子共有三层。一层进门是个客厅，客厅再往里走是厨房，厨房旁边是个储藏室。进门右边是一个充满阳光的主卧。

二层上楼梯是客厅，客厅左边是一间主卧，右边两个房间，可以分别给孩子做卧室和游戏室兼书房。

三层有一个大大的露台，可以看苍山洱海，由于房子在村子中心位置，只能看到苍山洱海的一部分，对于我们来说已经知足。

三楼有三个房间，大一些的房间准备给自己当作画室兼书房，可以一整天坐在三楼的画室不闻窗外事。另外两小间房子如果有朋友客人来，可以作为客房。

想到未来几年我们就要在这个院子里生活，很是兴奋。

院子离孩子学校走路十分钟的时间。每天孩子可以走路去学校上学，这可能是我们租下这个院子的最重要原因。

记得自己小时候，在家乡都是走路上学，每天走同样的路，看到的却是不同季节的风景。

"春有百花秋有月，夏有凉风冬有雪。若无闲事挂心头，最是人间好时节。"

现在，社会进步，人们出行都要靠汽车，怀念儿时走路上学的时光，怀念从前。

在院子的生活里，希望能找回慢生活的节奏，像木心先生写的《从前慢》：

> 记得早先少年时
>
> 大家诚诚恳恳
>
> 说一句是一句
>
> 清早上火车站
>
> 长街黑暗无行人
>
> 卖豆浆的小店冒着热气
>
> 从前的日色变得慢
>
> 车，马，邮件都慢
>
> 一生只够爱一个人
>
> 从前的锁也好看
>
> 钥匙精美有样子
>
> 你锁了人家就懂了

打水去

1

幼儿园里为了让孩子喝到纯正的山泉水，家长们每周轮换打水。

轮到我家打水时，送完娃，去厨房拿上几个大大小小空的塑料桶，装在后备厢，去苍山下打水。

为何要打水喝呢？

话说苍山有十九峰十八溪。十九峰，按照从北向南顺序分别为：云弄峰、沧浪峰、五台峰、莲花峰、白云峰、鹤云峰、三阳峰、兰峰、雪人峰、应乐峰、小岑峰、中和峰、龙泉峰、玉局峰、马龙峰、圣应峰、佛顶峰、马耳峰、斜阳峰。

十八溪，从北向南分别为：霞移溪、万花溪、阳溪、茫涌溪、锦溪、灵泉溪、白石溪、双鸳溪、隐仙溪、梅溪、桃溪、中溪、绿玉溪、龙溪、清碧溪、莫残溪、葶蓂（míng）溪、阳南溪。

这十八溪中，有的溪水干涸了，有的溪水还清澈无比，欢快地流淌着，灌溉完土地，最终回到洱海的家。

以前住在苍山脚下的人们都喝溪水。大理的自来水厂把洱海里的水过滤净化后，再输送到千家万户，现在家家户户都喝自来水。

但喝惯了溪水的人，怎能喝得下去自来水呢？

就连我这新来的大理人，也喜欢喝苍山的溪水。

从学校出来不远，拐入一条人烟稀少的柏油马路，向苍山那个溪水驶入。

远远地看见溪水边已经停了两辆车，溪水边放着几十个矿泉水大桶。

2

从山上流下的溪水，先被截流在一个池子里，那个水池长宽各两米、高两米，从水池里接了几个大塑料管下来，一直垂到地面上，方便人们从水管里接水。溪水在水池里停留片刻后，即直奔洱海，洱海就靠着这溪水滋养着，而生活在洱海旁边的人们也都在靠着这溪水呢！

我打水时，间或有一两个人背着背篓上来打水，背篓里放着一个大大的矿泉水桶。今天打水人不多，人多时要排很久的长队。

这让我想起了北京香山脚下的樱桃沟。香山樱桃沟位于卧佛寺西北，也叫植物园樱桃沟，是两山所夹的溪涧，明代于山涧两旁遍植樱桃树，因而得名；如今樱桃树已不复当年盛况，地名却流传下来。

在北京时，去爬香山，总见有些老人家拎着大桶小桶的去樱桃沟打山泉水。樱桃沟泉水曾经清澈甘甜，不逊于杭州虎跑泉，后来山泉断流再无水。

在樱桃沟的山林溪涧旁，还分布了鹿岩精舍、石桧书巢、五华寺遗址、元宝石、退谷亭等胜景，据传曹雪芹晚年落魄京城时，常去那里盘桓，其巨著《红楼梦》原名《石头记》，即受元宝石的启发。

3

暖风清浅中，再不见过往云烟，只留空空感叹。只有在这西南边陲大理，还能看到汩汩流淌的山泉水。

打水，让我在平淡的日子里生出些许感慨，也算是一种修行吧。

人生的有趣，不在于多么轰轰烈烈，就在每日看似平凡的一点一滴里，心渐渐明朗起来。时光易逝，最后只剩山川屹立，溪水长流。有什么放不下、过不去的呢？

这几日的烦恼在打水间隙里竟慢慢消失了。

真希望大理这十八道溪水，会永远流淌下去。

丐帮花子会

离开半个月回到大理的当天，中午李同学到机场接上我，说要带我去三月街附近的一个地方吃饭，很神秘的样子。

我说："今天中午学校规定早接孩子，时间来得及吗？只还有两个多小时。"

他说："来得及。"

五一的大理，214国道堵车堵得厉害。把车停在崇圣寺门前的停车场，李同学拉着我的手就一直往三月街的方向走去。一副胸有成竹的样子。

我问他："去哪里呀？"

他说："我早晨送孩子上幼儿园，看到路边好多做小吃的，我们去那里吃。可以走一路吃一路。"

走了200米的样子，看到有在人行道上搭锅做饭的，家里的大铁锅支在炉火上，把切好的鸡块放在里面炒，旁边盐、油、辣椒各种调料一字排开。一家一家在路边紧挨着，有的已经做完饭，围坐在一起吃。有些在上香、烧纸。

做好的饭不是卖的，好像都是以家庭为单位自己做自己吃。

还有一些老奶奶围成一个圈敲着木鱼在念经。

打听一下，原来是每年一次的花子会。每年农历的三月二十八是大理地区的"花子会",亦是江湖传闻中的"丐帮大会"。

大理"花子会"在古灵鹫山大理苍山下桃溪旁的东岳宫附近举行。

相传这一天,是东岳大帝(统摄亡灵鬼魂的神)的诞辰(另一说是地藏王菩萨诞辰日),阎王会打开地狱之门,放出亡魂让人们祭拜。于是大理的人们相聚到古城北的东岳宫祭奠亡魂、拜佛祭祖。佛念善心,人们相信这一天对乞丐施舍,行善积德会得到很多的福分,于是引来了各地众多的乞丐排队行乞,这就形成了一年一度的"花子会"。

家里如果前一年有人去世,第二年就要背锅扛灶的来花子会上祭祀去世的亲人,要连续来三年才可以。

我们多亏没有去搭讪吃饭。

"花子会"当天,东岳宫附近的街道上人山人海。在路边墙角,数万白族群众在东岳宫附近的路边搭灶做饭,炊烟袅袅。

通往东岳宫的主街道上,都是卖祭祀用品的、写祭表的、念经超度的、做饭的、乞讨的、烧纸祭拜的人,热闹至极。

来自各地的乞丐都聚集在这条街上乞讨,前往东岳庙的人,都已经事先准备好零钱和白米,每个乞丐都施舍一些。

当地人相信,在这一天,在祭祀和超度亡灵之后,再来给这些乞丐进行施舍,就会求得一年的平安幸福。因此,当地人当天都会准备好厚厚的一沓零钱,分发给乞丐。

大理人的乐善好施,导致全国各地的"丐帮弟子"蜂拥而至,犹如丐帮集会,所以当天也被戏称为"丐帮大会"。

各种各样的乞丐沿东岳庙排开,也不挡路,就那样坐在地上等人施舍。也没有其他人驱赶他们,一片祥和。

看来金庸先生《天龙八部》里的丐帮确有出处。

刚回到大理,没想到兴冲冲地赶了个丐帮的集会。

你如果对丐帮花子会感兴趣,记得农历三月二十八到大理,一定要多准备些零钱。

带着一家人去见网友

　　我不是个网络达人，除了利用互联网写作和查资料外，和互联网没有太多交集。在大理，我却又一次带着一家人去见了网友。

　　网友老友是去年到大理后在学校群里互加的，那时我们刚到大理看学校，刚刚报名上学。老友很早就看过学校，因为在广州还有事业，一直没定下来何时搬家到大理。

　　那时我们刚到大理，一片迷茫，老友在私信里给了我很多善意的提醒，让我少走很多弯路，很是难忘。

　　老友父亲前一阵去世，让他觉得当下最重要。这次带妻子孩子到大理再次考察，如果家人都喜欢就举家搬到大理。

　　本来周六我们要请老友一家吃饭，老友说他住的林隐民宿周六有个小聚会，邀请我们去民宿找他。

　　我们一家人带了一些水果，出发。

　　林隐民宿坐落在三塔街上，靠古城不远，远离村落，在耀鹏小区对面。背靠苍山，面向洱海。

　　推开林隐民宿的竹门，几级台阶通向院落，台阶两边逐级而上摆放着一盆盆盛放的鲜花。走上台阶，一个大院落映入眼帘，石子砌成的小路通到民宿门口和院子尽头的草坪，院子里草坪周围分散地摆着一些多肉小景。在草坪上有孩子们在踢球，小朋友很快和他们玩到了一起。

院子左边有一个小门，通向一片竹林。房子正前方的院外是一大片核桃林，站在院子里，洱海近在眼前，真好似世外桃源。

进到房里，左边是一个长条案，上面摆了很多水果和点心，客厅另一边是一个开放大厨房和餐厅，很多人已经在那里忙着准备午餐。

民宿老板卓玛知道我是老友的朋友，说：老友一家出去买东西了。

卓玛主动带我去楼上参观房间，她的民宿一共八间房，我问她多少钱转让过来的，她做出一个痛苦的表情，说："一百多万，不想再提了！"

过了好久，才知道今天是一个华德福三年级男孩的生日聚会。

小男孩和小姨与姨夫生活在大理，他的小姨和姨夫是丁克。

小男孩出生时大脑就没发育好，经历过瘫痪，做过两次开颅手术，现在还有癫痫。父母都在深圳工作，走不开，就让小姨他们把孩子带到大理，轻松的生活学习环境比较有益他的健康。

听男孩的小姨讲着他的故事，看着戴着生日帽笑容灿烂的少年，我的心情一下沉重起来，大理不仅是成年人的疗伤地，也是那些生来就带着痛的孩子们的乐园。

别人都知道我是老友的朋友，我笑着说："网友，还没见过面。"还没见到网友，我已经和网友的朋友们打成一片。

南来北往的人一起说着，笑着，包着饺子。

网友老友带着家人回来时，我们好像已经认识了很久似的。

吃饭，成人一桌，孩子们坐了一桌，把酒言欢。大家到大理的原因都是向往蓝天、阳光、净水。

吃完饭，孩子们立刻小鸟似的跑出去玩，大人们拿起吉他，唱歌、聊天。在大理初夏的阳光照耀下，我们不问过往，不说将来，只是享受此时的绿草蓝天，足矣。

我们都是受过伤的旅人，只希望在这片蓝天下慢慢找到自我，让自己的痛消失，让孩子快乐成长。

见个网友，偶然听到一个伤心的故事，原来在看似平静美好的生活下面，其实是千疮百孔的人生，只是我们一直在努力修复而已。

其实第一次带家人见网友是在波兰华沙。见到了幸福的一家人。

因为自己偶尔会在微博上发照片或文字，一个关注我很久的网友主动联系我，说也在华沙，可以互加个微信。我们就此在微信上认识。

后来，彼此说互相见个面，于是带着家人在华沙一处公园见面。

那天是华沙少有的闷热的一天。我们到得早，后来远远看见一个中国男子一手推着婴儿车，一手拉着一个四五岁的男孩走过来，我想应该是他了。

他虽然身材瘦小，眉宇间却透着精干。身后跟着他的波兰媳妇，中等身材，不是典型的大长腿波兰人，反而有些东方人的气质。

寒暄过后，很快都自报家门。原来他和波兰媳妇是在叙利亚旅行时认识的，波兰媳妇和他在北京婆婆家生活过一年，在美国纽约生活过两年，因为大儿子渐大，想结束漂泊的生活，于是一起回到媳妇华沙娘家。

他工作的公司是世界五百强之一，他又申请到波兰的分公司工作。平常波兰丈母娘帮着带带孩子。

他笑说他媳妇："在北京待着，都被当成新疆人。"

他们一儿一女，旅行中的故事成了幸福的现实。

鲜花情缘

桑诶姆说:"愿以一朵花的姿态行走世间,看得清世间繁杂却不在心中留下痕迹,花开成景花落成诗。"

花之美,美在:美而不自知。因而就尤其喜欢。

在京城时,总去莱太花卉市场买花,莱太花卉市场除了卖世界各地的鲜花,还有各种小宠物、盆栽花,在鸟语花香里,有时间的话逛上一天也不会累。

去年,再去莱太花卉市场时,大门紧闭,说是停业整顿,升级改造。吃了闭门羹,心里空落落的,再也没有一个大型花市让自己左挑右选了。也不知那里现在重新开业了没有。

云南盛产鲜花,作为爱花人,到大理住,自然要问问去哪里买花。

我的美女房东亲自带我去绿玉市场买花,她说绿玉市场里有个卖花的阿姨最好了,她一直在那里买。

卖花的阿姨50多岁的样子,人长得胖嘟嘟,脸被高原紫外线晒得黝黑黝黑的。不说话时仿佛都在笑着,慈眉善目,长得像个菩萨。她不多说话,任你自己在花丛中挑来挑去,看你拿到不新鲜的花时会提醒你一句:"换那束花更好些。"

第一次去,我买了一大把蜡梅和一大束勿忘我。总共才40元,如果在京城怎么也要100元吧。

她的店和她自己实在太朴实，小小的花店，夹在一群卖烧饼、卖菜、卖肉的中间少了些阳春白雪，却多了些生活气息。除了摊位前摆满了插在水桶的花，和旁边卖菜的没有两样。但她的花往往市场才开门不久就能很快卖完。

因为这个花店，一周总要去绿玉市场一次，不买菜时，也想去看看。

有时候，人就是那么奇怪，感觉看顺眼了就什么都顺眼。估计和我有同样想法的人很多，不然为何每次稍微晚到些，花就卖完了呢？

第二次去绿玉市场看那位卖花阿姨时，她还认识我，也不多说话，任凭我自己选花，我选了一大束未开的百合、一束香槟色玫瑰、一束绿色小菊花，阿姨说："你是老客户，熟人，收50元好啦！回去香槟色的玫瑰花和绿色小菊花插在一起最好看，最好你再去捡几个枯枝插在里面。"看似普通的阿姨说出的画面很有艺术美感。

我说："阿姨，我来和您学插花吧？"

她说："你有时间过来，在这里看看，聊聊就行啦。"

我说："好的。"

和卖花阿姨道别，我美滋滋地抱着花，打了一辆出租回家。

开出租的女司机看见我抱着一大捧花，问我："你这些花多少钱？"我告诉她价格后她也吃惊得不得了，直说："好便宜，良心价格。"她住在下关，她说下关的玫瑰花一枝都要10元。她说："以后我也要过去那里买。"我便把卖花阿姨在绿玉市场的位置告诉她。

因一束花我们开心地聊到我下车到家。

人生就是一场接一场的缘分，缘分来了，好好珍惜，缘分去了，好好再见。

我和京城莱太花卉的缘分已尽，和大理卖花阿姨的缘分刚刚开始，至于以后，交给时间。

放弃六十万年薪，到大理追寻自己的田园梦想

佛说：每个人所见所遇到的都早有安排，一切都是缘。缘起缘灭，缘聚缘散，一切都是天意。

我也相信，和丹的遇见也早有安排。

1

丹是我美丽的大理女房东。刚到大理要租房，于是见了各式各样的业主，有外地的，有大理本地的，看了几十套房子后，总有种种的不合适，搞得人身心疲惫、心灰意冷。

中介又来电话说有一套合适的房子刚刚放出来，我们又满怀希望去看。

开门，我们眼前一亮，一个美女跃入眼帘。白白净净的脸上戴着一副大大的墨镜，长长的头发随意地扎成一条麻花辫垂在肩上。穿着黑色镂空长裙，长裙里隐隐透出蓝色的衬底，脚上穿一双黑色高跟鞋。

丹说起话来轻声细语，温柔至极。

在大理，生活闲适，见多了穿着随意、布衣布褂的人，突然见

到一个人打扮如此精致，确实让人眼前一亮。

她先笑着开口："我戴墨镜不是耍酷！因为在学漆画，没想到对大漆过敏，眼睛和脸都肿了，所以戴墨镜。"

还是个很有追求的人，立刻对她心生好感。她的房子也干干净净、艺术气十足，于是当时决定租下她的房子。

2

租了丹的房子，自然来往多了起来。也渐渐知道了她的故事。

丹2003年去丽江和香格里拉玩时，顺便到过大理，在大理待了两晚，对朋友们信口说了句："我要在大理买个房子，以后要住到大理。"没想到一语成谶。

说完这话，丹又回到工作了十多年的公司继续朝九晚五。丹上班的公司是她大学毕业后第一家也是唯一一家公司，她从未跳过槽，在一家公司从一而终。

丹的公司是外企，从事深海勘探开发。丹是公司里第一位员工，陪着公司一起成长为200多人的大公司。公司也从北京的一家发展为几家。丹在北京工作几年后又被调往深圳公司。

到深圳公司上班后，大理一直在丹脑海里念念不忘，于是2009年和她老公一起又到大理旅行。

早晨8点多飞机到大理，从机场到大理古城路上，看着路边的房子，丹说："哇，好漂亮的房子。"出租车司机说："还有更漂亮的呢！"司机直接拿给他们一份楼书，直奔售楼处。

看完房子，走遍世界各地的丹和老公决定在大理买房，在那个小区买下了大理的第一套房子。

2010年又买了第二套房子。后来又在同一个楼盘买了第三套房子。

丹在2009年实现了她的大理梦。她离自己的田园梦越来越近了。

3

在大理买完房子，丹又回到深圳继续上班。

大理的家，牵绊着她在2009年开始做提前退休的准备。

她不想因为自己的辞职给家里人造成经济负担。

她在努力工作之余，多次和同事说："要辞职，要退休去过田园生活。"但是没有人相信，因为丹在公司做高管，税后月收入是五万人民币。工作也没有太多压力。别人在想，放弃六十万年薪，怎么可能?

2016年11月底，丹想去腾冲看银杏，但是不想再以游客身份去。看银杏的计划促使她递了辞职书。开始交接工作时，公司的同事才都信了。

丹辞职，没有告诉父母，因为自己的父母80岁了，还在工作。

丹搬家到大理第二天，妈妈打电话："你还好吗?最近怎样?"母女连心。丹终于对她母亲坦白自己已经辞职。她母亲对丹很失望，母女竟然半年没有说话。后来，母亲来过大理后，也喜欢上了大理，她们才和解。

4

丹说："我很早就想过田园生活。90年代末就在武夷山租过一块五亩的地，租了七十年。本来想在那里做点事情。武夷山景色很美，但不像大理文化更多元些。所以就选择了先在大理生活。"

丹的田园梦从小就埋在心里。

丹从小在城市长大，没有乡下的亲戚。小学时每次寒暑假有的同学都会去农村亲戚家玩，开学后讲很多农村好玩的事情。比如睡在草垛上之类的。再加上丹从小就喜欢看书，喜欢唐诗宋词，喜欢陶渊明的采菊东篱下那种隐居生活。

田园梦想支撑着丹，在公司里一做就是十几年，也说了十几年退休。从二十多岁就是为着田园梦在努力。

丹的田园梦在大理实现。

5

佛说："乐不可极，乐极生悲；欲不可纵，纵欲成灾；酒饮微醉处，花看半开时。"天道忌盈，业不求满。丹深知人生没有完美。

为了田园梦，她和老公选择做丁克。丹说："如果有孩子，我也不会能这么早就实现自我的梦想，可能也不会来大理。"

"财务自由其实很多人都可以做到，过面朝大海，春暖花开的生活，也没有太难。就是取舍。"

为了早日退休，她从开始工作起就在尽自己的全力，虽然一直在一家公司打工，但她把公司当作自己的公司，所以在公司工作十几年，一直是公司的精英人士。

她说自从自己有了退休计划，就再没有买过奢侈品包包之类的，因为知道必须取舍。攒下的钱都为退休做准备，财务自由得之不易。

年薪60万的工作，可能很多人会舍不得，但她最终为了田园梦选择了放弃。

丹说："纠结时，不用致力于反复比较，一定要选出最好的。"

人生就是不断选择取舍的过程，只不过有时会身不由己。心的方向只要是好的，未来也会向好的方向发展。

心态安好，则幸福常存。在这个世界上，没有一劳永逸、完美无缺的选择。不可能同时拥有春花和秋月，不可能同时拥有硕果和繁花。不可能所有的好处都是你的。总要放弃一些什么，然后才可能得到些什么。

接受命运的残缺和悲哀，然后，心平气和。因为，这就是人生。丹实现了自己的田园梦想，她又在计划自己的下一个梦想。

人生难得的是有梦并且勇于去追。实现梦想的路上并不一帆风顺，最重要的是让梦想照耀着你的现实生活，做永远的追梦人，那么你也可以实现自己的梦想。

野百合的春天

到大理前，只听过那首罗大佑的《野百合也有春天》，从不曾亲见野百合的样子。

去绿玉市场买花，看到花丛里一束黯淡的紫红颜色的花，问老板："这是什么花？"老板说："野百合。"

这就是罗大佑为之歌唱的野百合吗？

而我在大理看到的野百合的花很小，不及香水百合的四分之一大，颜色黯淡，未开的花苞一点点缩在一起。叶片也是小小的。

20元一大束，可以插满家里一个大花瓶。怀着好奇，买了一束野百合回家。

把野百合插在餐桌上的花瓶里，等着它开放。

悄悄地，野百合的花苞一点点打开，露出里面橘色的花心，在暗暗的紫红里，那点橘色分外艳丽。野百合花一两天后全部开了，原来小小的一瓶花绽放得圆润起来，没有丝毫香气。

亲民的价格再加上毫不张扬的感觉，慢慢地我开始喜欢买野百合。

罗大佑的《野百合也有春天》应该描写的是一次偶然邂逅的心情："就算你留恋开放在水中娇艳的水仙，别忘了山谷里寂寞的角落里，野百合也有春天。仿佛如同一场梦，我们如此短暂的相逢，你像一阵春风轻轻柔柔，吹入我心中。而今何处是你往日的笑容，记忆中那样熟悉的笑容。"

野百合终究是野百合。

短暂的相逢，变成回忆，还有一支歌可以传唱下来，如若真是把短暂变成了永恒，可能歌的影子都不会再见到，世上又多了对夫妻冤家。

罗大佑的《野百合也有春天》写于1982年，那时应该还有颗懵懂的心，才会写出如此温情的歌曲。

历经世事，哪里还去找轻轻柔柔，轻柔只是象牙塔里的短暂照片吧。

他希望将瞬间变为永恒，但世界上的所有事物都不会是永恒的，每个人的人生都有两条路，一条用心走，叫作梦想；一条用脚走，叫作现实。心走得太慢，现实会苍白；脚走得太慢，梦不会高飞。

人生的精彩，总是心走得很美，而与脚步能合一。这种合一的人生终究在自己的心里。梦想里才有永恒。

后来，又发现北门菜市场外面有老奶奶们在卖鲜花，卖得最多的就是野百合。10元一束。

除了野百合还有一些不名贵的花：豌豆花、小雏菊等等，开在田间地头的花。

有时我送完孩子上幼儿园，回家的路上会去北门菜市场。包着蓝色头巾，穿着石青色上衣的老奶奶们，在菜市场外面一字排开，把带着露水采下的花分成很多份，放在竹子背篓里或者竹篮中，早晨的阳光照在花上，仿佛是舞台中央的聚光，让人有了想把所有花带回家的欲望。

普通的野百合在那堆草花里显得端庄典雅，别有韵味。

所以啊，花有花的归宿，人有人的宿命。山野之花和温室之花没有可比性，鸿儒和白丁也不可能有太多交集，把任何一方放到相反的一方，都会不合适。

春天不是野百合的，野百合有它自己的春天。

在大理，厨余垃圾被当作礼物

去林隐民宿看望朋友。午餐过后，有事情的朋友先走，离开时，民宿主人送给她一大袋中午做饭的厨余垃圾，作为礼物。

送垃圾的不羞愧，接受垃圾的也很轻松，一边接垃圾一边说："每年厨余垃圾产生的有害气体和汽车污染一样多。我带回去做回收利用。"

大理一些外来的移民致力于环保和零垃圾的生活，实际上是应该大力推广的。

大理处理垃圾的方式先进和落后并存，落后体现在村子里还在焚烧垃圾，产生大量二噁英，污染空气；先进体现在很多外来移民人士都在推广环保有机概念。

好消息是2019年上海已经开始垃圾分类，据说因为垃圾分类太复杂有很多人有异议。

我不想反驳那些说垃圾分类复杂的声音，只是想说说我那些关于垃圾的故事。

2017年到瑞典朋友家做客时，朋友教给我们的第一件事就是如何分类垃圾，如何把分好类的垃圾扔到垃圾房不同的收纳箱里。

朋友家洗手池下有三个垃圾桶，好像分别是厨余垃圾、塑料垃圾、其他垃圾，每一样都不能放错。以至于我们每次收拾垃圾都小心翼翼。

朋友家公寓的小区里有间垃圾房，每户有一把钥匙，自己家垃圾要拿下楼放到垃圾房里。打开垃圾房，一切井井有条，闻不到一丝垃圾的味道。一本本叠放整齐的杂志放在一个大回收箱里，洗得干干净净的玻璃瓶子放在另外一个回收玻璃的大箱子里。看到垃圾房的一切，慢慢丢放分类的垃圾竟然也成了我在朋友家暂住时最喜欢的一件事。

朋友带我们去她位于森林里的公婆家时，第一件事也是告诉我们如何分类垃圾，我们刚开始洗碗时她的婆婆站在旁边看着我们如何扔垃圾，搞得人很紧张。

在瑞典森林住，方圆几里没有人烟，但人们的环保意识很强。瑞典是世界上做垃圾分类和回收最好的国家，有百分之九十的垃圾可以回收利用。

瑞典是个美丽、福利好、人文素质比较高的国家，在瑞典旅行期间，垃圾一度让我们很紧张。

我们一家三口，坐飞机从南部斯科纳去斯德哥尔摩时，在机场候机，我丢一个瓶子，扔错了垃圾桶，旁边过来一个中年的瑞典人，指着扔进瓶子的垃圾桶，又指了下旁边的垃圾桶，我知道自己扔错了，于是把手伸进垃圾桶，摸出我扔的瓶子，放到旁边的垃圾桶里，那个人才转身离开。

从那以后，在瑞典的日子，扔垃圾总是很慎重，千万不能放错。

瑞典从20世纪开始，花费了一代人的时间去解决垃圾分类和垃圾回收的问题。在瑞典20多天时间里，无论在首都、城镇、乡村，都是鸟语花香，从没见过垃圾死角。

我们能参与并成为中国第一代分类垃圾的人，应该感到自豪才是。

从瑞典回国后，我和李同学一度不敢扔垃圾，觉得没有把垃圾分类，扔到小区大的垃圾桶里，是种罪过，觉得自己也是破坏环境的一分子。想做垃圾分类，没有大的环境，破坏也成了很自然的事情。

总以为做好垃圾分类，才意味着一个社会真正的文明。这促使我们一家人再次去往欧洲的波兰。

在波兰旅居时，小区里都有一间垃圾房，也有垃圾分类，虽不像瑞典那样严谨而细致，但也是将纸张、塑料、厨余、玻璃按照种类分门别类，整齐有序。

欧洲一方面很注重垃圾分类，另一方面又酷爱喝瓶装水，制造了大量塑料垃圾。

咱国人随身带保温杯的传统，其实也应在全世界范围发扬光大。

回国后，垃圾随意放到垃圾桶，看上去很轻松，心情却无比沉重起来。好在，现在国家已经率先在大城市开始做垃圾分类。

环太平洋垃圾带，面积已超过139万平方公里，是台湾岛的39倍。垃圾主要集中在日本暖流和加利福尼亚寒流两处。多数的塑料垃圾来源于陆地上的废弃物，其余则来自于船舶垃圾、海洋倾废、海岸工程和海上事故。仅在美国，每小时就有250万个塑料瓶被扔掉！

中国，确实已经越来越强大，不仅发展经济，而且已经开始推广并严格执行垃圾分类，从自我做起，减少垃圾，做好分类，给地球减轻一些负担，想想就是一件让人兴奋的事。

沙溪古镇

未到大理定居之前，就听闻大理的沙溪古镇是个幽静、古老的地方。利用端午节小长假，终于如愿到了沙溪。

为了不改变主意，早早在网上订好一个靠近停车场的客栈。客栈小小的院子里种满了天竺葵。老板是一个湖南女孩，因为喜欢清静躲到沙溪开了一个客栈。

沙溪有很多客栈，即使端午节假期也没太多客人，很多家都打出特价招牌，所以，大可不必网上提前订，可以到了看看房间自己订，应该也很合适。

从大理古城去沙溪，大概需要两个多小时的车程，前半段路走214国道和大丽高速，路还好走，进入剑川后，就开始走盘山路，很有些丽江到泸沽湖那段山路十八弯的感觉。看着一个又一个的拐弯，头开始晕起来。

对沙溪美好的憧憬变成了抱怨，我嘟嘟囔囔地对李同学说："这个地方可能只会来一次吧？路太难走了。"

听着导航还有十多公里，车爬升到山顶时，从两座大山的缝隙里闪现了一片绿茵茵、阳光普照，有灰色屋顶的地方，仿佛一片世外桃源，我喊了一声："那就是沙溪吧？"拿出手机刚想拍照，车子已经下山，那一线风景转瞬即过。

那就是沙溪了，我们车子一路下山，开进了群山环绕之中的一大片坝子里。导航显示已经快到沙溪了。

沙溪，是个古老、游客稀少的小镇。停车场空荡荡的，没有几辆车。路上游客稀少。

沙溪是一个历史悠久的千年古镇，上可追溯到2400多年前春秋战国时期。唐宋时期，沙溪因其处在南诏、大理国通往沙登菁、石钟山石窟的必经之地，是唐和吐蕃经济、文化交流古道上的一个盛极一时的陆路码头。

我们放下行李，就直奔四方街。寺登四方街是一个集中了寺庙、古戏台、商铺、马店在一起的地方。开阔的红砂石板街面，是一个集百年古树、古巷道、寨门于一身、功能齐备的千年古集市。被世界纪念性建筑基金会专家们誉为"茶马古道上唯一幸存的古集市"！

还没到四方街，就听到古乐的声音，看过攻略，下午2：30至3：00开始在兴教寺有免费的洞经古乐演出。

兴教寺建于明永乐十三年，已有近600年的历史。它是我国目前保存规模最大、最典型、最有代表性的佛教密宗"阿吒力"寺院。兴教寺门票一张10元，买完门票，直奔音乐赶去。

演出已经开始，演出者坐在大殿门前，观众就坐在正对大殿门口的大核桃树下的长板凳上。有十多位观众已经坐在那里了，我们赶紧坐下。

坐在我前面的是个中年外国母亲，带着一男一女两个孩子，看上去女孩子八九岁，男孩子五六岁的样子。

台上演奏的老人们最年轻的60多岁，年纪最大的80多岁。都是土生土长的当地农民，因为喜欢音乐走到了一起。只凭外貌是看不出一点农民的样子的。他们演奏的洞经古乐面临着后继无人的困境。

不知再晚几年来沙溪，是否还能听到洞经古乐？

从兴教寺出来，就是四方街，古戏台矗立在那里，看着日升月移的变化。

沿四方街下去，就是那窄窄的巷子直通寨门。两边是各种古朴的小店。不像丽江或者大理那样躁动，店铺透着一种静气。

在沙溪街上走走、转转，人都变得安静下来。

沿着四方街一直下去，就是古寨门了。

寨门的外面，便是黑惠河，当地人也叫作"黑惠江"。这条最宽处仅有20多米的河流，绕着沙溪古镇而过，河上一座名叫"玉津桥"的青砖古桥，横跨在黑惠河上。

沙溪古镇上看到的年轻人基本都是游客，只剩下中老年在这里留守。年轻人都到外面世界看风景，我们要跋山涉水到这里来看风景。

到沙溪古镇，一定要去石宝山，但要避开纯洁的初一和十五，因为那里是当地人朝拜的圣地。

从沙溪去石宝山开车大约20分钟。到了石宝山，还未进山门，就看见一群猴子在停车场上要吃的。石宝山门票45元。整个石宝山景区由海居寺、宝相寺和石钟山石窟组成。其中石钟山石窟被誉为南方丝绸之路上的敦煌。整个景区占地30平方公里。

景区有观光车，15分钟一班，往返车票每人40元。我们选择坐观光车。

观光车售票处附近的树上、路上全是猴子。它们成群结队地在路上转悠，俨然是个猴子的世界。据说整个景区有400多只猴子。

售票员告诉我们："它们都是野生猴子，不要喂就不会有事情。"

小猴子最可爱，长得像小猫大小，一举一动都萌萌的。

在整个景区期间，身边一直有猴子相伴，孩子们最欢喜！

我们选择由远而近的观光。先去石钟山石窟，在石窟后面的一块大岩石上有唐宋时期的岩彩壁画，由于年代久远，风吹雨淋，壁画的颜色大部分脱落，只留下衣服上的石青石绿。

石钟山石窟凿在岩壁里，岩石凹进去的地方凿成屋顶，塑像面对着远处的群山和峡谷，旁边只有一条窄窄的小路通向山顶。塑像完成于唐、宋、元、明期间，很好地反映了当时南诏和大理国的王室风貌。

但如若和敦煌石窟比，无论从石窟规模，还是绘画艺术方面都差了些。可能从历史价值上地位相当吧。

从石钟山石窟下来，坐车去宝相寺，宝相寺也叫悬空寺，寺庙建在高高的岩壁上。宝相寺最初建于宋代晚期，现存寺庙为清代建筑。

宝相寺依峭壁而筑，殿堂嵌镶在悬崖之上，寺阁亭台由栈道相连，飞阁流丹，如悬虚空，所以又名悬空寺。从山脚到金顶寺，要登数千级石阶。徐霞客在他的游记中写道："惟仰见其上，盘崖层叠，云回嶂涌，如芙蓉十二楼，令人眩目心骇。"

在宝相寺后人们特意修建一尊徐霞客雕像，纪念徐霞客不远万里参访宝相寺。

我们现在坐着汽车上山观景，已经累得人仰马翻，试想当年徐霞客凭自己的双脚走遍这里，又需要何等的毅力呢？

在宝相寺附近也有很多猴子，有一只猴子在去寺里的路中间等着，好像无儿无女似的，我们看它孤寂可怜，拿了一些花生远远地扔给它，它把花生从草丛里一个个捡起，剥了花生皮，把花生放到嘴里。

吃完那些，还跟着我们，快到寺门时，一棵大树上有个松鼠窝，李同学又拿出些花生准备喂给松鼠，结果被跟着我们的那只猴子抢到，它边吃边赶松鼠，松鼠则飞快地蹿到树上。

动物世界的弱肉强食、优胜劣汰每天都在活生生地上演，真实而残酷。生而为人，即使活得再辛苦，也是有那么一丝丝幸福的。

宝相寺前看到一只悠闲、面相和善的猴子，它不追人要东西，就坐在那里用温柔的眼神看着你，可能听经学法久了，有些猴子也开悟，生了些智慧呢？

又到海舌公园

1

大理沿洱海边有很多免费的湿地公园，海舌公园是其中之一。

海舌公园坐落在一个半岛上，因为小岛形状像条舌头，又靠近海边，所以叫海舌公园。它是三面环海的优美半岛，树木丛生。

海舌生态公园位于洱海西岸，距离喜洲大约3到4公里，是一处延伸到洱海中的狭长半岛。岛上风光原始，可以看到大片的树木和长长的蒿草，半岛深处的洱海也异常清澈蔚蓝。

但海舌公园不是大理网红打卡地。

2

古城里有一家现场开活蚌取珍珠的店，有时带孩子经过那家店孩子总对开活蚌取珍珠充满了好奇。买一个活蚌，里面的珍珠全部归你。孩子总想着开一次能得到几颗珍珠，但我总觉太残忍，每次，都是牵着她的手匆匆而过。

因为清明小长假去海舌公园捡过一次贝壳，孩子立刻把贝壳和珍珠联想到一起，总闹着要去海舌公园捡贝壳，找珍珠。还要和好朋友玖一起去。

于是和玖父母约好一起去海舌公园。中午在公园里野餐。

我家准备了金枪鱼三明治和蓝莓。玖爸打开车的后备厢，取出一个大煮饭锅，说是一锅米线，然后又拿出一个保温桶，说是粥；又拿出一个大竹篮，里面是各种米线调料还有碗和筷子。又拿出两个草编坐垫，还有一个防潮垫。

我说："你们要把整个家搬过来吗？带这么多东西。我们只背了一个双肩包。"

玖妈说："我们两个都喜欢带东西。"不像野餐，倒像是来过日子的。五个大人每个人手里都拿着满满的东西，正愁如何走过去海边长长的那条路呢？一个马车夫过来，问我们是否坐马车，20元一辆马车，送到公园门口。坐上马车，出发。

3

下了马车，走过一条两边摆满小吃摊的街道。其中最引人注目的是一个外国帅哥开的卖咖啡的摊位。摊主是很帅气的年轻外国男孩，一口流利的中国话，当你问他来中国多久时，他会指指旁边。

转到小车旁边，上面中文字写着"来自阿根廷，来中国六年，不认识巴乔，不喜欢足球，目前单身。"他旁边有个相貌普通的中国姑娘做他的助手，只管帮忙，却不收钱。

大理就是这么一个多元化的地方，气候好到很多老外宁愿摆小摊也要生活在这里。

到洱海边，在一棵大树下铺好防潮垫，两个孩子已经迫不及待地要下水捞贝壳了。李同学看着心里也发痒，也下了水。

我只有小学时去水里玩过一次，再没下过河里玩，看他们玩得开心，坐在岸边的我也心动起来，挽起裤腿，也下了洱海。

4

洱海的水暖暖的，浸在水里舒服极了。我对女儿说："你现在好幸福，妈妈小时候去水里玩，差点儿被外婆打一顿。"女儿却不以为然，好像没听见似的。

我也无所谓，因为儿时的记忆已经释放，终于可以去水里随便玩，没人管自己了。

水草上有一些红色像花的东西，在绿色的水草里显得分外艳丽，玖妈妈说："那不是花，是福寿螺的虫卵。"玖爸爸说："那是一种外来入侵物种，在洱海边繁殖得很快。"

孩子们刚开始在水里玩，还在找珍珠，玩着玩着就开始只是在玩水，忘记珍珠那回事了。

孩子最是活在当下的，不然为何称孩子都是灵性的天使呢？

公园里都是走马观花的游客，只有我们或在玩水，或在垫子上睡觉、发呆、看书。

每个地方只有停留下来，细细品味，才会发现它的美。就像一个看似外貌普通的姑娘，接触久了，就发现她独特的内在美了。

远方除了遥远还有什么？

1

从北京搬到几千公里外的大理，不是最远的。大理还有跨越四千多公里从黑龙江搬来的家庭，更有很多欧洲人，比如荷兰人、法国人、英国人携家人定居在大理。

大家都对遥远的远方充满了向往，可是远方除了遥远还有什么呢？远方除了遥远其实什么也没有，和地球上每一个地方都一样。

热闹的古城去上几十趟后，再没有了新鲜感；好吃的鲜花饼每天吃，也有吃够的时候；四季街市每周去一两次，觉得越来越不好玩儿；在一个地方生活久了，美好的东西渐渐沉下去，那些见不得阳光的事情开始浮出水面。

不经意间在二手群里看到楼下邻居正在甩卖家具家电，我私信她："要搬家了吗？"她说："是的。"

她家也是2018年年底才从石家庄搬到大理，她家一楼，我家二楼。为啥她家这样快就要搬了？

我私信她："请帮我留一下家电吧，我接完孩子回家去你家看看，我想买来用。"因为我也准备搬家了。

去她家看家电时，家里一片狼藉，搬家在即的样子。问她："为何搬？"她说："我家里晚上进过小偷，当时我们都在家，睡觉时忘记关后门。早晨本来想给孩子做前晚刚买到的烤鸭，结果厨房里的烤鸭没有了。"

在大理炽热的阳光下，我听得毛骨悚然。她接着讲："我后来在群里问大家，住在这里时间久的人说家里也总会丢吃的，好像小区里有个变态的人，专门半夜去别人家偷吃的。最近小区里有几家一楼二楼都被偷了。我们准备搬到三楼去住。"

没想到这么美丽的地方，有这样的小贼。

2

我在北京住了十几年，从没听说过自己小区里有被盗的事情。北京摄像头很多，天网恢恢，很能震慑不法分子。

在大理刚住了半年，就听说了这种事情，还是在自家楼下发生的，看来以前自己丢个快递都不算事。

这个号称大理绿化最好的小区，不知用金玉其外蒙蔽住多少像我们这样一头扎入大理的外地人，大家被它外表的高大上所吸引，但再美丽的外表也有卸妆的时候。

此时，终于明白了为啥那些在小区里，自己有独栋别墅或者联排别墅的大理移民，租掉自己小区里的房子，去村子里租院子了！

在大理山山水水间生活，淳朴自然的感觉多，也就多了些人心的随意流动，美丑随意。

生活里的美、丑就像一幅画，一出舞台上的戏剧，美到极致时，丑也到极致。

事情看多了，对美丽景色后隐藏的黑夜，竟然有了一丝丝恐惧。

3

大理，气候、环境、风景都独具魅力，更因大理的新移民们的到来，也随之吸引了更多来旅行的人。

几位朋友聊天，一位做客栈的南京朋友无奈地说："自从我开了客栈，朋友的朋友的朋友都来大理找我玩。"

我问她："你怎么收费呢？"

她说："朋友不收费，朋友的朋友也不收费，最可气的还要开车陪他们玩。后来我把自己的车卖掉，他们只能自己去玩。"

旁边一位曾经开过客栈的朋友点头表示同意，"所以，我把客栈转让掉了，嫌麻烦。"

在大理生活，本来都想过闭世的日子，没想到结果是烦恼不减，喜悦不增！

红尘里的生活样样是考验，样样是修行，剪不断，理也乱！

4

人人都有颗驿动的心，向往着去远方，远方有美丽的风景、有神秘，可能还有位好姑娘在等你，为何没有想到远方也有危险、也有孤立无助的时候呢？

西南边陲的大理也不是世外桃源。

无论生活在哪里，生命本身都是一场水乳相融的爱与恨、悲与喜、宁静与喧闹、宽阔与狭隘在心地中的较量。烦恼在心，世外桃源也在心，心中有山水，处处都是桃花源。

　　所谓的岁月静好，诗和远方在哪里呢？不在遥远的地方，都在自己的心里。珍惜当下的自己与生活，就是远方。

谁不想开个面朝大海的客栈呢？

很多人都向往着有所自己的房子，面朝大海、春暖花开。

在大理洱海边那2000家海景客栈的老板，可能都是心怀诗与远方，但是在保护洱海的行动中，2000家客栈几日被夷为平地。

很多人的客栈梦，断在洱海。

即使如此，也阻止不了一颗颗热切地想开客栈的心。

对于久居城市的人来说，开一间自己的客栈是一个美丽的梦：院子里种满花花草草，一角砌个水池，养上几条金鱼，再搭一座小小的桥，连接着花园和房间。在客栈各处摆上鲜花，几本书，没客人的时候，拿本书在摇椅上摇啊摇，温顺的英短猫圆子跳到你的腿上，舒服地打着呼噜睡去，那只心爱的拉布拉多趴在你的脚边，时刻等着你的召唤。

实际的画面是：每天你忙着招呼客人，还要换洗床单，打扫卫生，那个摇椅几乎都没有时间去坐，喜欢旅行的你已经忘记有多久没出去过了。

很多开客栈的朋友说："开了客栈哪里也去不成了。"

自己的客栈梦也是一直在，几年前在泸沽湖边建了一个13间客房的客栈，终究没时间自己打理，梦想让步于现实，转租给别人。

客栈投资看似风险极小，实则里面充满了各种不确定性。

如果自己投资建一座客栈，计划一两百万就可以完成，可能刚刚够做完土建，装修还没做，预算就花完啦。不建了可以吗？不行，房东给你抓回来。

有一外地人在泸沽湖投资盖客栈，盖到一半，钱花光，想不履行合同选择半夜跑路，房东召集乡亲们去追。进出泸沽湖的路只有两条，一条是云南宁蒗方向，一条是四川盐源方向。

在黑漆漆的夜里，乡亲们在路口拦截到那位跑路的外地投资者，把他截回村子，请上村里有权威的人一起劝他：有事好好商量，不能把烂摊子放在那里。

至于后来双方谈得怎样，不得而知。

我们一家到大理定居后，小朋友家长里很多是开客栈的，于是知道了在大理接手一家成熟的客栈，一定是有转让费的，少则百八十万，多则四五百万。

有时聊天，问朋友们："开客栈挣钱吗？"朋友们都说："先挣回租金和转让费吧，再说挣钱的事。"大理有5000家有牌照的客栈和民宿，加上没牌的应该有一万多家，这么多客栈，经营如果没有特色，赢利也很难。

从城市到大理定居的人，开客栈的居多，以至于自己去报名瑜伽班，上课时间都要看客栈老板娘们的时间。

有时，自己也在想是否再开间客栈呢？满足一下自己的情怀。

有时间总会流连在豆瓣，大理租院子的圈子，看那些要转让的老院子，但只看过一处院子就被李同学和孩子否定了，为此写过一篇《老院子记》，只能把梦想埋在土里，等着哪天生根发芽。

梦里开间客栈是美好，现实中开间客栈，梦碎了，落得满地鸡毛蒜皮。

你还想开客栈吗？

第六章

三生

三年不同国家和地区的生活，让我更加珍惜现在的每一分时光。

　　三年时间，带着家人跨越上万公里体验不同的生活，终于又回到这片土地。

　　三年的生活，仿佛过了三生，但无论在哪里，那些最珍贵的感情一直牵绊着自己，成就了自己。

我的男神老爸和女汉子妈妈

我的老爸85岁，他是我心目中永远的男神。

1

我老爸年轻时非常帅，三观正，五官端正。

老爸是山东掖县人，小学没毕业时，就跟着解放军离开了山东老家，他说那时还没有马高，当通信员。小时候的老爸一双大眼睛很是精神，讨人喜欢。基本上没太吃苦，就解放了。

军队到了青岛，可以安排转业到地方，当时有两个选择，一个是留在青岛，另外也可以去北京。贪玩的老爸看书上讲北京有北海和什刹海，他想北京是首都，还有大海，他选择去北京工作。他以为北海是真的大海，没想到是一个水洼。

他被直接分配到北京的一个机关。

年轻的老爸不仅贪玩而且贪吃，他说每月发了工资就去买冰激凌吃。看见有什么好吃的无论多贵都要去尝尝。

老爸这个贪吃的毛病倒成全了我们，我们小时候他总是变着法子给我们做各种好吃的，尤其是过节的时候，他做的好吃的东西都吃不完。只要我们想吃什么，说给老爸，他一定能给我们做着吃。

2

老爸是典型的山东人性格，耿直、心直口快，眼里揉不得沙子，不为五斗米折腰。因为他耿直的性格，把本来可以在北京过一个平淡而幸福的人生，硬生生地过成了一个激荡起伏。

该遇到的运动一个都没少经历，母亲也跟着他吃了很多苦。但是有了我们姊妹三人后，一家人苦中作乐，也算美好！

在北京工作时，有一次在山东的奶奶生重病，老爸想请假回山东看奶奶，但他的领导不准假，爸爸就和领导着急了，说了几句重话，不想就此被那位领导怀恨在心，后来赶上五八年反右，年轻的老爸没有戴帽被下放到河北容城，他们一共下去10个人，户口关系和人统统一起下去，再没人理。

可怜的老爸在北京没待几年就离开了，唯一的收获是认识了身为同事的妈妈。

我妈妈是土生土长的北京人，我老爸下放时他们还没有结婚，几年后，我妈妈卷着铺盖从整天穿着布拉吉的北京，去了只能穿黑衣黑裤的小县城和我老爸结婚。

到县城后，老爸工作还算顺利，但是山东人的性格时时冒出来一下，有些不讨喜，分给他的工作总是又苦又累的，但他说没关系，每天还是乐呵呵的。

后来有机会调回北京原单位，但是老爸不求人，人家也懒得理他，就不了了之。

在我们成长过程中，他的有些老朋友了解他的性格，想帮他调回去，又因为抽调过程中小人作梗，全都没有成功，在小县城里生活，万事不求人，倒也逍遥快活。

3

老爸经历了很多运动，受过很多苦，但他好像从没有悲观过。

他没上过太多学，从开始工作就上单位组织的各种学习班，不放过每个学习机会。讲起天文、历史、文学也是头头是道，他喜欢买书看书。虽然他只有小学肄业，但别人看他谈吐举止总把他当作大学教授。

老爸鼓励我们追求自己的人生，只要我们想做的，他一定会在各方面支持我们。

1997年，大学毕业第一年后，我想自己做服装生意，没有本金，我就游说我老爸给我投资，我和他讲了我的商业计划，多久可以收回投资，再加上当时有在服装公司工作过的经验，我向他保证我肯定不会赔。

老爸笑着听我说完，问我需要多少钱，我说一万人民币，老爸第二天就给我一万本金让我自己去做生意。但关于筹钱的难处他却没有和我说一句。

我折腾服装到最大时也有三四个店，但是关于发展方向和合伙人有争议，我选择分了一大堆衣服提前退出，后来那些衣服送人加上自己穿好几年才消化掉。

但这件事老爸后来没有再提，只是说"自己做生意是件不简单的事，以后要慎重考虑"。从那以后我开始踏踏实实打工，直至再次有了非常合适的条件才自己做公司。

我的老爸是我做生意的第一个天使投资人。

4

我老爸很帅，一定少不了追求的人。

确实如此，在我们那个小县城，妈妈的许多朋友最喜欢去我家串门，为的是也借机和我老爸聊会儿天。

但老爸总是让我妈妈来陪朋友，在他心目中，我妈妈为他付出了很多，他就要为我妈妈一生负责，对她好。

长相英俊的老爸一生没有绯闻。

我们成年后他也给我们讲了许多当年别人追求他的段子，我们听得咋舌，我妈妈则淡定地坐在一边，处事不惊的样子，可能我老爸给她讲了很多次了。

喜欢一个人而做出疯狂举动是不分年代的。

老爸说他刚一个人下放到县城时，我妈还没到县城，他一个人住单身宿舍，有的女同事就坐在他宿舍聊天，很晚也不走，老爸就只能赶人家走。

还有人过来给他做饭，做好的饭我老爸不敢吃，让人家端走。因为当地习俗是吃了女人做的饭，那个女人就是你的了。

我的老爸70多岁时，新搬来的邻居阿姨喜欢上了他。

那时春节我放假回家，邻居阿姨到我家串门，进来就靠近我老爸坐下，和我爸东聊一句、西聊一句，我老爸只是看电视也不回应，我妈妈坐在旁边织毛衣。我看见气氛不对，赶紧躲开到别的房间了。待了一会儿，那位阿姨觉得无趣，自己走了。

我问老爸："她喜欢你吧？"老爸嘿嘿一乐不回答。

5

有句古话"父母在不远游"，但是我却在老爸80多岁高龄时带着老公孩子远走欧洲。

决定了去欧洲，考虑很久后，说给老爸听。

老爸说："去吧，你一直想出去看看，如果机会好，你也想清楚了，就去吧，不要担心我们。我和你妈身体都很好，如果年轻几岁我都想出去看看呢。"

没有阻拦、没有惯常的悲伤。

我老爸是个闲云野鹤式的人，他很爱旅游，退休后和我妈妈两个人去了除西藏和新疆外的国内大部分省市。

在他们70多岁时，我陪他们去九寨沟、黄龙、松潘古城。老爸竟然没有什么高原反应。他像个孩子似的玩得很开心。

他喜欢山水间的诗情画意，喜欢探索未知的世界，也不阻拦我们去探索。他从不把自己的意愿强加给我们。

老爸是男神，我的老妈则是敢作敢为的女汉子。

6

我妈妈姓石，她和老爸的爱情并不一帆风顺。

我老妈出生于北京海淀，由于家里大嫂掌家，不让她继续读书，小学毕业就去报考国家机关，一举考中。我老爸正巧从军队转业到了同一个单位。

老爸年轻英俊，喜欢运动等各类新鲜事物，再加上1.78米的山东大汉身高，很快成了机关篮球队的主力。不仅如此，还多才多艺，是个不折不扣的文艺青年，自然在机关里引来一群年轻女孩的注目。

话说那时新中国刚刚成立不久，一切欣欣向荣，帝都更是金光灿灿，来自五湖四海的年轻人们不仅沉浸在新中国建立的喜悦中，在快乐的氛围里春心也跟着萌动。

别的女孩子找各种借口去篮球场看那个生先生投篮抢球。唯有我老妈要钻研自己的业务，毕竟北京女孩，啥没见过，根本没把山东的外地男放在眼里。

后来，老爸回忆说：“就是当时机关里的女孩都关注我，唯独长得不太漂亮的石女士每次看都不看我一眼，我就觉得这个女孩有意思，立刻把她锁定成目标。但其实最重要的是我发现你妈妈很朴实和善良。”

一来二去，慢慢就处成朋友。当朋友，自然要过父母关。

妈妈的妈妈是个远近闻名的厉害小脚老太。我老妈仗着我老爸长得帅，直接把他带回家准备把老太太电晕，谁知老太太阅人无数不吃这一套。

老太太听说生先生家是外地的，立刻表示反对，说：“万一你把我女儿带到外地怎么办？不行，你俩的事我不同意。”

后来真被老人说中了。

此时姑娘的翅膀硬了，哪里还听得进去。回到单位两人还是照旧。先生下次再去老太太家直接把自己当成女婿，又帮做饭，又帮扫地的，勤快得很，再加上嘴又甜，老太太慢慢默许了。

北京户口从刚开始解放时就很值钱，后辈为啥没吸取教训呢？

7

好景不长。在工作上我老爸心直口快，得罪了领导，借机把他发配到河北徐水，一批下去的全是单位里的刺儿头，刺难拔，又扎人，索性让他们滚得远点。

说是北京疏散人口，下去劳动一阵就回来。热血青年全都相信了，高高兴兴下去了，就再没人管。

那时已经开始进入困难时期，在北京吃喝供应都比较充足，到了外地我老爸开始挨饿，没有吃过一次饱饭。

一次单位厨房大师傅剩下一大盆稀粥，问谁能喝下就白喝，不要粮票，大小伙子们面面相觑，都不敢动。山东人老爸大喝一声"我来"，一盆粥下肚，惊呆众人，粮票免，喝粥的故事也成了老爸光荣的历史，代代相传。

喝粥的事自然也说给我老妈听，连帝都都没出过的小姑娘听得泪眼婆娑，待去看了县城的条件更是伤心。

北京领导想把我老爸调到县城，老妈该收心了吧？

但见我老妈每月去趟县城看老爸，自然不愿意，开始在工作中刁难她，没想到我老妈是个执着的人，还是每月带些好吃的固定去县城看老爸。

领导和老妈摊牌："你干脆去县城找你的男友吧？"

老妈是个烈性的人："去就去，谁怕谁啊。"于是我家老妈也卷着铺盖带着北京户口到县城单位报到。

多年后，我们问她："您在北京自己待些年，赖着不去县城，我们能在北京上学，起跑线比在县城里好多了。好多夫妻是两地分居熬过那个年代的，你们为啥不熬熬呢？"

我老妈说："我担心你们老爸熬不过去，小县城里条件太艰苦，刚下去时，房间里只有一个床板。一起下去的10个人里有一个人觉得回帝无望就自杀了。害怕你爸想不开。"

8

他们在小县城就此扎根，像小鸟筑巢一样慢慢搭起了自己的小窝。

生活中柴米油盐，少不得磕磕绊绊，但也相依为命，抱团取暖。他们有了三个貌美如花的女儿。

老妈四十多岁时在市里医院检查出了乳腺有肿块，医院怀疑是恶性的，强行让她住院。

老妈住院对于这个家庭来说天要塌了。大女儿刚工作，二女儿刚上大学，小女儿才上初中，她最不放心的就是最小的我，万一自己活不了几天，这个最小的女儿怎么办啊？

老妈想追求我老爸的人那么多，他又英俊年轻，肯定会再婚的，万一找个刁钻的后妈自己即使死了也不瞑目啊。

老妈的这些心理活动都是等我长大后才告诉我的。

老妈生病住院，老爸去医院照顾，家里没人照顾上初中的我，亲戚们没有一个在身边。

他们找了以前租房的房东来家里照顾孩子，房东守寡多年，一儿两女，一儿一女已婚，小女儿和我同岁，小时候一起长大的伙伴。

老妈生病住院不能去看，没心没肺的我也没闹着去看她，就是老爸每次胡子拉碴地回趟家拿些东西就走，我也没放在心上，只知道妈妈生病住院了。

房东阿姨每天做饭照顾我，还有小伙伴一起玩，也很开心。我不知道妈妈可能永远回不了家了。

好在吉人天相，老妈是良性乳腺肿瘤，切除休养一段就回家了。

后来说起这段生死考验，老妈说自己做好了死的准备，也已经对老爸做了后事交代，如果是恶性肿瘤先生只能和房东阿姨结婚，因为她了解房东阿姨，人非常善良、贤惠，肯定会对小女儿好。

经历过生死的考验，他们两个已经把对方渗透进生命里。

9

我老爸看似强壮，但由于年轻时运动过量和劳动损伤，身体的报复在60岁后全出现了。

他70多岁时，冒着心脏病和高血压并发的危险，做了腰椎间盘手术，在病床上躺了一个多月。

从那以后，老妈遵医嘱再也不让老爸背双肩包，两个人一起出门总是为个双肩包抢上一阵子。

山东人老爸有点大男子主义，哪里受得了让老妈背包，背包之争持续了十年，每次老妈赢得多些。

现在，80多岁的老爸和老妈自己生活在县城里，自己买菜、做饭，还继续沉浸在他们美好的二人世界里，享受岁月静好。

我们有时开玩笑逗老妈："老爸那么帅，你以前不担心被别人抢走吗？"

老妈自信地说："我倒没觉得他有多帅，就是人好，再说别人也抢不走。他胆小得很。"

80多岁的他们说得最多的一句话就是："这一生，我们已经很满足了。"

父母辈的爱情是我们生活里最好的样本，把平凡苦难的日子过得心花怒放，胜过了所有的宣讲。

爸爸给我们折腾出新年的模样

儿时的新年，慢慢消失在岁月里，已有些模糊不清，还依稀记得新年穿新衣、放鞭炮、点灯笼，一直念念不忘，印象最深的就是春节前折腾忙碌着的爸爸。

我们在河北当地属于外乡人，家里亲戚们远在北京和山东，每年春节都是我们一家五口自己过，儿时从没体会过春节拜年走亲戚的热闹。

春节我家里最常玩的就是打扑克牌，玩升级。打升级四个人就够了，我永远是那个局外的替补，索性拿本书去自己房间看起来。

好在我爸爸是个心灵手巧的人，五口人过春节，看似很冷清。于是每年春节未到，老爸早早地就开始做各种准备，印象里的春节都是老爸给我们折腾出来的样子。

春节，一定要大吃特吃。儿时，买油还需要油票，每人每月二两油票，我家五口人，每月可以攒一斤油票。老爸就把每月油票攒到年底，年底可以攒十多斤植物油，平日就买些肥肉炸成动物油来炒菜。

攒下的十多斤油，老爸会在春节前给我们炸很多油饼和豆腐泡，炸满满的两箩筐，可以从腊月三十一直吃到正月十五。剩下的油来炸鱼。那时油水少，能吃到炸油饼好似就是春节里最高兴的事了。

做完了这些油炸食品，利用周末，老爸就要开始做各种卤制食品。

周末的炉灶每天都在热气腾腾地冒着烟，卤制动物肝脏、大肠、肺之类的，卤完，捞出，放在盆子里，用盖子盖上，找个高处阴凉的地方，摞在一起，上面压上小石头，这些吃的可以一直吃到过完春节。

准备完各种吃的，老爸就开始给我们用纸糊灯笼。把细细的高粱秸子，用铁丝绑上形成一个四边形，底下做个十字，固定住，在十字的中间插上一根竹扦，竹扦上可以放棵蜡烛。在上面再做个十字，用铁丝固定，可以在上面拴根绳子。然后用彩纸把四面糊上，糊好以后，等糨糊干了，老爸就在灯笼的四面画上花，写上福字，然后用一根结实的木棍，拴在灯笼上面，把蜡烛放到灯笼里，点燃，我们姐妹三个就可以拿着灯笼出去玩了。

县城的路，晚上没有路灯，平日天黑不能出门，但春节的晚上，我们每人提着一盏老爸给我们做的灯笼，叫上邻居的孩子，一起开始走街串巷。在漆黑的夜里，我们排着队，小灯笼的光一闪一闪的，透着一种神秘。

有时，路上会碰到淘气的男孩，看我们是一帮女孩子，冲我们扔过来一个点燃的鞭炮，我们躲闪着跑散开，有的灯笼里蜡烛就熄灭了，靠着剩下亮着的灯笼继续玩，但就在躲避爆竹的奔跑里，灯笼们一盏盏灭掉。最后只剩下一两盏还亮着的灯笼时，就要回家了。

新年里，老爸还会买些灯泡，用颜料在上面涂成各种各样的颜色，挂在院子里的树上。我们提着灯笼回家，也把灯笼挂在树上，在北方的寒冬里，我们在挂满彩灯的树下跑着、喊着、闹着。

等我们玩够了，老爸就开始在院子里放烟花，我们躲进门里，捂着耳朵，隔着玻璃窗看着院子里，看到玻璃窗后面我们亮晶晶的眼睛，老爸也兴奋得很，放完一个又一个烟花。

"从前的日子慢，车、马、邮件都慢，一生只够爱一个人。"

儿时的新年也慢，在吃吃喝喝、点灯笼、放烟花的日子里，不知不觉地度过了一个又一个的新年。

蒋采蘋：在艺术中我只愿意表现真、善、美

1

蒋采蘋先生在绘画方面造诣广泛：山水、人物、花鸟全有涉猎，皆成专家，人物色粉画也堪称一绝。

但蒋先生却很谦虚，记得在2016年李可染画院结业展时，蒋先生认真地看每一位学生的画，就有些画面技法还问学生："你这是怎么画出来的，表现很充分。"还拿着手机给每一位学生作品拍照。

85岁的老太太，阅尽千山万水，阅人无数，还能如此这般，只能让我们后辈汗颜。

蒋先生说："我也要不断地学习，才能跟得上时代。"85岁，还在画人物写生。

其实，她岂止是跟得上，她总是领先时代的。蒋先生的穿着总会是每年的新款，再搭配上一两件当年最新的奢侈品做搭配。每次她的出现总是让人眼前一亮。

蒋先生走路带风，喜欢穿大氅，喜欢戴西式帽子，再加上为了保护好画画的眼睛，总戴着一副墨镜。酷酷的。

85岁的蒋先生笑起来的样子像极了18岁的小姑娘。

出国前，去蒋先生家和她说了我要出国旅居的决定，蒋先生说："既然未来人生是不确定的，在哪里都同样不确定，那出国去尝试下也没有什么不可啊？"她鼓励我去挑战下未来。

蒋先生始终有着童心。一个人只有在精神上足够成熟，才能够正视和承受人生的苦难后，心灵依然单纯，对世界仍然怀着儿童般的兴致。

2

蒋先生前半生有一半时间上学，一半时间赶上运动。等到世界风平浪静时，她已经42岁。

蒋先生出生于1934年，家里三代画画。蒋先生的母亲毕业于开封艺术师范学校，先生潘世勋以前是中央美术学院油画系教研室主任，著名西藏题材画家。女儿潘缨是中国艺术研究院专职画家，儿子是北京林业大学动画系负责人。

蒋采蘋先生五六岁就喜欢上画画，1953年19岁时考入中央美术学院，但之后的路途并不平坦。

1964年美院"社教"，1965年"四清"，1966年至1976年"文革"结束时，已经12年没上课也没画画。1978年才回到中央美院重新授课。

蒋先生说："人的生命只有一次，既然后半生赶上了好时光，就绝不能辜负它。"

蒋先生开始把全部的精力投入到画画和教学中。

不画画的时候，弹钢琴、看书、写作。蒋先生说："如果没上中央美院的话，自己会当个作家吧。"

蒋先生说："生命的意义在于有没有努力追求过，并不在于最终有没有取得很大的成绩，努力本身对于生命是可贵的。"

3

1979年，蒋先生有幸遇到潘絜兹先生，从潘先生组建了北京工笔重彩画会、中国工笔画会开始，蒋先生一直追随潘絜兹先生直至去世，现在全国的工笔画家从1979年的100人发展到现在的上万人，和画会与蒋先生的努力是分不开的。

蒋采蘋先生是个画家，更是个教育家。

她在美院工作时教书育人，从美院退休后也没休息，和文化部、央美等很多国家艺术团体合作办工笔重彩班，弘扬中国传统文化，使得唐宋以后逐渐失传的重彩画重放光芒。

蒋先生退休后主持创办了16届重彩班，500名学员毕业。而这500名学员中又有很多人开始教学办班，其中不乏名人。

蒋采蘋先生是中国工笔重彩的发掘和传承者，工笔重彩能有今天的成就和影响与蒋先生是分不开的。

外界说蒋先生："中国美协一半会员都是她的学生或者学生教出来的。"

蒋先生说起学生也很欣慰，为他们取得成绩而高兴，并且积极为学生们引荐工作。

去蒋先生家里拜访她，她一定先问你家里夫妻双方的工作情况，她认为画画还是要有家人的理解和一定经济基础做支持，因为画画是个慢工细活。

每次看到蒋先生，就觉得她瘦小的身材里隐含着巨大的力量。那是一种精神的力量。

　　就像蒋先生怀念潘絜兹的一段话所说："一颗流星从夜空中划过，人们会有数秒钟的惊喜。但是有的星却永远闪烁在黑丝绒般的天空中，高高在上照耀着我们，因为它是一颗恒星。"

4

　　蒋采蘋先生说："因为前半生看过太多的'假、恶、丑'，所以我只愿意在艺术中表现'真、善、美'。"

　　蒋先生的画里有诗词意境之美"留得残荷听雨声"。有"花鸟画新境界之美"。

　　她善于发现不同的美，比如"苍老也是一种美"。

　　蒋先生喜欢画少数民族，她说："我喜欢他们特有的文化特征，而且这些古老的文化传统今天正渐渐消失。"

　　为了实现将传统壁画技法与颜料用于现代绘画，蒋先生很早就和家里的兄长、长侄研究生产了"蒋采蘋牌高温结晶矿物颜色"。

　　她认为"绘画作品也是人类环境的一部分，无论作画者和观赏者都需要一种更好的环境。所以古代画家所用的取自大自然的石色必将受到重新重视"。

　　有些人是天生带有使命感的。蒋先生就是这样的人。

5

　　成为蒋先生的学生的第一天，蒋先生会给大家一份书单，"回去买书，画画的人要多看书。"

　　有人在旁边小声说："我看了很多书的。"

　　蒋先生听见："你们看的那些小说，不算。要看文、史、哲的书。"

　　蒋先生书单里的作者有余英时、钱穆、梁启超等，最近的作家是余秋雨。

　　蒋先生说："读书可以使人虚心、通达，不固陋，不偏执。从其中找到解决各种各样人生的方法。我心烦时就读书，读完书心情立刻好了。"

　　蒋先生的教学系统是和她当年在美院读书时那些老先生们的教诲分不开的。

　　蒋采蘋先生在美院的五年，从蒋兆和、李可染、叶浅予、刘凌沧、陆鸿年这些老先生们身上学习到很多绘画的、人生的知识，同样地，蒋采蘋先生又把她所知道的一切无私地传授给她的学生们。

　　她说："画家对自己的绘画事业需要有一种'春蚕'精神，像'春蚕'一样，吃的是青春的蚕叶，吐出的是极有价值的美妙蚕丝。"她自己何尝不是呢？

父母与子女的缘分，不必追

龙应台曾说："所谓父母子女，只不过是意味着，你和他的缘分就是今生今世不断地在目送他的背影渐行渐远。你站在小路的这一端，看着他逐渐消失在小路转弯的地方，而且，他用背影默默地告诉你：不必追。"

不必追，也追不上。能追上父母的背影，也追不回逝去的时光。

儿时的自己，就像父母手中的风筝越飞越远，线的这一端在父母的身旁，风筝终有飞倦飞累的时候，父母仍站在那里，等着你的回归。

每个人可能都有年幼时和父母吵架的经历，吵架时，想飞到天边再也不回头，但是总是在一定的时间，闹钟响起，就会踏上回父母家的路。

父母与子女就是一场因缘未断的因果，有相欠，才相见。

相欠，才能有缘做父母此生的孩子。在父母的培育下，从天真稚子长成青涩少年，又长成有责任担当的成年人。时间带走了青春年华，却带不走血浓于水的父母亲情。

习惯地走上通往父母家的楼梯时，父母打开门，微笑着在门里看着我，无论离家多久，无论飞到天涯海角，却好像从未离开过。

多希望将自己年轻的能量传给年迈的父母，多希望再看到父母健步如飞的样子，多希望能带着父母再去看看他们想去的那些地方，时间已去，再也追不到。

好好珍惜与父母的相聚，多陪陪他们聊天、逛街、做饭，此时时光仿佛倒流，父母还年轻，自己还年幼，那种幸福的感觉很奇妙。

千帆过尽，化解掉儿时的叛逆、年龄的代沟，和父母在一起仿佛看到了前世今生，再也了无挂碍。

父母与子女的缘分，不过就是共走一段路程，路程短暂在成长里，漫长在每天的琐碎里。

父母在，家就在，父母的家是有生之年最深刻的记忆。不必追，不必追，珍惜与父母相伴的时光，将爱凝聚成一束光，永远朝向家的方向。

禅在红尘中

重看星云大师的《吃茶去》，书里写了300多个禅的故事。他希望用禅的智慧、禅的幽默、禅的慈悲，把我们生活里的妄想和烦恼止于无形。

2010年买的这本书的第一版。搬了很多次家，这本书一直留在身边。

《吃茶去》把300多个禅的故事分为几部分：禅在红尘中、文人斗禅、禅的功课、禅思交辉、你做什么来、顿悟、抬杠禅，这几大部分里又由很多小故事构成，每篇禅的故事后面星云大师又写了故事的讲解。

《偷不去》的故事里良宽禅师对小偷说："你也许不远千里而来，我这里实在没有什么值钱的东西，但你也总不能空手而回，现在我就把身上的衣服当成礼物送给你吧！"

小偷拿了衣服就溜。良宽身上只穿着内衣裤坐在路边观月，他在心里不断地吟道："但愿我能把这美丽的月色也送给他就好了。"

难见小偷小摸的人能发财，也难见侵占别人财产的人能有善果。倒是良宽禅师这样舍得的人常常生活安逸幸福。

人生一世，活不带来，死不带去。看似我们有很多，但有什么是真正属于自己呢？什么都不真正属于自己，房子不属于自己，车子不属于自己，孩子不属于自己，明白了在自己的家里，自己原来也是个过客。

物质上的比较，容易把人带入妄念。人生最后究竟能拥有什么呢？只有清风明月、大地山河永在。

有一屋、一钵、一碗足矣。

看到刚从法国飞到大理定居的一家人，那位法国籍父亲开着六座电瓶车带着两个孩子和他的上海老婆高兴离去，惊得我目瞪口呆。精致的上海人能接受坐着电瓶车当代步工具。

看到那位大城市来的父亲，开着拉货三轮车送完大女儿到幼儿园，又开着三轮车带小女儿去兜风。

看到这些散尽奢华、简朴生活的人，会莫名地感动。

从生活的红尘里挣脱出来，清醒起来，谈何容易？大多数时间清醒，但也会时时糊涂。

在生活的点滴里，反思自己的言行，时时改过。好好读读禅的故事。

在禅的洒脱、幽默、看破、逍遥中，一切都如春波无痕、烟消云散。

禅，应该属于我们每一个人、每一个家庭；人的生活里，都需要禅的智慧、自在、率性与逍遥。

在生活里习禅，好过遁入深山。因为红尘中每时每刻都在修行。

不哭，有分离就有相聚

1

刚刚搬到大理后，曾经经历了分离最多的一个月。和孩子老公离别，和父母离别，和朋友离别。

在分离里学会了珍惜在一起的每分每秒。也学会了笑看离别，因为知道还会相聚。

一个月内坐了四趟飞机，十几趟高铁。和孩子一起只待了四天。

他们在大理时我在北京，我在大理时他们在泸沽湖，我在北京时他们又回到大理，阴差阳错的交集。让喜欢独来独往的我也开始焦虑。

曾经觉得去哪里都跟着个小尾巴，很烦。孩子去上学的日子曾是我最快乐的日子，没有小尾巴，可以画画、写作，或者发会儿呆。

2

第一次分离，我独自从大理回北京，她和李同学送我到机场，他们没下车，我提着行李箱，和她说再见，5岁半的孩子竟然没有哭，让我有些惊奇。而我，也有一种释然。原来我们都需要自己的空间和时间。第一次的分离里，我开心得很，因为终于甩掉了小尾巴。

第二次分离，我从北京回到大理，只一起待了一晚，第二天女儿和李同学又要回泸沽湖参加婚礼。

她犹豫了一夜，一会儿说："和爸爸去泸沽湖。"一会儿说："和妈妈留在大理。"看她的样子，知道是想去泸沽湖找小朋友们一起玩的，但她知道等她回来我又要飞走了，她两个都想要，她很犹豫。我建议她还是去泸沽湖吧。于是第二天我们再次分离，她在车上，我在车旁，和她说再见，她没有流泪。我也没有伤心。

我知道，随着她渐渐长大，我们的缘分也开始渐行渐远。我必须要做好准备。

从女儿出生到现在，除了上幼儿园，从没有真正分离过，没想到我们之间的别离竟如此平淡无奇，我以为我们都是坚强的人，看淡人生，不怕分离。第三次的分离很快又来了。他们在泸沽湖玩了十天回大理，我两天后又要飞走。

可能在前两次的分离里她体会到了想念，或是什么？回来的两天里她缠着我："妈妈，不要去啦！"我说："这是一定要办的事啊，我必须去。办事情不好玩，不然我就带你去了。"她又开始问我办的什么事情，我也耐心地讲给她听。她听得似懂非懂。

说好和李同学一早去机场送我，早晨临出发，她还在睡着，去床上叫她，却看见她躲在被窝里"嘤嘤"地哭，头埋在里面，只是在那里低声哭，看见我哭得更大声。我的眼泪也流了下来，问她："你不想去送妈妈了？"她点点头，我说："好的，你再睡会儿。妈妈爱你。"亲亲她满是泪痕的脸，我赶紧离开房间，我害怕自己会大哭一场。

我们是如此相像的母女，爱深埋在心里，体会着分离的苦，却装作满不在乎。

李同学坚持要去送我，我坚持打车，独自去了机场。

女儿不去机场送我，她可能担心控制不住自己会大哭吧。就像她每次去幼儿园，都坚持让爸爸送，因为她可以开心地和爸爸说再见，她不让我送，她说："每次妈妈送我到幼儿园，我都想和妈妈回家。"

既然知道生命就是一场场别离，索性从现在开始，慢慢体会别离的滋味，学会在一起要珍惜。

3

人，活着，就要经历离别，那是躲也躲不过的一场人生必修课。

好在，有离别还会有相聚。

记得 2017 年新年刚过，在西班牙马德里机场候机室，我们坐飞机回华沙，很多家长送别孩子去欧洲其他地方上学，父母、姐妹抱着高 1.8 米的大男孩哭得稀里哗啦，挨个儿拥抱、亲吻，不忍告别，我们在旁边看着，我也开始哭得鼻涕满身。

也曾看见接机的人，紧紧抱在一起，说着笑着跳着。

相比离别，相聚就开心兴奋得多。但人生啊，哪能全部是快乐呢？既然能接受快乐，也就要学会接受不快乐。

张小娴说：离别与重逢，是人生不停上演的戏，习惯了，也就不再悲怆。

燕子飞走，又回来啦！

2017年冬离家，2018年秋回父母家，发现大楼门口里的墙上，一人多高的地方，有个空空鸟窝。

问起母亲，母亲说这鸟窝是一对燕子夫妇搭的。说起燕子，母亲开始滔滔不绝地讲起来。

因为楼房大门总是半开着，春三月时，飞进来一对燕子开始筑巢。那时，应该是燕子北回的季节。

在光秃秃的墙上，两只燕子开始搭建自己的小家，它们衔来土，衔来一根根草，就着自己的唾液搅拌成固体，粘在墙面上，从一个小小泥巴开始，经过一个多月，越来越有了家的模样。

慢慢地，就搭成了一个真正的小小鸟巢。它们的家所在的墙面，有一条横梁为它们的家遮住了门外的风雨，而另一边则是通往半地下室的走廊。燕子的家也很有风水讲究。

我父母虽然已八十岁高龄，但父亲讲小时的老家祖屋从没见过燕子搭窝，母亲也没见过。两位老人非常兴奋。父亲在燕子窝下贴上一张红笔写成的字条：请保护好小燕子。

有了红字的保护，整栋楼里都把燕子夫妇当成了朋友。

燕子夫妇装修好自己的小家，开始生育自己的宝宝。它们很快有了三只小燕子，每天燕子夫妇轮流出去捕食，小小燕子看到爸妈回来，张着小嘴等着吃饭。燕子父母一一喂过小小燕子。

吃饱喝足，休息时，燕子夫妇让三只小小燕子睡在窝里，它们则睡在窝的边上，头朝外，屁股朝里，可以随时观察外面的情况。

燕子夫妇是模范家长。随着小小燕子长大，它们开始带小小燕子飞出去，教给它们生存本领，天黑才回家。每晚小小燕子住在窝里，燕子夫妇睡在窝外。

小小燕子渐渐长大。有一天，燕子夫妇又带小小燕子出去，回来时，小小燕子还想和燕子夫妇回到小窝里。燕子夫妇守在门口，轮流用翅膀轰小小燕子离开，不再让它们进家门。小小燕子拼命想回家，燕子夫妇像是商量好似的，就是不让小小燕子进家门。好像在说：你们长大了，要自立，不能回家了。

三只小小燕子在楼门外飞翔徘徊了一个星期，看到燕子夫妇坚决不让它们进家门，彻底绝望，第七天就再也没有出现。

它们被迫接受了长大、独立的现实。

小小燕子不再回来后，在某个不知道的时间，燕子夫妇也飞走，没再回来。

后来每次回父母家都要看看楼门口那空荡荡的燕子窝，想着燕子何时飞回来呢？

今年春天我回家探望父母，吃过晚饭，陪母亲去外面散步回来，我拿起放在楼门口的扫把，把楼道上的废纸扫下去，在二楼听到楼下叽叽喳喳的小鸟的叫声，"莫非燕子回来啦？"

我轻轻走到一楼门口，叫声停止了，天色已经暗下来，但是看到燕子窝上露出两个黑色的小脑袋，燕子回来啦。

我拿手机拍完燕子的照片，兴奋地跑回家，举着手机告诉父亲："燕子回来啦！"

父亲抢过我的手机，看着照片激动地说："我还以为它们出事了，回不来了！能回来太好啦！我以为过完谷雨就能回来的，今年它们回来得好晚。"

父亲像个小孩子似的异常高兴。我们都庆幸燕子夫妇在几千公里的往返迁徙中平安归来。

燕子是认家的，它们自己做巢后，只要活着，每年都会回到同一个巢里。

燕子寿命有七八年，每年它们都会飞行几千公里进行迁徙。

"几处早莺争暖树，谁家新燕啄春泥"，好希望这对燕子夫妇每年都能平平安安地飞去归来，永远做我父母的邻居。

写作带给我的，不只是点赞

从2018年3月开始写作，带给我的不只是点赞，还带给我很多惊喜。

在波兰旅居时，一天，在我公众号有一条留言："你还记得我吗？我是于××，我们曾经在山东工艺美院考前班一起学习。"

怎么能不记得呢？那时我正在考美院，姐姐的单位在济南千佛山下，山工就在千佛山上。一群怀着艺术梦的青涩孩子在那里一起补习绘画。

我回复："记得。"互加了微信。

那段时间距离我在微博里被骗不久，为了验明正身，我说："你给我发张你的照片吧。"他发了张照片，就是他。彼此哈哈一笑，人没变，改变的是岁月。

老友联系上，他说："你还记得秀丽吗？"秀丽是我当时最好的朋友。他说："我把她微信号推给你，她就在北京。"

那时我们都青春年少，都认为幸福终归会到，现在的我们都找到了各自的幸福。

我加了秀丽的微信，聊过天才知道，她北京的家离我的家不过几站地，茫茫北京，住了十多年都不曾碰见，是写作让我们再次见面。

回北京，我们相约见面。我们讲了各自的故事，都经历了很多，哭过，笑过，现在都淡然了。

通过写作，那些遗忘在时光里的朋友，该见的终会见到。

某天，微博里有条留言："我不是骗子，你是在天美上过学吗？"我看了对方微博，通过照片认出来，是我曾经大学里教文学课的李老师。

我说："是李老师吧？我记得您。"

李老师说："你们毕业那年，我辞职去外企工作。"

我说："主要是我们学生都太不争气啦，上课都不好好学习，让您失望，把您气走的吧？"

李老师说："好像你是为数不多的专心听课的学生。"

李老师也是我大学里印象深刻的老师之一，那时他比我们大不了几岁。他那时有些愤青。好像很看不惯美术生的做派。

美术学生都散漫。文学课是染织、服装、装潢、工业造型几个专业一起在大教室上。空旷的大教室里，学生们零散地、东倒西歪地坐着。

每次文学课我都坐在第一排，但是下面学生们的耳语盖过了讲台上李老师的声音，即使坐在第一排也很难听清李老师在讲什么。

多年后的今天，想着当时的场景，一定让心存教育理想的李老师失望至极，恨铁不成钢。

现在我们也到了对自己孩子恨铁不成钢的年纪。

和大学文学老师联系上后，李老师也时时点评下我的文章，这些也激励着我。

写作不仅让我联系上了以前的老朋友和老师。开始写作后，在各种写作平台还认识了很多笔友。

大家因为喜欢文学的共同爱好走到一起，互加微信，互为群友，虽从未见过面，却彼此关心，互相问候。

我们在生活里虽很远，微信里却很近。写作把我们天南地北的人聚在一起。

写作于我是发自内心的喜欢，不为点赞，用手写我心，一直写下去。

读书，做个灵魂有香气的人

时间可以带走青春，但是带不走你的才华。时间可以带走身边的一切，但是带不走你一颗独立而优美的灵魂。

读书，可以让我们在静默中成长，做一个喜欢读书的人，灵魂自带香气。

董卿说："我一直保持每天睡觉前一个小时的阅读，雷打不动。"

喜欢读书的人，有独立思考的能力，会笑对生活给予的一切，放下该放下的，珍惜该珍惜的。

当你为生活苦恼时，读书，一定会让你找到你想要的，然后释然。

书，是一个从不会嫌弃你的朋友，无论你贫穷还是富有。

在我的成长道路上，除了要感谢亲人、朋友们的一路鼓励与帮助，最该感谢的是那些从小陪我长大的书籍，如果不是看过很多书，我也不会走到现在。是书籍，一直在为我指引着人生的路。

每本书都是一位有着不同个性的朋友。读人物传记会让你知道自己所经历的磨难是别人都经历过的；读历史书会让你知道自己现在所经历的不过是浮云；读哲学书会让你学会辩证地去看世界；读心理学的书会让你看清自己和了解别人；读唐诗宋词会让你学会诗意地看待人生。

好的书开卷即有益。

书是有治愈功能的，面对人生所有的疑惑都可以去书中寻找答案。

80多岁的著名国画家蒋采蘋先生说："我也有困惑的时候，也有想不明白的时候，每到这个时候，我就选择去读书。我的床边总是有很多书，拿起一本来读，放下书时，心结就打开了。"

上蒋采蘋先生的课，蒋先生会先给同学们一份书单，说："画画要多看书。画不好画，是因为读书太少。"

蒋先生的书单里有钱穆、余英时、王国维、巴金、梁启超、朱光潜、宗白华、余秋雨、叔本华，等等。

其实，不只画画，想要做个内心绚丽、外表不张扬的人，就是要去多读些书。

读书，可以让我们过最朴素的生活，追逐最遥远的梦想。

图书在版编目（CIP）数据

越努力，越幸福！：四十岁遇到最好的自己／生凌君
著. -- 北京：作家出版社，2019. 11
ISBN 978-7-5212-0699-9

Ⅰ. ①越… Ⅱ. ①生… Ⅲ. ①散文集 – 中国 – 当代
Ⅳ. ①I267

中国版本图书馆CIP数据核字（2019）第199124号

越努力，越幸福！ ——四十岁遇到最好的自己

作　　者：生凌君
责任编辑：王　烨
装帧设计：Luck
封面摄影：生凌君
出版发行：作家出版社有限公司
社　　址：北京农展馆南里10号　　邮　　编：100125
电话传真：86-10-65067186（发行中心及邮购部）
　　　　　　86-10-65004079（总编室）
E-mail:zuojia@zuojia.net.cn
http://www.zuojiachubanshe.com
印　　刷：天津中印联印务有限公司
成品尺寸：152×230
字　　数：300千
印　　张：23
版　　次：2019年12月第1版
印　　次：2019年12月第1次印刷
ISBN　978-7-5212-0699-9
定　　价：52.00元